**DIETMAR ARMIN MÜLLER**

# Schatten über der Rhön

ABRUPTES ENDE  Freiherr von Waldenberg lädt einige honorige Gäste zur Fasanenjagd ein. Sein Revierjäger, Bonifatius »Boni« Burgmüller, sorgt dafür, dass jeder bei den scheuen Vögeln Jagderfolge aufweisen kann. Doch nicht nur Tiere lassen Federn. Auch ein Graf kommt ums Leben. Mit einer Fasanenfeder im Rachen wird er tot im Moor aufgefunden. Der hinzugerufene Gendarm macht es sich einfach und stellt Selbstmord fest. Boni glaubt jedoch nicht an die Erklärung des Gesetzeshüters und ermittelt selbst. Er findet heraus, dass der Graf ein dunkles Geheimnis hatte, das zu seiner regelrechten Hinrichtung führte. Trotz aller Versuche den Täter zu fassen, bleibt dieser weiter im Schatten. Die Ermittlungen des Revierjägers stocken, als ihm die bezaubernde Tochter des Freiherrn den Kopf verdreht. Aber den braucht er mehr denn je, denn Bonis Freund Hermann wird verdächtigt und festgenommen. Wenn er nicht schnell den Fall aufklärt, dann endet das Leben seines Freundes mit dem Handbeil.

© Peter Zeininger

*Dietmar Armin Müller, 1968 in Frankfurt am Main geboren, ist Naturliebhaber, Tierschützer und Jäger. Er absolvierte eine Banklehre und studierte BWL in Saarbrücken. Danach arbeitete er viele Jahre bei deutschen Großbanken als Pressesprecher. Seit 2010 führt er eine Kommunikationsagentur für Immobilien- und Finanzunternehmen. Mit seiner Familie lebt der Autor in einem kleinen Städtchen südöstlich von Frankfurt am Main.*

# DIETMAR ARMIN MÜLLER

# Schatten über der Rhön

## Ein Fall für den Rhönjäger

GMEINER

Personen und Handlung sind frei erfunden.
Ähnlichkeiten mit lebenden oder toten Personen
sind rein zufällig und nicht beabsichtigt.

Immer informiert

Spannung pur – mit unserem Newsletter informieren wir Sie
regelmäßig über Wissenswertes aus unserer Bücherwelt.

Gefällt mir!

Facebook: @Gmeiner.Verlag
Instagram: @gmeinerverlag
Twitter: @GmeinerVerlag

Besuchen Sie uns im Internet:
www.gmeiner-verlag.de

© 2023 – Gmeiner-Verlag GmbH
Im Ehnried 5, 88605 Meßkirch
Telefon 0 75 75 / 20 95 - 0
info@gmeiner-verlag.de
Alle Rechte vorbehalten
1. Auflage 2023

Herstellung: Mirjam Hecht
Umschlaggestaltung: U.O.R.G. Lutz Eberle, Stuttgart
unter Verwendung eines Bildes von: © https://commons.wikimedia.org/
wiki/File:Pheasants_in_covert_and_aviary_(1912)_(14750192126).jpg
Druck: CPI books GmbH, Leck
Printed in Germany
ISBN 978-3-8392-0341-5

für
Georg Friedrich Maximilian
und
Viktoria Helene Isabella

»Das ist des Jägers Ehrenschild,
daß er beschützt und hegt sein Wild,
waidmännisch jagt, wie sich's gehört,
den Schöpfer im Geschöpfe ehrt.«

# Kapitel 1
## »Die Erlegung«

Das war so nicht zu erwarten gewesen, er hatte viel vorgehabt, auch wollte er noch einige Dinge regeln, von einem ordentlichen Abschied ganz zu schweigen. Nun war seine Zeit abgelaufen, und die letzten Sandkörner der Lebensuhr verrannen.

Aber was hätte er tun können? Der Mann kam überraschend, zögerte keine Sekunde, sagte nichts, wollte auch nicht sprechen. Hasserfüllte Augen blitzten aus einem kantigen Gesicht. Mit größter Profession und ohne Skrupel nahm der Unbekannte sein Ziel auf und drückte ab.

Der Schlag war gewaltig. Er wurde sofort umgerissen. Als der Schuss auftraf, blieb noch nicht einmal Zeit für einen Schmerzensruf oder eine sonstige Äußerung.

Nun lag er rücklings auf einer Moorwiese in der Rhön und stierte mit glasigem Blick zu den vorbeiziehenden Wolken empor.

Es war ganz anders, als er es vermutete. Die Glieder fühlte er schon nach wenigen Sekunden nicht mehr, als wären sie vereist. Nur noch Kälte kroch Zentimeter für Zentimeter hinauf. Gleichzeitig brannte seine Brust, höllische Feuer wüteten dort, und der Schmerz war unerträglich.

Schreien wollte er, die Qual gen Himmel stoßen, ein wütendes Gebrüll um sein Leben beginnen, doch es fehlte die Luft. Das Einzige, was er hervorbrachte, war ein Wimmern und Stöhnen. Luft, Luft, mehr Luft, aber es blieb dabei, Gevatter Tod schien auf Nummer sicher gehen zu wollen und ließ ihn nicht nur qualvoll verbluten, sondern versuchte ihn auch gleichzeitig zu ersticken.

Welch bitteres Schicksal war es, mitten auf dem Zenit seiner Mannes- und Schaffenskraft seiner Zukunft bestohlen zu werden. Mit Mitte vierzig war er noch weit von einem erfüllten Leben und der Genugtuung eines wohlverdienten Abganges entfernt. In der langen Linie seiner Vorfahren war selbst zu Kriegszeiten keiner so früh gegangen.

Er versuchte sich aufzurichten, allein, es wollte nicht gelingen, selbst seinen Kopf konnte er nicht bewegen. Dafür war er hellwach, hatte seine Sinne beisammen wie noch nie in seinem Leben. Welche bittere Ironie, jetzt war es zu spät, um mit dieser geistigen Energie irgendetwas anfangen zu können.

Er spürte, dass sein Todesknecht noch da war. Süßer Tabakduft war in der Luft. Oder irrte er sich und der Sensenmann kam Tabak rauchend, um ihn zu holen? Plötzlich stieg Wut in ihm auf. Sein Mörder sah nicht unwaidmännisch aus, und er hatte die Waffe gekonnt bedient. Nur der Schuss war so amateurhaft, so enorm schlecht gesetzt und das aus nicht einmal zehn Metern. Selbst mit Pfeil und Bogen hätte er auf diese Entfernung mitten ins

Herz treffen müssen, dann hätte er es nach weniger als einer Minute hinter sich gehabt. Aber so verlängerte der Kerl sein Leiden.

Inzwischen hatte die Eiseskälte seinen Oberkörper erreicht und näherte sich den Schultern. Er flehte innerlich seinen Schöpfer an, Gnade walten zu lassen, seine Sünden – und davon hatte er kaum eine ausgelassen – würde er als Gegenleistung nie wieder begehen. Er schwor, sich zu bessern, im Leben alles wiedergutzumachen. Aber wie? Tote können keine guten Taten mehr vollbringen. Dieser Weg war ihm versperrt, und wie das Jenseits aussah, war ein großes Fragezeichen.

Endete alles im Nichts? Verlosch die Lebensflamme einfach, und das war es? Oder würde danach etwas auf ihn warten, ein Himmel? Traf er die Vorangegangenen, musste er sein Leben zur Strafe wieder und wieder durchleben, oder gab es sogar ein Zurück? Zumindest die Christenheit glaubte an die Wiederauferstehung.

Wundern musste er sich, als ihm diese Gedanken durch den Kopf gingen. Es war nicht im Geringsten nachvollziehbar, dass er sich jetzt mit solchen eher philosophischen Dingen beschäftigte. Andererseits, warum nicht jetzt, die Umstände waren nicht nur bestens dazu angetan, sondern auch die immer schneller verrinnende Zeit im Diesseits drängte.

Er war sich sicher, es musste ein Lungenschuss sein. Bei den meisten Tieren der Wälder war das eine schnelle und saubere Sache. Die Lungenflügel kollabierten, der Unterdruck im Brustraum zur Erleichterung des Einatmens löste sich auf, die Lungenflügel sackten in sich zusammen, und es kam zur Unterversorgung mit Sauerstoff. Außerdem war der Ausschuss nicht selten hand-flächengroß. Das Tier verlor damit so viel Blut, dass es zügig zum Herzstillstand kam.

Es gab nur einen entscheidenden Unterschied zum Menschen: Beim Reh legte man als geübter Schütze der grünen Zunft auf das Schulterblatt oder kurz dahinter an und traf von der Seite kommend die Lunge komplett. Beim Menschen wurde meist nur ein Lungenflügel getroffen. Der intakte Lungenflügel dagegen konnte noch ziemlich lange eine notdürftige Arbeit verrichten.

Das war es, vielleicht war alles nur ein Missverständnis, ein Unfall, eine Verwechslung, vielleicht war der Schütze schon auf dem Weg und holte Hilfe.

Er wusste von seinem Vater, dass einige Grenadiere im Krieg gegen die Franzosen in den Jahren 1870 und 1871 auch einen Lungendurchschuss überlebt hatten, dank der raschen Hilfe eines kundigen Arztes, das Legen einer Drainage und das Zunähen durch einen Feldscher. Allerdings starben die meisten später an Wundbrand. Doch nun herrschte Frieden, und die Medizin hatte enorme Fortschritte gemacht, viel bessere antiseptische Mittel gab es jetzt im Jahr 1905 als früher. Bestimmt hatte er eine Chance.

Wenn doch dieser Kerl bald zurückkommen würde. Es war schließlich nicht weit von der Lichtung bis zur Stadtmitte. Und in der Gemeinde lebte bestimmt ein Arzt. Nur beeilen sollte er sich. Die Eiseskälte erreichte bereits den Feuerkranz in seiner Brust, ohne diesen auch nur ein wenig abzukühlen.

Inzwischen sammelte sich immer mehr Blut in seinem Rachen. Der wohlbekannte Geschmack nach Eisen legte sich über alles. Das Atmen wurde zusätzlich schwerer. Mehr und mehr fehlte ihm die Kraft. Selbst seine Augen begannen langsam ihre Arbeit einzustellen, er nahm nur noch weiße Punkte am blauen Himmel wahr und konnte nicht mehr erkennen, ob sie sich bewegten oder stillstanden.

Plötzlich stieg ihm wieder der unglaublich süßliche Tabakduft in die Nase. Ein wenig erleichtert war er darüber, machte doch zumindest sein Riechorgan noch die zugedachte Arbeit. Im selben Moment stieg Panik in ihm auf. Wenn er das roch, hieß es, der Mann war die ganze Zeit da gewesen. Er war nicht weggegangen, um Hilfe zu holen. Er war hiergeblieben, um ihn sterben zu sehen.

Auf einmal packten ihn zwei Hände mit einem harten Griff und rissen ihn abrupt auf die Seite. Wenn er hätte schreien können, hätte er seinen Schmerz bis ins Tal hinuntergeschrien. So kam nur ein lautes Stöhnen über seine Lippen. Das Nächste, was er spürte, war die blanke Waffe des Mannes, das Jagdmesser für Hirsche und Sauen. Die Klinge stieß durch das Herz bis hinauf in den unverletzten Lungenflügel.

Ihm war klar, das war das Abfangen, wie der Waidmann sagte, das Erlösen des kranken Stückes, der finale Todesstoß. Nun würde es nicht mehr lange dauern, bis er endlich seinen Frieden hatte und die unsäglichen Schmerzen ein Ende fanden.

Ein Atmen war nicht mehr möglich, das Herz versagte seine Arbeit, und nach wenigen Sekunden verschwanden die weißen Punkte vor seinen Augen, und es herrschte nur noch Schwärze. Das Letzte, was er mitbekam, war, dass er etwas in den Mund gesteckt bekam. Dann merkte er nichts mehr, und nach einem letzten Atemversuch blickten seine angsterfüllten Augen ohne Leben in den Himmel.

# Kapitel 2
## »Revierjäger in Buchonia«

Es war frisch an diesem Morgen im März des Jahres 1905. Obwohl die Sonnenstrahlen tagsüber bereits Kraft entwickelten und sich das erste zarte Grün an Büschen und Stauden zeigte, hatte es nachts noch Frost. So war es auch an diesem Tagesbeginn. Sein Blick raus aus den kleinen Fenstern der herrschaftlichen Jagdhütte des Freiherrn ließ Raureif auf allen Dingen der Natur erkennen, wie ein glitzernder weißer Eisatem hatte sich die Kälte über alles gelegt.

Er verweilte immer noch beim Betrachten der jungen Fichtenkultur direkt rechts vor dem Anwesen und schüttelte dabei innerlich den Kopf. Ja, die jungen Nadelbäumchen waren zwar recht hübsch anzusehen, doch sie gehörten einfach nicht hierher. Die Wälder der Rhön waren klassisches Buchenland mit einigen schönen Eichen, vereinzelten Tannen, ein paar Obstbäumen, der Haselnuss und dem Feldahorn als Saum.

Vor gut neunhundert Jahren, als die ersten christlichen Missionare in diesen Teil des noch heidnischen Germaniens kamen, war die Rhön fast in Reinkultur mit Buchen bewachsen, bis zu den Gipfeln. Und es waren diese Mönche, die das Land »Buchonia« nannten, und auch heute noch nahmen viele der Altvorderen diese Bezeichnung in den Mund, wenn sie von dem Altgau sprachen.

Ihm war klar, es ging wie nicht selten im Leben ums Geld. Die Fichten wuchsen fast doppelt so schnell und waren meist schon nach achtzig Jahren hiebreif. Die hiesigen Buchen, gerade die Bestände auf den Anhöhen im kühlen Wind und auf nicht immer reichen Böden, brauchten dagegen mindestens hundertvierzig Jahre, manches Mal hundertfünfzig Jahre, bis sie reif für die Ernte waren. Der Anblick auf die dicht bestandenen Fichtenkulturen, die kaum einen einzigen Lichtstrahl zum Waldboden durchließen, war deshalb für ihn kein Grund zur Freude.

Bodo stand plötzlich neben ihm, er forderte sein Recht auf freien Zugang zur Natur und morgendlichen Auslauf. Willkommen ließ er sich aus seinen Gedanken reißen und kraulte dem muskulösen Deutsch-Drahthaar den Kopf. Der Jäger goss frisches Wasser aus dem Krug in die Waschschüssel. Obwohl das Feuer im Kamin bereits erloschen war, blieb die Wärme recht lange in der Hütte, sodass das Wasser nicht gefroren war. Nach einer Katzenwäsche und einem kurzen Stutzen des Vollbartes schlüpfte er in seine grüne Jagdkleidung aus dichtem Lodenstoff. Die schweren Stiefel aus russischem Juchtenleder standen vor dem Kamin und waren fast noch handwarm.

Er nahm seinen grünen Jägerhut mit der auf beiden Seiten aufgeklappten Krempe. Die Mode kam vom Jagdhut des Kaisers, der selbst passionierter Jäger war. Imponierend sah er aus, und auf der Stirnseite des Jagdhutes trug er das fürstliche Wappen der Freiherrn von Waldenberg mit drei Buchen, deren Kronen ineinander verwachsen waren und auf einem Berg standen, alles eingefasst in einem Schild mit einem ritterlichen Helm an der Oberseite. Er schnallte sich den obligatorischen Hirschfänger um, warf den Lodenumhang über und ging mit Bodo hinaus.

Der Tag fing gut an, der Deutsch-Drahthaar war sofort in der Dickung verschwunden, und die Pfiffe des Jägers vermochten ihn nicht herauszulocken. Offenbar hatte sich eine Wildkatze den falschen Rückweg von der nächtlichen Jagd gesucht. Hörte der Vierbeiner sonst recht ordentlich, so setzte bei ihm alles aus, wenn eine Katze in fangbarer Nähe seinen Lebensraum kreuzte. Hier merkte man, dass der Rüde mit seinen knapp zwei Jahren recht jung war und die Ausbildung bei Weitem noch nicht abgeschlossen war. Andererseits war die Nase des kräftigen Hundes extrem fein, das Gehör phänomenal und seine Ausdauer höchst lobenswert. Den Namen Bodo von Bollenstein trug sein Gefährte deshalb zu Recht.

Die Deutsch-Drahthaar-Hunde waren eine recht neue Jagdhunderasse und erst seit wenigen Jahren in der Züchtung, immerhin seit drei Jahren offiziell anerkannt und bereits der aufgehende Stern am Jagdhundehimmel. Ihre Robustheit, die Kraft, vor allem aber ihre Vielseitigkeit machten die neue Rasse zum perfekten Jagdhund für fast alle Einsatzarten. Er hatte sich sofort beim Züchter in den jungen Welpen verguckt. Nun war der Gefährte in seiner Sturm- und Drangzeit, das war nicht immer einfach, aber als klassischer Vorstehhund, der schlagartig bei der Suche erstarrt und schlicht reglos stehen blieb, wenn er Wild wahrnahm, war er eine ernst zu nehmende Erscheinung. Mit seinem leicht struppigen Fell in Dunkelbraun, bis hin zu einem Grau und Schwarz, und den an einen Schnauzer erinnernden Fang mit den typisch langen Barthaaren und den buschigen Augenbrauen stellte er viele andere Jagdhunderassen in den Schatten, erst recht den auf manche etwas verwahrlost wirkenden Griffon oder den schwerfälligen Labrador.

Nun kam Bodo aus der Dickung heraus, die Katze war wohl schneller auf dem Baum, als es dem vierbeinigen Jagdgenossen recht war. Er nahm Bodo an die Leine und ging weiter den Engelsberg hinauf. Mit seinen siebenhundertdreißig Metern war er neben dem auf der westlichen Seite gelegenen Habelberg einer von zwei Hausbergen von Tann, und die Friedrichshof genannte Jagdhütte befand sich etwa auf halber Höhe des Berges. Man kam recht zügig zur Bergkuppe. Von hier oben hatte man einen geradezu atemberaubenden Blick auf die Landschaft und das bereits seit dem zwölften Jahrhundert existierende mittelalterliche Tann mit seinen vielen Fachwerkhäusern. Auch wenn die Waldwirtschaft neben einigen Handwerksbetrieben und der Landwirtschaft die Hauptertragsquellen der Region war, so lag der Waldanteil doch nur bei etwas über einem Drittel der Flächen. Der größte Teil waren Felder und vor allem Grünland mit Wiesen. Deshalb nannte man die Rhön auch das Mittelgebirge mit den offenen Weiten. Denn im Gegensatz zum nur unwesentlich höheren Schwarzwald konnte hier der Blick weit schweifen, und es sah hier vielleicht ein wenig so aus, wie Goethe in seiner »Italienischen Reise« von der Toskana schrieb: lieblich, herzöffnend und seelenberuhigend.

Der Jäger kam zurück und trat auf die hölzernen Bohlen vor der fürstlichen Jagdhütte. Dort fiel ihm der auf dem Boden liegende Brief auf. Gerhard, der Königlich-Preußische Postbote von Tann, musste ihn gestern auf der Holzbank abgelegt haben, als er mit den Fütterungen im Haselwald beschäftigt war.

Der Briefumschlag war an »Herrn Revierjäger Roderich Bonifatius Burgmüller« adressiert und gestempelt auf den 4. Februar 1905, Wilhelmsthal/Deutsch-Ostafrika. Er wusste sofort, wer der Absender war, und öffnete den Brief vorsichtig. Im Kuvert lag eine wunderbare und sogar kolorierte Ansichtskarte des Gebäudes der Forstverwaltung in Wilhelmsthal. Die kleine Neugründung war immerhin kaiserliches Bezirksamt und lag unweit der Usambara-Eisenbahnstrecke, die Tanga am Pazifischen Ozean über rund dreihundertfünfzig Kilometer mit Moshi im Landesinneren verband.

Er musste schmunzeln, sein alter Schulkamerad Hermann Wagner war schon immer ein verrückter Bursche gewesen. Sie hatten gemeinsam nach der Volksschule die Ausbildung zum Berufsjäger gemacht. Während er nach der Lehrzeit die Stelle des Revierjägers beim Freiherrn von Waldenberg angenommen hatte, stürmte sein Freund mit seiner Jagdbüchse in die neuen kaiserlichen Schutzgebiete in Afrika.

Nun war er also in Wilhelmsthal gelandet. Er stand dort als Stellvertreter der Forst- und Jagdverwaltung vor, wobei er sich mehr um die jagdlichen Angelegenheiten kümmerte.

Neben der Jagd und der Liebe zu den Wildtieren teilten sie das Sammeln von Ansichtskarten. Für den Revierjäger war es jedenfalls die kleine häusliche Zerstreuung und vor allem die Befriedigung seiner Sehnsucht nach der Fremde. Wie für alle Einwohner von Tann und dem Rest des Reiches war eine Auslandsreise undenkbar oder besser unbezahlbar. Es blieb das Privileg der Adligen sowie der reichen Industriellen, den eigenen Horizont im Ausland zu erweitern.

Die einfachen Leute, die sich aufmachten, waren meist dazu gezwungen. Es waren vor allem Jüngere, Bauern oder einfache Handwerker, die dem Hunger und dem Elend entfliehen wollten und anderswo ihr Glück suchten.

Allein in den letzten fünfzig Jahren hatte sich die Bevölkerung in Deutschland – ohne die Kolonien – mit inzwischen sechzig Millionen nahezu verdoppelt. In Europa gab es kein anderes Land, welches auch nur annähernd so stark wuchs und eine so junge Bevölkerung hatte.

Die Auswanderungswellen führten in einigen Regionen zu einer regelrechten Entvölkerung. Auch der Revierjäger kannte einige verlassene Weiler im Land der Buchen. Doch der große Auswandererzug ebbte nach der Reichsgründung bald ab. Denn eine bessere Zukunft versprach inzwischen auch eine Übersiedlung in die prosperierenden Städte des Kaiserreichs.

Der Wunsch vom sorglosen Leben in der Stadt blieb aber für viele reiner Traum. Hunger war zwar kein Thema mehr, doch das Leben war hart. Die Sechstagewoche mit sechzig bis siebzig Arbeitsstunden war normal, und die Wohnverhältnisse in den Mietkasernen der großen Städte waren nicht nur hygienisch eine Katastrophe.

Wer eine Ausbildung, beispielsweise als gefragter Mechaniker oder Maurer, vorzuweisen hatte, konnte sich allerdings durchaus ein klein wenig leisten. Ein zweites oder sogar drittes Zimmer, ein Fahrrad, einen regelmäßigen Gasthausbesuch am Sonntag oder auch einmal die Woche einen echten Braten.

Deutschland überschlug sich Jahr für Jahr mit einem gigantischen Wirtschaftswachstum. Man war kurz davor, das Britische Empire als Europas größte Wirtschaft vom Thron zu stoßen. Kurz, Deutschland brodelte und strotzte vor Kraft.

Doch die Neuerungen auf allen Gebieten ließen bei nicht wenigen eine Sehnsucht nach einem bekannten Halt in diesen tosenden Wogen der Zeit aufkommen. Genau dieser Halt war der Kaiser.

Tatsächlich hatte Wilhelm II. weniger Macht als beispielsweise der amerikanische Präsident, denn das Parlament hatte in der täglichen Politik das Sagen. Wobei das Drei-Klassen-Wahlrecht dafür sorgte, dass mehrheitlich Aristokraten und die sonstigen Eliten des Reiches im Parlament saßen.

Der Revierjäger war hingegen glücklich, sich nicht mit solch feinsinnigen Gedanken quälen zu müssen und fern der großen Moderne im eher beschaulichen Tann zu leben. Hier war die Welt übersichtlich, die Parteien-Zänkereien im Berliner Reichstag weit entfernt und vor allem seine geliebte Natur direkt vor der Tür – und nicht eingedrückt in einem Park für Großstädter.

Wie dem auch sei, er hatte jedenfalls damals nicht den Mut aufgebracht, nach Deutsch-Ostafrika mitzukommen, als Hermann ihm die Idee unterbreitet hatte. Es war verlockend gewesen, alles in dem beschaulichen Tann zurückzulassen und einmal den seit 1885 mit fast sechstausend Metern höchsten deutschen Berg zu sehen, den Kilimandscharo.

In stillen Momenten versuchte der Waidmann des Freiherrn seine geringe Abenteuerlust zu entschuldigen. Seine verwitwete Mutter brauchte ihn. Im Grunde war es aber so, sein Vater war bis zu seiner tödlichen Verwundung im Krieg gegen die Franzosen Ende 1870 Revierjäger beim Freiherrn gewesen und hatte dem kleinen Jungen bereits die Liebe zur Natur und ihren Geschöpfen mit auf den Weg gegeben. Damit war der berufliche Weg vorgezeichnet.

Einen Seitenhieb konnte sich sein neuafrikanischer Freund allerdings nicht verkneifen. Hermann hatte den Brief bewusst mit dem Vornamen »Roderich« versehen. Dabei wusste alle Welt, zumindest im Umkreis von Tann, dass der Revierjäger seinen ersten Vornamen mit größter Verachtung trug. Damit nicht genug, er fühlte geradezu einen inneren Hass gegen den Namen. Wie konnte man ausgerechnet ihm, mit seiner Liebe zum Wald und seinen Geschöpfen, einen Namen geben, der geradezu nach dem germanischen Gott der Waldvernichtung klang?

Er hatte sich jedenfalls schon früh entschieden, Bonifatius, seinen zweiten Vornamen, als Rufnamen zu verwenden. Mit der Abkürzung »Boni« wurde sogar ein recht erträglicher Name daraus.

# Kapitel 3
## »Heim, nur Du allein«

Der Samstag war für den Revierjäger arbeitsreich, und der freie Sonntag lockte. Doch vor den Schnaps hatte der liebe Gott die Mühsal gestellt, und so rackerte er sich beim Bau eines verschalten Erdsitzes am Luderplatz ab. Der Freiherr wünschte einen wetterfesten Unterstand zur Jagd auf Füchse und sonstiges Haarraubwild wie Marder und Iltisse. Zunächst galt es, für den Ansitz Erde auf einer Fläche von zwei mal zwei Metern aufzuhäufen, um eine Erhöhung für ein Eichenholzfundament zu schaffen. Am kommenden Montag sollte dann mit der Holzverschalung begonnen werden. Glücklicherweise waren solche Arbeiten selten. Denn im Revier ging man auf die Pirsch, die Jagd auf leisen Sohlen.

Die Idee hingegen, feste Ansitze mit überdachten Kanzeln zu bauen, fand zwar einige Nachahmer. Boni lehnte diese Art der Jagd aber strikt ab, wie fast alle Waidmänner. Wie in einem Hinterhalt auf das Wild zu warten, erhöht und mit fester Gewehrauflage, das war keine echte Jagd mehr, das war in seinen Augen Mord mit Ansage und hatte mit Waidgerechtigkeit und Chancengleichheit für die Wildtiere nichts mehr zu tun.

Natürlich war es bequem für die reichen Industriellen und wohlhabenden Männer von Stand, brauchte man doch nur noch rudimentäre Kenntnisse über Flora und Fauna. Einfach anlegen und abdrücken. Die Hege und Pflege, die Waidgerechtigkeit und die Liebe zur Natur kamen dabei eindeutig zu kurz.

Für den Bau des Erdsitzes bot sich der Luderplatz an. Hier wurden die nicht verzehrbaren Innereien sowie andere Reste des Aufbruches der erlegten Tiere für die Fleischfresser abgelegt. Das lockte vor allem Raubwild und auch Wildschweine an. Und so bekam man auch den Fuchs vor die Flinte, den man sonst oft nur vor seinem Bau erwischen konnte, wenn er ihn während der Geburt des Nachwuchses oder bei extrem schlechtem Wetter aufsuchte.

Zwar gingen inzwischen auch vermehrt Jäger mit Bauhunden wie dem deutschen Teckel – oder Dackel, wie ihn einige wenig respektvoll nannten – auf Raubzug im Bau. Doch die Baujagd war eine blutige Sache. Selten erlebten die Teckel ihren fünften Geburtstag, zu schwer waren die Wunden, die ihnen Fuchs oder Dachs im Bau zufügten, bei dem Versuch, sie vor die Flinte der Jäger zu treiben.

Dennoch, Boni fand die kleinen Teckel mit ihren kurzen Beinchen eher putzig. Er bevorzugte stabile Jagdhunde in respektabler Größe. Unschön war, dass der Teckel zum Modetier verkam. Plötzlich musste der Müller im Dorf einen haben, der Herr Apotheker und selbstverständlich auch der Bürgermeister. Manches Mal fragte er sich, wo die Flut an Teckel-Nachwuchs in Deutschland herkam. Aber der Kaiser lebte die Teckelliebe schließlich vor. Sein Lieblingsteckel Erdmann hatte 1901 das Zeitliche gesegnet, und er konnte es kaum fassen, der Hund hatte ein Grab samt Gedenkstein bekommen. »Andenken an meinen treuen Dachshund / Erdmann 1890-1901 / W. II.« stand auf dem Stein. Vielleicht war der Tod für Erdmann eine Erlösung gewesen, denn zeitlebens wurde er verhätschelt wie ein Schoßhund und hatte dem nicht nachgehen können, was seinem Naturell entsprach. Denn Teckel wurden ursprünglich als reine Jagdhunde mit extrem starkem Jagdtrieb gezüchtet. Der Hund musste in der Lage sein, in den Fuchs- oder Dachsbau, ins Dunkle, zu gehen, und dort wartete der Gegner, der alle Gänge kannte. Um das auszuhalten und noch so verrückt zu sein, immer wieder in diese Gefahr zu laufen, brauchte man nicht nur Charakterstärke, sondern auch eine gute Portion Sturheit und wahrscheinlich auch einen Tick.

Eben schippte er zum gefühlt tausendsten Mal mit dem Spaten Erde auf den inzwischen sichtlich wachsenden Hügel. Der Bau sollte am Rand einer kleinen Eschenkultur entstehen, nicht weit weg vom Bachlauf der Ulster, die östlich an Tann im Tal entlangfloss. Das Flüsschen hatte auch dem Tal den Namen gegeben und schlängelte sich eher gemächlich durch die sanften Hügel der Rhön.

Es war zwar erst Ende März und es hatte in der Nacht sogar wieder Frost gegeben, doch tagsüber gewann die Sonne immer mehr die Oberhand. Boni lief der Schweiß in Bächen den Nacken hinunter. Eine Pause gönnte er sich dennoch nicht. Er wollte früh zurück in der Jagdhütte sein.

Der Abend verhieß ein zünftiges Herrenprogramm. Gepökeltes Wildfleischgulasch in Rotwein mit Kartoffeln, Rotkraut und einem schäumenden Bier. Hätte er sich besser nicht so auf den Abend gefreut, das Wasser lief ihm im Munde zusammen und der Hunger wurde fast übermächtig.

Um drei Uhr nachmittags machte er Schluss und nahm Bodo an die Leine, der inzwischen ebenso missvergnügt dreinschaute wie sein Herr. Es waren nur knapp zweieinhalb Kilometer zurück bis zum Friedrichshof, der Jagdhütte des Freiherrn. Boni überquerte die dahinplätschernde Ulster an dem kleinen Steg, den alle in Tann benutzten, wenn sie über den Bach wollten. Sein Blick glitt aufs Nass: Eine Forelle wäre jetzt auch nicht schlecht gewesen, dachte er. Die Freiherrn von Waldenberg hatten in ihrem eigenen Besitz mit der Schneidmühle das wasserbetriebene Sägewerk, die Schlossbrauerei, mehrere Gutshöfe und die Mühle. Neuerdings wurde von ihnen noch die Gründung einer Fischzucht für die gerade in Mode gekommenen Regenbogenforellen gefördert. Der Fisch von dort war nicht schlecht, besser schmeckten Boni aber die frischen Rhöner Bachforellen aus der Ulster. Allerdings wurden sie immer seltener. Schwarzfischer und das in den Fluss geleitete Abwasser setzten den Fischen zu.

Die Stadtmauer kam nach fünf Minuten Fußmarsch in Sicht. Zu guten Teilen war sie bereits abgetragen, die Schutzfunktion von einst hatte sie seit Erfindung des Schwarzpulvers weitestgehend eingebüßt, und sie diente nur noch zur Kontrolle der Stadtbesucher und zum Ausschluss von vagabundierenden Diebesbanden. Die Stadtmauer hatte die wachsende Gemeinde eingeengt, und die Vorderstadt nach Norden dehnte sich ohnehin schon seit langer Zeit vor den Toren Tanns aus. Außerdem konnten die Bewohner die zurechtgehauenen Steine zum Bau neuer Häuser gut gebrauchen.

Etwas wehmütig ging Boni an der seit 1687 existierenden Krone vorbei, dem ältesten Gasthaus in Tann. Das einladende Gebäude war direkt am Marktplatz und schenkte das vorzügliche Bier der Schlossbrauerei von Tann aus. Seit 1692 braute man dort ein helles, würziges Bier nach fränkischer Brautradition. Genau nach Bonis Geschmack. Die Schlossbrauerei war am Gutshof des gelben Schlosses direkt neben dem Fruchthaus untergebracht. Es gab sogar einen unterirdischen Gang vom Brauhaus zum Fruchthaus. Von dort gelangte die eingelagerte Gerste zur Brauerei, und umgekehrt wurden die gefüllten Bierfässer im tiefen Keller des Fruchthauses mit dem im Winter geschlagenen Eis der Ulster kühl gelagert.

Zu allem Überdruss zogen nun auch noch Küchendüfte in seine Nase. Die deftige Späcksopp und das gebratene Ochsenherz mit Spatzeklöß standen quasi zum Mitessen bereits in der Luft. Boni legte einen Gang zu und zog den zunehmend Richtung Krone strebenden Deutsch-Drahthaar hinter sich her. Der Waidmann ging an der fürstlichen Forstverwaltung vorbei und über den Marktplatz hinauf zum östlichen Ortsausgang.

Auf einem kleinen Weg durch die ersten Buchenschläge kam er endlich an dem Jagdhaus an. Es lag direkt auf dem Engelsberg. Früher war der Friedrichshof ein reiner Gutshof des Freiherrn gewesen. Doch der Pächter zog es vor, in den Ort zu ziehen und von dort die Ländereien zu bewirtschaften. Kurzerhand erklärte Freiherr Friedrich Wilhelm von Waldenberg dann vor etwa zehn Jahren den Friedrichshof zur neuen fürstlichen Jagdhütte.

Boni war es mehr als recht gewesen, denn so wie für den Friedrichshof der Begriff »Hütte« extrem stark untertrieben war, so war der Begriff »Hütte« für die alte Jagdbehausung weiter nördlich im Wald noch eine Übertreibung erster Güte.

Tatsächlich war die alte Hütte ein modriger Holzverschlag, der nur für einen Tisch, zwei Stühle und zwei Betten Platz bot. Waldenberg machte das wenig aus, schließlich schlief er nach der Jagd direkt im Schloss, war es doch nur einen Katzensprung entfernt. Gleiches galt für seine Gäste. Doch die Zeiten hatten sich gewandelt. Die Sehnsucht zur Natur mochte vielleicht mit der deutschen Romantik einen Anfangspunkt gehabt haben, zu Ende war die Entwicklung allerdings noch lange nicht.

Alle Welt strebte neuerdings ins Grüne. Das ging so weit, dass Boni bestimmt ein- oder zweimal die Woche tief im Wald Wanderer entdeckte und angesichts der Jagdbewirtschaftung der Wege verwies. Wo würde man hinkommen, würde das Wild am Ende noch Sonntagsspaziergänger oder gar Touristen ertragen müssen? Die laut tuckernden neumodischen Automobile genügten schon, um den einen oder anderen Herzkollaps bei einem braven Bürger zu verursachen. Boni reichte es bereits, dass der technikvernarrte Freiherr sein Knattergefährt dreimal die Woche anließ.

Jedenfalls war der Friedrichshof nun tatsächlich groß genug, um Jagdgästen auch eine adäquate naturnahe Übernachtung im Grünen zu bieten. Für Komfort war dennoch gesorgt. Im Erdgeschoss befand sich ein ausladender Kamin im großen Jagdzimmer. Ebenfalls im Erdgeschoss war eine rustikale Küche mit fließendem Wasser und einer gemütlichen Sitzecke untergebracht. Hinter der Küche verbargen sich der Vorratsraum und direkt daneben eine Toilette mit Wasserspülung. Das grenzte schon fast an überbordenden Komfort. Dieser Luxus wurde allerdings nur von einer Badewanne mit einem Warmwasserholzofen im nächsten Raum übertroffen. Neben dem Hauptraum im Erdgeschoss verfügte der Friedrichshof noch über zwei Gästezimmer, und das gedrungene Gebäude hatte im Obergeschoss, direkt unter dem Dach, drei weitere Schlafzimmer. Boni bewohnte das kleinste Zimmer davon. Glücklicherweise durfte er dort sein altes Bett aufstellen, denn der Revierjäger hatte preußisches Gardemaß und hätte sogar zu den Langen Kerls des Soldatenkönigs, des Vaters des Großen Königs Friedrich, gedurft.

Das Gebäude selbst stand auf einem Steinfundament mit gemauertem Sockel. Darüber begann die mit dunklem Holz verkleidete Fassade. Nach vorn hatte das Haus auf der linken Seite zwei große Sprossenfenster mit weißen Rahmen und grünen Fensterläden für das dahinterliegende Jagdzimmer.

Über dem Eingang des Gebäudes befand sich eine breite Gaube mit zwei Fenstern und natürlich dem obligatorischen Hirschgeweih. In diesem Fall der Kopfschmuck von einem sehr kapitalen Achtzehnender. Die Jagdgäste durften ruhig wissen, welche Prachtexemplare an Rothirschen das Revier des Fürsten beherbergte.

Neben dem mittig gelegenen Eingang waren rechts drei kleinere, enger beisammenstehende Fensterchen für die Küche, ebenfalls mit weißen Sprossen und grünen Läden. Der unweit gelegene Stall des ehemaligen Gutshofes wurde von Boni für die Futterlagerung genutzt, und dort stand auch der Jagdwagen von Waldenberg, eine zweispännige Pferdekutsche mit Gummi-Pneus. Der Freiherr hatte Boni als Teil seiner Entlohnung erlaubt, dauerhaft die Jagdhütte zu bewohnen. So kam es, dass der Waidmann beinahe fürstlich logierte.

Boni musste sich sputen, er ging in die Küche und bereitete sein berühmtes Wildgulasch vor. Dafür gönnte er sich einmal im Monat eine Flasche fränkischen Rotwein mit großem Duft und nicht ganz so erdigem Nachgang wie bei einem schweren Burgunder aus dem Franzosenland. Der Wein war dabei nicht für den Trank gedacht, sondern für die Soße. Nur seinen Gästen zuliebe behielt er für eine Probe ein paar wenige Schluck in der Flasche.

Er selbst mochte es deftig und gönnte sich lieber ein Bier zum Essen, welches er immer von der Krone holte und in Fünf-Liter-Steinkrügen im kühlen Keller vorrätig hatte. Er schaute auf die imposante Eichenstanduhr im Flur, es war bereits fünf Uhr nachmittags, Eile war geboten. Da klopfte es pünktlich an der Tür.

»Bertram, sei gegrüßt, schön, dass du da bist. Ist gerade etwas hektisch, die Kartoffeln sind fast fertig und das Rotkraut darf nicht anbrennen.«

»Guten Abend, darf ich denn reinkommen oder soll ich den künstlerischen Prozess meines Lieblingskoches besser nicht stören?«

»Quatsch nicht so viel, komm rein. Nimm dir ein Bier und gib mir fünf Minuten, dann bin ich entspannt«, entgegnete Boni auf dem Weg in Richtung Küche.

Bertram Kempf betrat die Jagdhütte. Er war seines Zeichens der evangelische Pfarrer von Tann und gleichzeitig der beste Freund des Revierjägers. Wie Boni hatte er vor nicht langer Zeit die vierzig Lenze gerissen. Vielleicht etwas früh waren ihm die meisten Haupthaare verlustig gegangen und nur ein schmucker Haarkranz übrig geblieben. Kempf war unverheiratet und hatte auch sonst wenig Bezug zum weiblichen Geschlecht. Insofern hätte er auch seinen Dienst bei den Tiefschwarzen verrichten können. Doch das war die Besonderheit in Tann. Die Stadt bildete im Meer der katholischen Gemeinden von Würzburg über Fulda bis in die nördliche Rhön fast die einzige evangelische Enklave, seit Johann von Waldenberg um 1530 die Reformation eingeführt hatte. Das hatte in der Vergangenheit stets Anlass zu handfesten Auseinandersetzungen mit den Äbten von Fulda gesorgt. Ihnen war das evangelische Tann ein Dorn im Auge und ein immerwährend Schmerz produzierender Stachel im Fleisch der reinen Lehre. Selbst Rom hatte sich schon zu dieser ungewöhnlichen Situation geäußert und Maßnahmen zur Eingemeindung in den Schoß der römisch-katholischen Kirche angemahnt. Doch die zu Bekehrenden wollten sich einfach nicht bekehren lassen. Ganz im Gegenteil. Die Industrialisierung seit Mitte des letzten Jahrhunderts kam einer Revolution gleich, zumindest gab es erhebliche Volksverschiebungen. Im Zuge der innerdeutschen Völkerwanderungen vom Land in die Städte, manches Mal quer durch das Reichsgebiet, fand eine immer größer werdende Vermischung der Glaubensrichtungen statt. Dank immer besser werdenden Zugverbindungen konnte es auch in ländlichen Regionen zu Wanderungen kommen, und es wurde nicht wie über Jahrhunderte üblich im Umkreis von fünf Kilometern geheiratet.

Aus dem Regal über der Sitzecke nahm sich Bertram seinen Tonkrug mit den schwarzen und weißen Streifen im Wappen der Fürsten zu Isenburg-Büdingen. Im Gegensatz zu Boni war er kein gebürtiger Tanner. Der Pfarrer kam aus Büdingen in der Wetterau, dem ausgesprochen fruchtbaren Landstrich zwischen Frankfurt und dem Vogelsberg. Die mittelalterliche Stadt war deutlich größer und für ihr ungewöhnliches Schloss bekannt, welches in Form einer Acht gestaltet war. Boni war einmal mit Bertram dort gewesen. Ihn hatten die kräftigen Stadtmauern beeindruckt, die bis heute unversehrt erhalten geblieben waren. Das dort ausgeschenkte Bier von der Fürstlichen Brauerei zu Wächtersbach hatte er auch noch in sehr guter Erinnerung. Die kleine Stadt war für eine Belieferung mit der Pferdekutsche zu weit weg, aber dank der Eisenbahn war das kein Problem mehr, und der Freiherr ließ sich zu hohen Festtagen gerne auch ein kleines Fass aus der Stadt am südlichen Rand des Vogelsberges kommen.

Als das kühle Bier aus dem großen Tonkrug in die kleineren Humpen floss, bildeten sich feine Wasserperlen auf dem Wappenschild von Isenburg-Büdingen und dem Tonkrug von Boni mit dem Wappen der Freiherrn von Waldenberg.

»Dem Herrn sei gedankt, ich habe einen völlig unchristlichen Kohldampf«, freute sich Bertram, als sein Freund das duftende Wildgulasch auftischte.

»Danke lieber meinen Kochkünsten und dem Geschöpf, das für unser leibliches Wohlergehen sein Leben gegeben hat«, erwiderte Boni. »Und nun lass es dir schmecken.«

Die beiden Freunde legten sich ins Zeug und ließen nicht einen Krümel auf den Tellern übrig, wobei Bertram noch zweimal einen Nachschlag bekommen hatte. Überhaupt sah man, dass der eine der beiden sich täglich in der Natur bewegte und mehrere Kilometer zu Fuß hinter sich brachte, während der andere seinen Beruf eher geistig oder besser geistlich ausübte. Nicht ganz überraschend hatte die Leibesmitte des Pfarrers stattliche Ausmaße.

Nachdem die Teller weggeräumt waren und der Abwasch erledigt war, folgte der gemütliche Teil. Da es inzwischen dämmrig wurde, zündete Boni die zwei Öllampen an der rustikalen Wandvertäfelung der Sitzecke an. Auf dem Tisch spendeten zwei größere Kerzenleuchter zusätzlich warmes Licht.

Der Jäger holte die geliebte Meerschaumpfeife seines Vaters heraus und stopfte sie mit seiner Spezialtabakmischung. Die Pfeife war eines der ganz wenigen Erbstücke, die er von seinem Vater hatte. Sie erinnerte ihn an früher, und bei jedem ersten Zug aus der Pfeife musste er an seine glücklichen Kindheitstage denken, wie er mit seinem Vater durch Feld und Flur, über die grünen Berge und durch die luftigen Wälder von Tanns Jagdrevieren gezogen war.

Sein Vater hatte ihn Schritt für Schritt an die Natur herangeführt. Er war für die strengen damaligen Verhältnisse ungewöhnlich mehr Freund als herrschendes Familienoberhaupt gewesen. Trauer überkam den Jäger immer noch an dunklen Tagen, weil der Vater im Krieg gefallen war, als Boni kaum acht Jahre alt war.

Bertram ließ ebenfalls eine gute Zigarre erglimmen und schaute sehnsuchtsvoll auf den schmucken Holzkasten auf dem Regal in der Ecke der Küche. Boni musste schmunzeln, denn beide teilten eine Leidenschaft: das

Schachspiel. Nur waren die Gewinnverhältnisse völlig ungerecht verteilt. Der Jäger hatte einen sehr scharfen Verstand und gewann fast immer.

»Heute Abend bist du fällig. Viktoria ist mir hold. Ich spüre seit heute Morgen, dass es nun zur gerechten Revanche kommt.« Sie spielten über eine Stunde angestrengt und abgesehen vom Rauchen und einigen Schlucken Bier hochkonzentriert und nahezu wortlos. Viktoria, Nike, Sigyn und alle anderen infrage kommenden Siegesgöttinnen schienen sich wieder neuen Günstlingen zugewandt zu haben. Der Pfarrer hatte jedenfalls erneut das Nachsehen.

»Sei nicht brummelig. Das nächste Mal wirst du bestimmt gewinnen«, versuchte Boni seinen Freund aufzumuntern. »Erzähle mir lieber, was es Neues aus Tann gibt. Du weißt, ich lebe hier oben fast wie ein Eremit und bekomme ziemlich wenig von dem Klatsch und Tratsch mit. Wenn meine Mutter wegen der Wäsche nicht einmal die Woche hier hochkäme, könnte ich auch gleich die Jagdhütte mit der Insel von Robinson Crusoe tauschen.«

»Hm, lass mal überlegen. Du hast immer so große Erwartungen, vergisst aber dabei, dass ich nicht im Verein der reaktionären Zunft bin. Die römischen Kollegen erfahren natürlich dank Beichte noch ganz andere Dinge«, erklärte der Pfarrer etwas wehmütig. »Aber gut, das mit dem Metzger Freimann hast du erfahren?«

Boni schüttelte den Kopf.

»Seine Tochter kennst du. Sie ist wahrscheinlich das attraktivste Fräulein in ganz Tann. Nun hat sie sich ausgerechnet mit dem Stallburschen vom Freiherrn eingelassen. Zum Glück scheint wohl noch nichts weiter passiert zu sein. Aber die junge Dame will den Pferdekümmerer partout heiraten. Dabei hat der alte Freimann ganz andere Pläne. Sie soll durch eine Heirat mit dem Jungen von unserem Kolonialwarenhändler Leubecher nicht nur kaufmännischen Sachverstand in den Laden bringen, sondern für neue Absatzmärkte sorgen. Denn inzwischen hat der Leubecher sogar einen Gemischtwarenladen in Geisa eröffnet. Die Geschäfte scheinen also mehr als gut zu laufen. Und nun kommt ihm ein völlig mittelloser Stallbursche in die Quere! Seit einer Woche ist die kleine Maid nun schon im Hungerstreik, und der Vater schaltet auch auf stur.« Bertram nahm zwischendurch einen Schluck Bier zu sich. »Die Kleine erinnert mich ein wenig an Franziska, die Tochter unseres Freiherrn. Immer mit dem Kopf durch die Wand, ohne Rücksicht auf Verluste und dabei ebenfalls so unverschämt reich mit Gottes äußerlichen Gaben gesegnet.«

Da hatte der Pfarrer nicht unrecht, wobei natürlich Franziska Viktoria von Waldenberg eine völlig andere Klasse war. Wenn sie auf ihrem hochgewachsenen, dunkelbraunen Hannoveraner daherkam, dann gab es keinen männlichen Einwohner der Stadt, der nicht zumindest einen verstohlenen Blick wagte.

»Wo die Liebe hinfällt, da liegen Glück und Leid nahe beieinander«, entgegnete Boni.

Die beiden Freunde saßen noch eine gute Weile zusammen und philosophierten über das Leben, bis Boni den Pfarrer zur Tür brachte und sie sich herzlich verabschiedeten. Der Abend war wieder rundum gelungen gewesen, und in der Jägerhütte kehrte Ruhe und kurz darauf tiefer Schlaf ein.

# Kapitel 4
## *»Schlossgang«*

Der Revierjäger hielt sich an die alte Weisheit: »Gehe nicht zu deinem Fürst, wenn du nicht gerufen wirst.« Er kam zwar gut mit seinem Dienstherrn aus, dem Freiherrn Friedrich Wilhelm von Waldenberg, aber manches Mal wurde der Herr über die Ländereien von Tann vom Fortschrittsgeist übermannt. Dann sprudelten – auch jagdlich – neue Ideen so schnell aus ihm hervor, dass Boni seine liebe Müh und Not hatte, ihn auf einen realistischen und vor allem auf den wildgemäßen Boden der Tatsachen zurückzuholen.

Heute war nun ein Tag, an dem er gerufen wurde. Volkhard Klee, der alte Verwalter des Freiherrn, kam morgens auf seiner Kontrollrunde mit dem Pferd vorbei und bat Boni, sich um zehn Uhr im Schloss einzufinden. Es gäbe Wichtiges zu besprechen, und die Angelegenheit dulde keinen Aufschub.

Boni schätzte die Art des Verwalters nicht besonders. Immer musste er dramatisieren, vielleicht war es aber auch seinem Alter geschuldet. Körperlich war der untersetzte Rhöner zwar noch mehr als rüstig, doch es war nicht mehr seine Zeit. Zu schnell drehte sich inzwischen die Welt, und es gab wohl noch keine Zeit in der Menschheitsgeschichte, in der sich die Neuerungen so überschlugen und der Erfindungsgeist den Menschen schneller vorantrieb, manchmal schneller, als er folgen konnte.

Klee war Jahrgang 1840, das wusste Boni, denn der Verwalter hatte im Januar des Jahres seinen fünfundsechzigsten Geburtstag gefeiert. Wenn man sich vergegenwärtigte, dass im Geburtsjahr des Verwalters erst seit fünf Jahren überhaupt Eisenbahnen mit Dampflokbetrieb in Deutschland existierten, das elektrische Licht noch nicht erfunden war, Automobile noch nicht existierten, Schiffe nur mit Segeln statt mit Dampf betrieben wurden, man sich weder photographieren lassen noch telephonieren konnte, dann war klar, welche Umwälzungen stattgefunden hatten. Dabei standen viele weitere Neuerungen Schlange und klopften an die Tür der Gegenwart. Frankfurt hatte inzwischen den ersten Kinematographen. Man konnte jetzt nicht nur hintergrundbeleuchtete Photographien auf einer Leinwand betrachten, nein, die Technik war in der Lage, echte Bewegtbilder zu zeigen. Vielleicht würde es sogar bald möglich sein, alles in Farbe wiederzugeben. Die Krönung wäre natürlich ein Film mit Ton. Boni hielt das nicht für so unwahrscheinlich, schließlich hörte man inzwischen Schallplatten auf Grammophonen.

Es grenzte an ein Wunder, wie plötzlich sogar Fahrzeuge, die schwerer als Luft waren, in den Himmel stiegen. Gut, bei einem Ballon oder den Erfindungen des Grafen Zeppelin konnte man das auch als Nicht-Ingenieur verstehen. Warme Luft oder auch Wasserstoff waren leichter und stiegen auf. Diesen Auftrieb nutzten dann die Ballone oder Zeppeline. Aber ein Luftfahrzeug ohne

Gasauftrieb? Wie dem auch sei, der deutsche Weißkopf hatte es mit seinem ersten Flug in den USA gezeigt, es war möglich. Die Gebrüder Whright setzten 1903 noch einen drauf und konnten den Flug sogar steuern und über mehrere Hundert Meter Strecke hinweg führen.

Telephone gab es bereits wenige Jahre nach der Reichsgründung. Heute waren nicht nur Ortsnetze in den Großstädten und vielen Mittelstädten vorhanden, sondern auch Fernnetze. Sogar Telephonate in das Ausland waren möglich.

Die Liste hätte Boni fast endlos fortsetzen können. Jedenfalls war es da kein Wunder, dass die älteren Herrschaften wie der Verwalter irgendwann den Anschluss verloren. Dennoch, in Tann ging die Zeit etwas gemächlicher und behutsamer mit den Menschen um. Die Stadt war noch nicht elektrisch erschlossen. Dafür besaß der Freiherr als bekannter Technikförderer zusammen mit dem Bürgermeister, dem Kaiserlichen Telegraphenamt und der Königlich Preußischen Gendarmerie-Station den ersten Telephonanschluss, der das Rhöner Städtchen mit Fulda verband und von dort wiederum mit den Großstädten und über Umwege sogar mit Berlin. Darüber hinaus hatte der Freiherr eines der zwei Automobile in der Stadt. Das andere war das Gefährt der Forstverwaltung, eine Art motorisierte Kutsche mit Transportmöglichkeit. Zusätzlich war auch ein sogenanntes Traktorenmobil landwirtschaftlich im Einsatz.

Die neuen Zeiten klopften also auch in Tann mit Nachdruck an die mittelalterlichen Türen. Auf allen Gebieten schien der Fortschritt unaufhaltsam. Es war erst wenige Wochen her, dass die Freiwillige Feuerwehr von Tann für

das nächste Jahr den Antrag auf eine mit Motordampf-
druck betriebene Feuerspritze stellen wollte.

Boni hatte sogar gehört, dass Morsezeichen mittlerweile mittels Funkstrahlen übertragen werden konnten,
also kabellos. Es war wohl auch hier nur noch eine Frage
Zeit, bis man selbst Musik und Sprache per Funk über-
tragbar machen konnte. Einen ersten erfolgreichen Versuch hatte es dazu bereits im letzten Jahr in Wien gegeben. Doch manchmal ging selbst ihm die Entwicklung
zu schnell voran, und er war froh, dass der Wald vor
allzu großen Veränderungen verschont blieb. Er legte
seine Jägeruniform an. Neben den schweren Stiefeln und
der dunkelgrünen Hose gehörte der Uniformrock mit
dem fürstlichen Wappen dazu. Das Koppel bestand aus
einem breiten und schweren dunkelbraunen Ledergürtel
und einer Schließe, auf der ein Hirschgeweih zu sehen
war. Am Koppel selbst trug er den reich verzierten Para-
de-Hirschfänger, den er zum zehnjährigen Dienstjubiläum vom Freiherrn erhalten hatte. Er nahm noch seinen Umhang aus dickem Lodenstoff, den Jagdhut, leinte
Bodo an und machte sich auf den Weg vom Friedrichshof nach Tann.

Der Morgen war schon wärmer als an den letzten
Tagen, und der Himmel über der Rhönstadt zeigte nicht
ein Wölkchen. Kaiserwetter, das war zumindest ein gutes
Zeichen für das Gespräch mit dem Freiherrn.

Er ging zum Marktplatz an der im neugotischen Stil
erbauten evangelischen Stadtkirche vorbei. 1879 hatte
ein großer Stadtbrand viele Häuser zerstört, einschließlich der alten Stadtkirche. Es war ein Kraftakt gewesen,
doch nach kaum vier Jahren Bauzeit konnte 1889 die neue

Stadtkirche eingeweiht werden. Sie hatte fast tausendzweihundert Plätze und war im Grunde überdimensioniert. Andererseits waren die Menschen in Tann mindestens so gläubig und gottesfürchtig wie die Nachbarn in den umliegenden katholischen Gemeinden, und zu hohen kirchlichen Festtagen waren alle Plätze belegt.

Vom Marktplatz aus nahm Boni den Weg zur Schlossstraße vorbei am wunderschönen barocken Brunnen und trat durch den Torbogen des Schlosses. Das Gebäude selbst war auf den Fundamenten einer ehemaligen Burg der Herren von Waldenberg erbaut. Über die vielen Jahrhunderte hatten sich mehrere Linien derer von Waldenberg auch baulich verewigt. Zur Stadt hin befand sich das Rote Schloss, welches nicht wirklich rot war, sondern lediglich rote Einrahmungen der Fensteröffnungen besaß. Das dreigeschossige Renaissance-Gebäude wurde später im Stil des Barock umgebaut. Rechts befand sich an der nordöstlichen Ecke der Gebäudeflügel des blauen Schlosses. Hier waren die Fenster blau umrandet. Ziemlich trutzig wirkte der vierstöckige Turm mit seinem obersten Stockwerk in Fachwerkausführung.

War man erst im Innenhof, wurde man vom jüngsten Teil des Komplexes überrascht. Es war das gelbe Schloss, eine unerwartet großzügige vierstöckige Dreiflügelanlage im Westen an der zur Stadt abgewandten Seite. Der Bau war beinahe monumental und wirkte im besten Sinne hochherrschaftlich. Hier lebte die Familie des Freiherrn überwiegend, und hier war auch sein Büro untergebracht.

Boni nutzte den Türklopfer, und Ewald, der Hausdiener, öffnete. Bodo mochte den spargeldürren Mann nicht und hätte fast geknurrt, doch der Revierjäger wusste um seine Antipathie gegenüber dem Hausangestellten und hatte seinen Hund an die kurze Leine genommen.

Boni wurde gebeten, kurz in der Halle zu warten. Dabei fiel sein Blick auf die vielen Gemälde der waldenbergschen Vorfahren. Das ursprünglich fränkische Geschlecht zählte schon früh zur Reichsritterschaft und brachte gerade in den letzten zweihundert Jahren oft bedeutende Persönlichkeiten hervor.

Plötzlich rief es oben von der Treppe herunter: »Mein lieber Bonifatius, gut, dass Sie da sind. Wir haben viel zu tun.« Der Freiherr kam mit Schwung die mit schwerem Teppich ausgelegte Treppe herunter.

Freiherr Friedrich Wilhelm von Waldenberg war Mitte fünfzig, schlank und für sein Alter mehr als vital. In früheren Zeiten soll er ein guter Ruderer gewesen sein, außerdem ritt er genauso gern aus wie seine Tochter Franziska.

Waldenberg war seit Langem ein großer Bewunderer der Hohenzollern. Als 1866 nach dem Deutschen Krieg zwischen Österreich und Preußen die Karten neu gemischt wurden, gelangte Tann aus dem bayerisch-fränkischen Hoheitsgebiet zum Königreich Preußen. Für die ebenfalls protestantischen Waldenbergs war das ein Glücksgriff. Denn als evangelische Enklave hatte man in der Vergangenheit immer wieder teils sogar militärische Auseinandersetzungen mit dem katholischen Fulda gehabt. Nun konnte der Freiherr seine Bewunderung für die Preußen sehr deutlich zeigen. So trug er den allerdings nur leicht angedeuteten Kaiser-Wilhelm-Bart mit seinen gezwirbelten Bartspitzen. Der nach wie vor volle Haarwuchs war kurz geschnitten. Er hatte beigefarbene

Knickerbocker, schwarze Halbschuhe, ein blaues Hemd mit rotem Krawattenschal und ein braun kariertes Jackett an.

»Gehen wir am besten in mein Büro, dann können wir uns ungestört unterhalten«, forderte Waldenberg den Revierjäger auf, ihm zu folgen.

Im Büro des Freiherrn stand ein Schreibtisch aus schwerem Eichenholz mit aufwendig geschnitzten Jagdszenen aus den waldenbergschen Revieren. Dahinter hing ein übergroßes Gemälde des ehemaligen Reichskanzlers Fürst von Bismarck. Waldenberg zählte zu den glühenden Bewunderern des Eisernen Kanzlers und fand bis heute, dass die Entscheidung des Kaisers, das Entlassungsgesuch des Schmiedes der deutschen Nation anzunehmen, zumindest verfrüht war. Der Revierjäger war zwar nicht besonders politisch, doch bei dieser Frage hatte er eine klare Meinung: Er gehörte zu den vielen Befürwortern der Entscheidung, den alten Reichskanzler gehen zu lassen. Trotz aller Leistungen hatte sich Bismarck selbst überlebt und war in den 1880er-Jahren schon mehr mit der eigenen Glorifizierung denn mit der Lösung tagesaktueller Probleme beschäftigt. Gerade die neu angebrochene Zeit hin zu mehr Parlamentarismus, dem Wunsch der Bevölkerung nach mehr Gehör und vor allem der Glättung der schlimmsten sozialen Krisenherde im Reich hatte er dem alten Reichskanzler nicht mehr zugetraut. Es war nicht mehr die Zeit eines zwar nie königlichen, aber immer absolutistisch agierenden Mannes. Ein junger Herrscher wie der dynamische Kaiser Wilhelm II., der verstärkt auch einen Ausgleich mit der Moderne und vor allem Lösungen für die sozialen Fragen suchte, war eher ein Garant für die Zukunft Deutschlands, auch wenn die Sozialdemokraten im wahrsten Sinne des Wortes ein rotes Tuch für ihn waren.

Auf dem Schreibtisch des Freiherrn türmten sich Schriftstücke und Akten. In der Mitte stand das Tintenfass-Ensemble mit einem Briefhalter aus schwarzem Marmor. Rechts an der Kante des Schreibtischs fand das Telephon seinen Platz. Die komplette linke Zimmerhälfte bestand aus einer Nussholz-Bücherwand mit Fachbüchern zur Forst- und Agrarwissenschaft.

Der Freiherr nahm Platz und bot Boni einen der zwei Sessel vor dem Schreibtisch an. »Bonifatius, wie Sie wissen, halten wir üblicherweise im Januar bis April die Jagdruhe ein. Das Wild braucht seine Erholung, und ständiger Jagddruck macht es zu heimlich, es verkriecht sich auch tagsüber in die Dickungen des Waldes. In einem Nachbarrevier treten die Rehe fast nur noch zur Abendstunde aus. Man stelle sich das einmal vor! Wenn diese Beunruhigung so weitergeht, dann müssen unsere Ingenieure noch Geräte für eine Jagd in der Nacht erfinden«, sagte der Freiherr und schüttelte seinen Kopf. »Aber keine Regel ohne Ausnahme. Dieses Wochenende kommen wichtige Gäste für die Fasanenjagd zu Besuch. Viele von ihnen sind normalerweise Gäste im Herbst bei der großen Drückjagd. Aber jetzt möchte ich ihnen zumindest eine kleine Jagdgesellschaft bieten. Es sind vor allem Freunde und Geschäftspartner, darunter auch Graf Eberhard von Buchen aus Berlin. Er ist von ganz besonderer Bedeutung für uns. Denn sein Holzkontor ist einer unserer größten Abnehmer für die Leisten und Bretter aus unserem

Sägewerk. Er war zuletzt vor über zwanzig Jahren mein Gast, damals war mein Vater noch am Leben«, führte Waldenberg aus.

»Das muss kurz vor meinem Diensteintritt bei Ihnen gewesen sein. Ich habe gut in Erinnerung, dass wir vor drei Jahren auch im Frühjahr eine Fasanentreibjagd hatten«, antwortete Boni.

»Richtig, und genau das stelle ich mir jetzt auch vor. Die Hähne sind selbst nach dem neuen Preußischen Wildschongesetz aus dem letzten Jahr bis in den Mai frei. Um den gesellschaftlichen Teil kümmern wir uns vom Schloss aus, die Organisation des jagdlichen Teils liegt bei Ihnen. Ich denke, zehn Treiber aus unserem Tann sollten reichen. Stellen Sie alles auf die Beine für das kommende Wochenende. Wir treiben dann dreimal, um neun Uhr, zwölf Uhr und um drei Uhr nachmittags, das sollte genügen. Ich verlasse mich da auf Sie«, erklärte der Freiherr und schaute dem Jäger bestimmend in die Augen.

»Ich werde mich gleich ans Werk machen«, antwortete Boni.

»Gut, mein lieber Bonifatius, das freut mich. Bitte unterrichten Sie mich in zwei Tagen noch einmal über den Zwischenstand.« Damit verabschiedete Waldenberg den Revierjäger.

Boni verließ das Schloss mit gemischten Gefühlen. Es lag eine Menge Arbeit vor ihm. Die Fasanenhähne mussten genau lokalisiert werden, das entsprechende Feldstück ausgesucht, die Schützenstände geplant und die mehr oder weniger freiwilligen Treiber aus der Tanner Bevölkerung einbestellt werden. Für die war so eine Jagd immer mit viel Aufwand verbunden. Aber so war es Tradition, schon seit vielen Jahrhunderten.

Bevor Boni zur Jagdhütte zurückkehrte, gab er einen Brief beim Königlichen Postamt mit einer Bestellung auf. In der letzten Ausgabe der seit 1894 wöchentlich erscheinenden »Wild und Hund« hatte er eine interessante Annonce entdeckt. Die Jägerzeitung finanzierte sich zu großen Teilen aus Werbeinseraten. Ganz neu war der Versandhandel. Er stellte geradezu eine Revolution dar. Dank des starken Ausbaus der Eisenbahnlinien konnten Händler nun Waren aller Art im ganzen Reich innerhalb von wenigen Tagen versenden. Das machten sich findige Kaufleute zunutze und boten ihre Waren an. Oft waren es die neuen, industriell gefertigten Waren, die nun den Weg zu den Kunden fanden. Die Serienfertigungen drückten die Preise spürbar, was viele mit geringen Einkommen – wie Boni – durchaus schätzten.

In der Ausgabe der »Wild und Hund« hatte er neben den vielen Anzeigen für Kaviar, Gänsepasteten, Tabak und allerlei Jagdeinladungen auch einen neuen Rehblatter der Marke Buttolo aus Regensburg entdeckt. Für die aufgehende Bockjagd brauchte er einen neuen Blatter, um das Fiepen des weiblichen Rehwildes nachzuahmen und damit den Bock anzulocken. Der Blatter war mit vier Mark fünfzig nicht billig, aber doch bezahlbar. Es war das erste Mal, dass er etwas über den neumodischen Versandhandel bestellte, und er war gespannt, wie lange es dauern würde, bis die Ware bei ihm ankäme.

# Kapitel 5
## »Das große Treiben«

Es war Samstag, der 25. März 1905, der Revierjäger war seit sechs Uhr morgens auf den Beinen. In der Nacht hatte es vergleichsweise milde Temperaturen um die acht Grad. Ein Blick in die Tagesdämmerung, zu den Schönwetterwölkchen und auf sein Hygrometer an der Eingangstür zur Jagdhütte versprach einen Frühlingstag mit angenehmen Temperaturen. Zumindest das Wetter verhielt sich nach Plan, dachte Boni zufrieden. Er würde die Jagdgäste problemlos zu den Schützenständen geleiten können. Alle Gäste waren bereits am Tag zuvor angereist und hatten im Schloss übernachtet. Zweispännige Landauer brachten sie zum abgesteckten Jagdareal.

Boni zog wieder seine dunkelgrüne fürstliche Jagduniform an. Ein letzter Blick in den Spiegel zeigte ihm, dass er eine gute Figur machte. Sein Deutsch-Drahthaar Bodo spürte, dass Großes anstand. Er wedelte aufgeregt mit dem Schwanz und tippelte die ganze Zeit hin und her.

Boni ging zum wuchtigen Holzschrank im Jagdzimmer, in dem die Waffen untergebracht waren, sowohl die von ihm wie auch einige ältere Waffen des Freiherrn. Boni besaß noch die alte Doppelflinte seines Vaters mit den nebeneinanderliegenden großen Läufen für Schrotmunition. Sie musste noch über außen liegende Hähne gespannt werden. Zu seinem zwanzigjährigen Dienstjubiläum hatte er den modernen, kaum fünf Jahre alten hahnlosen Drilling des Freiherrn mit zwei nebeneinanderliegenden Schrotläufen und einem darunterliegenden Kugellauf erhalten. Der große Vorteil dieses Modells war, dass der zusätzliche Kugellauf im Gegensatz zu den völlig glatten Schrotläufen einen innenliegenden spiralförmig verlaufenden Zug hatte, also eine Vertiefung. Beim Schuss presste sich die Bleikugel in den Lauf, bekam einen Drall und wurde durch diese Rotation im Flug enorm stabilisiert. Damit waren Schüsse auf hundert Meter Entfernung und mehr möglich. Der Drilling hatte ursprünglich gut und gerne über hundertfünfzig Mark und damit zwei Monatslöhne des Jägers gekostet. Boni selbst hätte sich so ein edles Jagdgewehr jahrelang vom Munde absparen müssen. So freute er sich aufrichtig über die Anerkennung zum Dienstjubiläum.

Boni nahm jedoch die Doppelflinte seines Vaters und die neue Bockflinte des Freiherrn aus dem Schrank, griff sich seinen Jagdrucksack und leinte Bodo an. Dann verließen sie die Jagdhütte im morgendlichen Tau des anbrechenden Tages.

Als Jagdareal für die heutige Treibjagd hatte er sich das Gebiet an der Waldkante südöstlich von Tann ausgesucht. Es erstreckte sich gut einen Kilometer rechts der Ulster von Wendershausen bis nach Hundsbach. Der Wald war hier nicht zu dicht, und neben Wiesen hatte es hier vor allem Felder mit Weizen, und alles lag auch noch an der sonnenzugewandten Seite der östlich aufsteigenden

Berge. Das waren die wichtigen großen Ws, die Fasane so liebten – Wärme, Wald, Wiese, Weizen und Wasser, wobei natürlich der Weizen erst ein ganz leichtes Grün knapp über der Scholle zeigte. Fasanenwild hatte er reichlich gesichtet, es waren bestimmt über hundertdreißig Hähne und Hennen. Die edlen Vögel lebten überwiegend in Gruppen, nur zur Setz- und Brutzeit im Mai bis in den Juni sonderten sie sich ab.

Das Wäldchen hatte reichlich Buchen in verschiedenen Größen, aber auch einen Teil mit einem recht lichten Unterholz sowie einigen Fichten und ein paar wenigen Tannen. Federwild war genug da, und wenn die Jagdgöttin Diana den Schützen hold war, sollte jeder der avisierten acht herrschaftlichen Gäste mit einem Jagderfolg nach Hause gehen.

Die Gäste waren pünktlich vor Ort. Die hochrangige Jagdgesellschaft bestand aus dem Schwager des Freiherrn, Georg Carl von Carolingen, dessen Vorfahr, Hans Carl von Carolingen, die erste umfassende Abhandlung zur nachhaltigen Forstwirtschaft veröffentlicht hatte. Aus der Freien Reichsstadt Frankfurt am Main war der Geheime Kommerzienrat Dr. Heinrich Wiegand angereist und aus Berlin der besagte Geschäftskontakt aus der Holzveredelung, Graf Eberhard von Buchen. Hinzu kamen Generalmajor Franz Rudolf von Zotten, dessen Vorfahr schon unter Friedrich dem Großen gedient hatte, sowie der etwas klapprige Obermedizinalrat Prof. Dr. Dr. Werner Sauer von der Berliner Charité.

Boni freute sich besonders auf den ihm gut bekannten Königlich Bayerischen Oberforstmeister Peter Zeininger, der das bereits in Bayern gelegene Nachbarrevier betreute. Der drahtig-sehnige Zeininger entsprang einer alten Jagd- und Forstfamilie und hatte sich einen Namen mit seinen Forschungen zur Vogelwelt Bayerns wie auch zu seltenen Gebirgspflanzen gemacht.

Obwohl Waldenberg sich vor allem als Kaufmann verstand und die Jagd eher aus gesellschaftlichen Gründen und wegen seines Standes betrieb, so hatte er doch sein Herz an die Gebirgspflanzen verloren und über die Jahre einen engen Kontakt zu dem Oberforstmeister aufgebaut.

Die Gästeliste beschloss der etwa vierzig Jahre alte, jugendlich wirkende Oberleutnant Hans Mehlinger vom 1. Kurhessischen Infanterie-Regiment Nr. 81 der Gutleut-Kaserne aus Frankfurt am Main. Er wurde auf persönliche Empfehlung des Generals von Zotten eingeladen. Letzter offizieller Gast war Hermann von Lucius, Königlich Preußischer Geheimer Rat seiner Majestät des Kaisers.

Zu Bonis Überraschung erschien auf einem schwarzen Hengst plötzlich ein Sondergast. Ein durchtrainierter Mann in sandfarbener Jaguniform und dem typischen Schutztruppen-Hut der Kolonien ritt auf sie zu.

Boni traute seinen Augen nicht, als der Mann vom Pferd stieg. Es war sein Freund Hermann Wagner aus Deutsch-Ostafrika, von dem er erst vor wenigen Tagen die wunderschöne Ansichtskarte erhalten hatte. Nur, wie war er plötzlich hierhergekommen und war er auf Einladung des Freiherrn da? Der Revierjäger grübelte kurz, wobei er freudestrahlend auf den Neu-Afrikaner zuging.

»Hermann, ist es denn zu fassen, wie kommst du hierher? Seit wann bist du da? Das ist ja eine Überraschung. Erzähl!« Boni begrüßte den ebenfalls hochgewachsenen Berufsjäger mit einer kräftigen Umarmung. An Hermanns Schutztruppenhut steckte vorn das in Silber gehaltene kaiserliche Jagdemblem, die gekreuzten Jagdbüchsen mit dem Jägerhut darüber, umkränzt von Eichenlaub, mit einem Eisernen Kreuz unten und der Kaiserkrone oben. Die Krempe des grauen Hutes war auf der rechten Seite nach oben hochgeklappt und mit der kaiserlichen Kokarde in Schwarz-Weiß-Rot befestigt. Die weiße Paspelierung und das weiße Hutband standen für Deutsch-Ostafrika. An der rechten Schulter seines baumwollenen Uniformrocks trug Hermann das inoffizielle Wappen von Deutsch-Ostafrika, einen Löwenkopf auf rotem Grund, über dem der preußische Adler auf gelbem Grund stand, darüber die Kaiserkrone. Der hoch aufgeschossene Hermann war braun gebrannt und trug seine blonden Haare etwas länger als militärisch erlaubt. Kernig sah er aus, so wie man sich einen Afrikajäger vorstellte.

»Das ist eine längere Geschichte. Wir wollen die anderen Gäste nicht warten lassen, deshalb nur ganz kurz, ich muss für die Regelung einiger Angelegenheiten in zwei Wochen in Berlin bei der Kolonialabteilung im Auswärtigen Amt erscheinen, und da wollte ich dich mit einem Besuch überraschen. Der Freiherr hat mich gestern bei meiner Ankunft gesehen und kurz entschlossen eingeladen, damit ich den Herren etwas von der Großwildjagd in Afrika berichte. Außerdem bin ich nach meiner Meisterprüfung inzwischen sogar zum Landeswildmeister der gesamten Jagdwirtschaft in Ostafrika ernannt worden und damit wohl für einige der Gäste ein enorm interessanter Ansprechpartner bei Exportangelegenheiten nach Deutschland, mehr erzähle ich dir heute Abend«, sagte Hermann mit Stolz im Gesicht.

»Mein lieber Mann, das nenne ich einen Aufstieg. Ich freue mich wirklich sehr, dass du da bist, aber jetzt ruft die Pflicht«, unterstrich Boni.

Nachdem der Freiherr die Gäste begrüßt hatte und erste Jagdsignale ertönten, wies der Revierjäger alle Jagdteilnehmer nochmals auf die Sicherheitsregeln hin. Es waren an diesem Tag ausschließlich Flinten mit Schrotpatronen erlaubt. Einen sehr ernsten Hinweis brachte der fürstliche Jäger mit Blick auf die jagdbaren Tiere. Nach dem neuen preußischen Wildschongesetz waren im März fast alle Wildtiere geschont. Auerhähne und Haselhähne, genau wie einige Wasservögel, waren zwar aktuell nicht geschont, kamen aber in diesem Teil der Rhön nicht vor.

»Meine Herren, ich darf Sie daran erinnern, dass die Niederwild-Jagd heute ausschließlich auf Fasanenwild ausgeführt wird und dort nur auf die Hähne. Die weiblichen Stücke sind aufgrund der nahenden Brutzeit Anfang Mai strengstens geschützt. Das bei uns vorkommende Rebhuhn ist im März ebenfalls komplett zu schonen, und das in unseren Niedermooren vorkommende Birkwild bejagen wir ausschließlich über die Pirsch. Bitte berücksichtigen Sie das. Zur Sicherheit ist heute ausschließlich Schrotmunition in kleiner Korngröße erlaubt. Bitte achten Sie auch darauf, dass Sie aus waidmännischen Gründen nur auf streichendes, also fliegendes Wild anlegen. Die Hähne sind am Boden tabu. Deshalb setzen wir heute rund zehn Treiber ein, die vom Wald herkommend die Vögel beunruhigen und zum Abflug animieren. Selbstverständlich haben wir genügend Jagdhunde für die Suche und den Apport der getroffenen Vögel«, sprach Boni zu den Anwesenden.

Nach einigen weiteren organisatorischen Informationen wünschte der Revierjäger allen eine gute Jagd und Waidmannsheil. Dann bliesen die Jagdhörner zum Aufbruch.

Bevor es losging, übergab Boni dem Jagdherrn seine Bockflinte und einige der neuartigen Schrotpatronen. Der Freiherr war technikbegeistert und hatte ziemlich bald auf die neue rauchlose Munition umgestellt, die im Gegensatz zu den alten Schwarzpulverpatronen nicht mehr ganze Landstriche nach dem Schuss einnebelte. Sein Dienstherr war ein achtsamer Mensch und verprasste das Familienvermögen nicht. So rechnete er immer auf Mark und Pfennig ab. Nur technischen Neuerungen konnte er nicht widerstehen: Es musste stets das Neueste und Beste sein.

So hatte er sich erst vor wenigen Wochen die erstmals von den Gebrüdern Merkel erfundene neue Bockdoppelflinte liefern lassen. Sie hatte zwei Schrotläufe übereinander und sah nicht nur enorm sportlich aus, sondern hatte eine Führigkeit, die unübertroffen war. Das war gerade bei der Niederwildjagd auf Flugwild mit schnellen Bewegungen und dem notwendigen Mitziehen von großem Vorteil. Auch diese Waffe kam aus Suhl, Europas Hauptstadt der Büchsenmacher.

Boni brachte nun die Jagdgäste zu den vorgesehenen Schützenständen. Sie lagen alle etwa hundert bis hundertfünfzig Meter von der Waldkante entfernt. Denn die Fasane saßen meist in den Dickungen am Waldsaum oder den vorgelagerten Feldgehölzen. Es durfte ausschließlich zum Tal hin angelegt und geschossen werden. Denn die Treiber kamen durch den Wald. Zwischen den Schützen lagen jeweils rund fünfzig Meter Abstand.

Als jeder auf seiner Position war, gab der Jäger das Hornsignal und blies die Jagd an. Daraufhin starteten die Treiber mit ihrem lang gezogenen Ruf »Haijooo«, um das Flugwild aufzuscheuchen. Mit den Stöcken schlugen die Burschen zusätzlich auf die Baumstämme. Es dauerte nicht lange und schon zogen einzelne Fasane über die Waldkante Richtung Feld. Erste Schüsse ertönten, und gleich mehrere Hähne zeichneten getroffen in einem letzten Aufbäumen am Himmel, bevor sie tot zu Boden fielen. Es wurde fieberhaft nachgeladen, denn nun flog ein Fasan nach dem anderen über die Waldkante. Glücklicherweise waren überwiegend erfahrene Jagdgäste dabei, und soweit Boni erkennen konnte, wurden tatsächlich bei diesem ersten Treiben nur die vorgesehenen Fasanenhähne getroffen. Eine Verwechslung mit den Hennen war nahezu ausgeschlossen, besaßen die Hähne doch dreißig bis vierzig Zentimeter lange bunte Schwanzfedern.

Die Hunde erledigten ihre Arbeit, sausten sofort zu den erlegten Fasanen, und nur wenige Sekunden später hatten die schnellen Jagdgefährten die Beute vor die Füße der Hundeführer apportiert.

Nach fünfzehn Minuten erscholl das Jagdsignal »Hahn in Ruh«. Damit war das Treiben beendet, und alle Schützen entluden ihre Flinten, indem sie die Schrotpatronen herausnahmen, und trugen die Waffen gebrochen, das heißt geknickt, mit offenem Verschluss.

Bei diesem ersten Treiben hatte die Jagdgesellschaft bereits eine Jagdstrecke von einundzwanzig Fasanen erlegt. Jeder Teilnehmer hatte mindestens einen Hahn erwischt, mit zwei Ausnahmen, ausgerechnet der Generalmajor von Zotten hatte wacker draufgehalten, einen

Schuss nach dem anderen abgegeben, aber jedes Mal gefehlt, und der Geheime Rat seiner Majestät war wohl schon lange nicht mehr von seinem Schreibtisch im Zivil-Kabinett weggekommen. Auch er blieb bislang ohne Erfolg. Er hatte nur vier Schuss abgegeben und davon alle zu spät. Er zog die Flinte nicht mit den Bewegungen des Fasanes mit, sondern stoppte beim Zielen über das Korn am Laufende. Beim Betätigen des Abzugs war es dann natürlich immer eine Sekunde zu spät, und der Hahn konnte seine Federn rechtzeitig in Sicherheit bringen.

Am erfolgreichsten war Hermann, er hatte sagenhafte sechs Hähne vom Himmel geholt. Boni wunderte sich nicht darüber. Bereits bei der Ausbildung zum Berufsjäger war sein Freund mit dem intuitiven Flintenschießen erheblich besser zurechtgekommen als er und hatte sich als echtes Naturtalent erwiesen. Boni war hingegen ein Meister der ruhigen Kugel bei der Pirsch auf stehendes Wild und auch auf größere Entfernungen.

Die erlegten Fasane wurden an einer kleinen Schlinge am Jagdwagen festgemacht. Die Gesellschaft kam ein erstes Mal zusammen, und zwei Hausmädchen des Freiherrn servierten auf einem silbernen Tablett mit jagdlichen Verzierungen einen Kräuterlikör – den Rhöner Wildtropfen, hergestellt aus über zwanzig Kräutern der Region. Es war ein ehrlicher Bitterlikör mit einem leichten Haselnussaroma. Dazu wurden mit Wildpastete und geräuchertem Fisch aus der Forellenzucht von Tann belegte Kanapees gereicht.

Die Jagdgäste des Freiherrn fühlten sich offenbar wohl, selbst der glücklose Geheime Rat war bester Laune, nur der Generalmajor von Zotten haderte mit Dianas Gunstentzug und regte sich mächtig über seine Doppelflinte auf. Die Technik sei offenbar defekt, und es könne wohl doch nicht sein, dass ein so schusswaffenerfahrener Mann wie er nicht treffe.

Boni schaute sich die am Waffengalgen aufgehängte Waffe des Generalmajors genauer an. Es war eine hahnlose Suhler Doppelflinte. Er besah den Verschluss, schaute, ob der Lauf äußerlich irgendwelche Beschädigungen aufwies, und auch, ob das Korn auf der Laufschiene vorn zwischen den beiden Flintenläufen in Ordnung war. Anschließend begann der erfahrene Berufsjäger in sich hineinzugrinsen. Es war immer wieder das gleiche Spiel. Wenn ein Waidmann einen schlechten Tag hatte oder einfach von Natur aus untalentiert war, dann wurde die Last des Versagens einfacher, wenn man die Schuld dafür anderen Dingen geben konnte.

Gerne wurde das dann der Technik, den Treibern, dem Wetter, der falschen Ausrüstung oder auch den einfach nicht richtig reagierenden Wildtieren angelastet. Über den letzten Punkt amüsierte sich Boni am meisten. Was fiel dem Tier auch ein, sich nicht dem Herrscher über Leben und Tod einfach hinzugeben? Doch die beliebteste Ausrede für die eigene Unzulänglichkeit war mit Abstand die schlechte Sicht, einmal war es zu diesig, zu neblig, dann wieder zu dunstig oder verraucht, zu dämmrig, gerne auch mal zu grell. Im Grunde war es so, wenn die Jünger Petris zusammenkamen, dann wuchs der erbeutete Fisch gern mal um fünfzig Prozent über seine tatsächliche Größe hinaus. Bei den Jägern wurde hingegen über die wahren Gründe für vertane Chancen geschummelt.

Das nächste Treiben um zwölf Uhr war ebenso erfolgreich gewesen. Dieses Mal war auch der Generalmajor zum Zug gekommen und wirkte nun einigermaßen besänftigt. Der ebenfalls erfolgreiche Oberforstmeister Zeininger entdeckte kurz nach dem Ende des Treibens einen Türkenbund, dessen erste grüne Spitzen bereits über zwanzig Zentimeter hoch waren und wie Pfeile in den Himmel ragten. Die Pflanze zählte zu den Lilien und war ausgewachsen mit bis zu eineinhalb Metern Höhe die größte Lilie Europas. Außerdem sah sie fulminant aus mit den namengebenden, turbanförmigen Blüten in allen rosa Farbtönen. Die schöne Blume war auch in der Rhön eine ziemlich seltene Pflanze.

Hermann war mit seinem Drilling wieder der erfolgreichste Schütze. Als sehr treffsicher zeigte sich auch der Kommerzienrat Dr. Wiegand. Alles in allem lief das Treiben genau nach Plan. Die Jagdgäste des Freiherrn schienen glücklich und zufrieden zu sein. Es herrschte beste Laune, und die Sonne beglückte die Jagdgesellschaft mit wärmenden Strahlen. Mit fast fünfzehn Grad war es für Ende März überdurchschnittlich warm. Dieses Mal wurde den Gästen nach dem Treiben eine kräftige Wildsuppe mit frischem Rhöner Bauernbrot gereicht.

Inzwischen war es kurz vor halb drei, und der Revierjäger versammelte die Jagdgesellschaft erneut.

»Verehrte Herren, wir werden uns nun zum dritten und letzten Treiben begeben, es liegt etwa einen Kilometer südöstlich von hier, und wir können mit einem gemütlichen Spaziergang dorthin gelangen. Es wird ein besonderer Höhepunkt des Tages werden. Denn das Feldstück liegt sehr malerisch unweit der Ulster, nicht weit entfernt von einem kleinen Niedermoor an einem angrenzenden Fichtenhain, in dem wir sogar eine stattliche Zahl Birkwild haben«, trug der Revierjäger vor. Dann wurde er ernst. »Ich weiß, einige wird es reizen, das seltene und begehrte Birkwild anzugehen. Das bejagen wir allerdings nur einmal im Jahr, jeweils im Herbst. Also bitte denken Sie daran, wir gehen heute ausdrücklich nicht auf dieses Wild. Außerdem ist das Moor tückisch und kann ohne Führer schnell lebensgefährlich werden. Ihre Jagdrucksäcke werden mit dem Landauer dorthin transportiert, nur Ihre Waffen bitte ich selbst zu tragen.«

Der Freiherr nickte ihm freundlich zu. Seine Stunde mit der Ansprache als Jagdherr und Gastgeber sollte noch am Abend beim traditionellen Verblasen der Strecke mit den erlegten Fasanen kommen. Die kleineren organisatorischen Mitteilungen überließ er gern seinem Revierjäger.

Alle waren pünktlich auf ihren Positionen, und als das letzte Treiben angeblasen wurde, dauerte es nicht lange, bis der erste Jagderfolg auf den festen Boden stürzte. Dieses Mal ging das Treiben eine gute halbe Stunde, weil die Treiber in drei Gruppen nacheinander aus verschiedenen Richtungen das östlich gelegene Waldstück durchkämmten.

Gerade zogen wieder einzelne Fasanenhähne über die Waldkante, und mehrere Schüsse fielen, als es plötzlich zu einem fast handgreiflichen Eklat kam. Generalmajor von Zotten und Graf Eberhard von Buchen gingen sich auf das Heftigste an. Sie waren Nachbarschützen und beanspruchten, denselben Hahn erlegt zu haben. Der Unterschied zwischen beiden war, dass der Graf bisher bereits sechs Hähne erfolgreich erlegt hatte und der General nur einen. Die Wahrscheinlichkeit sprach für den Grafen, dachte sich Boni, als er zu den Schützen ging.

»Meine Herren, ich darf Sie doch bitten, Ihre Streitigkeiten aufzuschieben. Das Treiben ist noch nicht zu Ende. Bleiben Sie auf Ihren Schützenpositionen! Wir klären die Sache nach dem Ausgang des Treibens in Ruhe.« Dabei schaute er den Streithähnen energisch in die Augen.

Aber es half nichts, die Kontrahenten nahmen zwar wieder ihre Schützenplätze rund fünfzig Meter voneinander entfernt ein. Sie beäugten sich jedoch wie Luchse auf dem Sprung zum Angriff. Glücklicherweise war das letzte Treiben des Tages wenige Minuten später beendet, und der Revierjäger blies das Jagdsignal »Hahn in Ruh«.

Boni wollte gerade zu den beiden Jagdgästen gehen und den Vorfall gütlich klären, als er deren Fehlen bemerkte. An ihren benachbarten Schützenplätzen waren sie nicht, und auch in der Nähe konnte er sie nicht erblicken. Das Feld zeigte erst eine leichte grüne Decke, die Gräser und Kräuter des Wiesenstreifens vor dem Waldsaum waren noch nicht richtig aus dem Winterschlaf erwacht und kaum über Fußknöchelhöhe emporgestrebt. Lediglich das angrenzende Schilf des Niedermoores versperrte die weitere Sicht. Der Jäger des Freiherrn wollte sich auf den Weg dorthin machen, als just wenige Schritte später der Generalmajor mit hochrotem Kopf aus dem Schilf heraus an Boni vorbeistürmte.

»Dieser Möchtegern-Holzhändler ist als Jäger noch grün hinter den Ohren und will mir was von der Jagd erzählen. Der kann was erleben, wenn ich ihn erwische. Mit dem mache ich kurzen Prozess«, schrie der General.

»Warten Sie, Herr General, was ist passiert, wo ist Graf von Buchen?«, rief ihm der Revierjäger zu.

Der Generalmajor blieb stehen und wandte sich zu Boni. »Das wüsste ich auch gerne! Den Kerl würde ich an einem Seil hinter meinem Pferd diesen steilen Hang dort rauf- und wieder runterzerren. Der würde es nie mehr wagen, mich auch nur scheel anzusehen, geschweige denn mir meinen Jagderfolg streitig zu machen!«, schrie von Zotten immer noch in Rage.

Boni versuchte, etwas Ruhe einkehren zu lassen, und ging auf den General ein. »Der Fasanenhahn ist jedenfalls deutlich näher bei Ihrem Schützenstand heruntergegangen als bei dem Grafen. Wo ist denn von Buchen hingegangen?«

»Sie waren kaum weg, als der vaterlandslose Geselle sich noch mitten im Treiben Richtung Niedermoor aufmachte. Dieser Lügenbaron hat schon die ganze Zeit getönt, dass er heute reichlich Fasanenfedern als Jagdtrophäe gesammelt hätte. Es sei nun an der Zeit, ein paar Spielhahnfedern vom Birkhahn an den Jagdhut zu heften. Was für ein Dreckskerl!« Der General war nach wie vor aufgebracht, brüllte jedoch nicht mehr.

»Sie kamen doch gerade vom Moor. Haben Sie den Grafen denn nicht gesehen?«, fragte Boni.

»Nein, der aufgeblasene Graf ist wie vom Erdboden verschwunden. Ich bin natürlich Ihrem Rat gefolgt und nicht mitten ins Moor gegangen. Außen am Schilfring konnte ich nichts von diesem Jünger der Verlogenheit sehen. Dabei war ich mir sicher, er hätte auf einen Ihrer Birkhähne bereits angelegt, denn ich hörte noch während des Treibertrubels einen Schuss aus Richtung Moor kommend«, erklärte von Zotten.

»Herr General, gehen Sie erst einmal zur Jagdgesellschaft zurück und stärken Sie sich. Ich werde im Moor nach dem Grafen suchen«, antwortete der Revierjäger. Boni ging davor zum Freiherrn und stimmte sich mit seinem Dienstherrn ab. Die Gesellschaft sollte auf direktem Weg mit den Pferdekutschen zum Schloss zurückgebracht werden. Dort würden die erlegten Fasane im Innenhof auf Fichtenzweigen in einer langen Strecke für das Verblasen des Wildes gebettet werden. Das war der letzte jagdliche Gruß. Hinzu kämen eine kurze Andacht und der Waidmannsdank an die anwesenden Jagdgäste sowie die Krönung des Jagdkönigs. Das war der erfolgreichste Schütze, der unmittelbar vom Jagdherrn geehrt wurde. Im Anschluss würde mit dem Schüsseltreiben der gemütliche Teil beginnen. Das war die traditionelle abendliche Feier, bei der die Jäger nicht nur reichlich lukullische Köstlichkeiten, vornehmlich aus Wildfleisch zu sich nahmen, sondern vor allem die Fasanenhähne totsoffen, wie man sagte.

Boni sollte hingegen sofort mit den Treibern zum Moor aufbrechen und den Grafen finden. Nach erfolgreicher Suche sollten sie dann mit ihm zur Feier kommen. Der Revierjäger hoffte, dass der Graf nicht weit entfernt war, denn inzwischen begann es langsam zu dämmern und der Tag verabschiedete sich.

Acht Treiber, fünf Jagdhunde und der Revierjäger selbst suchten auch noch zwei Stunden nach Sonnenuntergang. Doch Graf von Buchen war weit und breit nicht zu finden. War er abgehauen, weil er ein schlechtes Gewissen bekommen hatte, nachdem er unerlaubterweise doch einen Birkhahn erlegt hatte?

Jedenfalls war es nun zu spät, um die Suche fortzusetzen. Im besten Fall hatte sich der Graf allein auf den Weg zum Schloss gemacht und feierte inzwischen ausgelassen mit der fürstlichen Jagdgesellschaft. Boni rief die Suchmannschaft zusammen, bedankte sich bei allen für den Einsatz und lud die Treiber zum traditionellen kleinen Schüsseltreiben für die Bediensteten ein. Dabei gab es zwar keine lukullischen Köstlichkeiten wie für die hochwohlgeborenen Herren, aber eine heiße Suppe und in Butter gebratene Fasanenleber, und Fasanenherzen mit frischem Bauernbrot und reichlich Bier genügten mehr als alles andere, um den Abend glücklich einzuläuten. Natürlich wurde mehrfach ein Hoch auf Tann, die erfolgreiche Jagd und auch zweimal auf den Kaiser ausgebracht. Und zu später Stunde nahm der Sohn des Dorfbäckers sein Schifferklavier in die Hand, und die Runde sang ein Lied nach dem anderen. Auch Hermann gesellte sich später dazu. Er fühlte sich bei Boni und den Burschen bedeutend wohler als bei den hohen Herrschaften. Außerdem war er hier unter Jägern, wenn auch zumeist bäuerlichen Jagdgesellen. Außerdem ging es bedeutend fröhlicher zu, und er brauchte nicht auf jedes Wort zu achten. Die Stimmung strebte ihrem Höhepunkt zu, als Hermann Safari-Lieder zum Besten gab und später das eine oder andere afrikanische Großwild nachahmte.

# Kapitel 6
## »Zur Strecke gebracht«

Die ganze Zeit hatte er ihn im Blick. Es gab nicht eine Sekunde der Ablenkung. Viel zu lange hatte er auf diese Gelegenheit gewartet. Aber was heißt gewartet? Hingearbeitet hatte er darauf, Jahre mit der Planung verbracht, auf den Moment gewartet, der Gerechtigkeit bringen würde.

Damals war er gerade fünf Jahre alt geworden, als ihm das Liebste genommen wurde: sein Vater. Für den kleinen Jungen war die Welt zusammengebrochen, zu diesem Zeitpunkt hatte er den Verlust nicht begreifen können. Die Mutter kam zu ihm und seiner kleinen Schwester, nahm beide auf den Schoß und erzählte ihnen mit tränenerstickter Stimme, dass der Vater nun im Himmel sei. Sie beteten zum lieben Herrgott und baten um Erlösung, hofften auf seine Hilfe in den aufkommenden schweren Zeiten ohne Ernährer.

Natürlich kamen die wenigen entfernten Verwandten, Nachbarn und viele Menschen, die von dem Schicksalsschlag erfahren hatten. Sie halfen, wo es nur ging. Doch es dauerte keine zwei Jahre und sie mussten zuerst die Tiere und dann den Hof verkaufen. Ihnen blieb kaum etwas, nicht einmal das Nötigste. Der Hunger saß fortan immer mit am Tisch. Fleischbrocken sah er über viele Jahre nur, wenn der örtliche Metzger Mitleid hatte und ein paar grobe Schlachtabfälle wie Knochen oder Gedärm abgab. Das reichte zumindest für eine Einlage in der täglichen Suppe.

Doch irgendwann wurden selbst die Brotrationen immer kleiner, und Brennholz konnten sie nur noch heimlich in der Nacht im Wald sammeln, bezahlen konnten sie es schon seit Langem nicht mehr. Das wenige Holz reichte im Winter nur, um sich etwas aufzuwärmen und zu kochen. Seine Schwester war den ganzen Winter erkältet. Das Fieber kam und ging. Für Medizin, heilsame Kräuter vom Drogisten oder die Medikamente des Apothekers hatten sie kein Geld. Erst recht nicht für den Besuch eines Arztes. Der Mutter blieb nichts anderes übrig, als die Kleine in den Arm zu nehmen und ihr oft stundenlang Wiegenlieder vorzusingen.

Die harten Wintermonate kannten keine Gnade. Sie wohnten inzwischen in einer kleinen Holzhütte am Rande der Siedlung. Und zu Beginn jedes Novembers kam die Angst auf, ob sie es auch dieses Jahr wieder schaffen würden, zu dritt durch den Winter zu kommen.

Die Mutter webte Tag und Nacht, um wenigstens etwas zu essen für sie besorgen zu können. Aus der ehemals wunderschönen, fröhlichen jungen Mutter war mittlerweile eine von täglichen Sorgen gebrochene, gealterte Frau geworden. Sie bestand nur noch aus Haut und Knochen, zu oft verzichtete sie auf Essen, damit die Kleinen wenigstens halb satt abends zu Bett gehen konnten.

Mit neun Jahren half er den Bauern auf den Feldern und in den Ställen. Geld bekam er dafür nicht, aber ein paar Kartoffeln, etwas Mehl und manches Mal einen Kohlkopf. Zu Weihnachten konnte er sogar etwas Zucker mitbringen. Die Mutter machte daraus eine Handvoll Karamellbonbons für Heiligabend, das einzige Weihnachtsgeschenk, das sie ihren Kindern geben konnte.

Allein der Herbst konnte im Jahr für einen vollen Bauch sorgen. Nachts schlich er sich heimlich in die Obstgärten und auf die Felder. Wurmstichige Äpfel, Reste von Gemüsepflanzen und selbst den kleinsten nach der Ernte liegen gelassenen Erdapfel brachte er nach Hause. Die Schule besuchte er nur unregelmäßig, er musste arbeiten, für das Überleben der kleinen Familie mitsorgen. Ohnehin war er nicht Teil der lebenslustigen Kinderschar.

Die Leute im Ort hatten inzwischen die Tragödie, die der Familie passiert war, vergessen oder verdrängt. Letztlich kam das auf dasselbe hinaus. Mitgefühl, gar Unterstützung gab es schon lange nicht mehr. Eher nahmen die Leute Abstand von ihnen. Einige im Ort zeigten bereits mit Fingern auf seine kleine Familie und raunten, man solle von diesen Bettlern Abstand halten.

Sonntags gingen sie seit Jahren nicht mehr in die Kirche. Die Mutter schämte sich zu sehr, dass sie ihren Kindern keine ordentliche Kleidung kaufen oder nähen konnte, Stoff war viel zu teuer und die von ihr selbst gewebten Stoffe musste sie alle verkaufen, um etwas Essbares auf den Tisch bringen zu können. Schuhe besaßen beide Kinder nicht. Im Winter mussten selbst geschnitzte Holzpantinen für die in groben Stoff gewickelten Füße reichen. Sie waren zu Aussätzigen geworden, abseits des

Ortes, abseits der Gemeinschaft. Der Kirche waren sie keinen Segen mehr wert, und kein mildtätiger Spender nahm sich ihrer an.

Die Katstrophe fing an, als er elf Jahre alt geworden war. Der Winter begann wieder mit eisiger Hand nach ihrem Leben zu greifen. Alle strengten sich nach bester Kraft an, um zusammenzuhalten, den Kampf erneut zu gewinnen, so, wie sie ihn immer gewonnen hatten. Doch dieses Mal erkrankte die Mutter schwer. Das Fieber ging nicht weg, Wadenwickel halfen nicht, der Tee aus den gesammelten Kräutern der heimischen Natur linderte die Schmerzen nicht und senkte auch nicht die Temperatur. Ihre Augen wurden immer glasiger, ihre Lunge rasselte stärker bei jedem Atemzug. Seine Schwester lag schluchzend in den kraftlosen Armen der Mutter. Er versuchte alles, wuchs über sich hinaus. Er kämpfte wie ein Löwe für seine Familie, seine kleine Schwester und seine liebe Mutter. Nur wenn er im Wald war, konnte er seinen Schmerz hinausschreien, nahm Äste und zerschlug damit das Unterholz, bis er völlig außer Atem war.

Dann kam diese Nacht, die alles änderte. Die Mutter sprach nicht mehr, war im Delirium. Er nahm ihr behutsam die am knöchrigen Finger locker rutschenden Eheringe ab und ging damit in den Ort zum Uhrmacher. Er wollte sie verkaufen, um einen Arzt bezahlen zu können. Er wusste, es ging um Leben und Tod.

Der Uhrmacher glaubte dem Jungen die Geschichte nicht. Er sah nur einen verlotterten, unbekannten Streuner und Dieb vor sich. Kurzerhand nahm er ihm die Eheringe ab und rief den Gendarmen. Noch bevor der Polizist vor Ort war, floh er. Die Eheringe und damit der allerletzte Notgroschen waren verloren. Er ging zurück in die Hütte und sah nach seiner Mutter. Sie nahm ihn in ihrem Fieberwahn nicht mehr wahr. Die kleine Schwester saß tränenüberströmt auf der Bettkante und drückte die Hand der Mutter an ihre Wange. Sie schluchzte die ganze Zeit und flüsterte mit erstickter Stimme: »Bitte, Mama, geh nicht, bleib bei uns, lieber Gott, lass meine Mama gesund werden.« Doch der Herr war nicht da oder er schien die Kleine nicht zu hören.

Er spürte, es bestand keine Hoffnung mehr. Er schüttelte das Kopfkissen mit der Strohfüllung aus und richtete seine Mutter ein wenig auf. In einem letzten hellen Augenblick lächelte sie ihre Kinder an und hoffte, ihnen wie so oft in den letzten Jahren Kraft und einen Hauch von Zuversicht zu geben. Sie bäumte sich auf, sammelte ihre allerletzten Kräfte und drückte die Kinder so fest sie konnte an sich, dann schlossen sich ihre Augen für immer.

Für den Bub und seine kleine Schwester war es der nächste schwere Schicksalsschlag in ihrem jungen Leben. Sie hatten alles verloren, erst den Vater, dann die Mutter. Die Großeltern waren schon lange verstorben, Onkeln oder Tanten hatten sie keine. Beide kauerten sich eng an die Mutter. Am nächsten Tag ging er mit seiner kleinen Schwester an der Hand zum Pfarrer. Der Kirchenmann kümmerte sich um die Armenbeerdigung, ein Grab mit einem einfachen Holzkreuz am Rande des Friedhofs. Zur Trauerfeier kamen der Pfarrer für die letzten Worte und eine Frau vom Waisenhaus aus Fulda. Die beiden Kinder hatten einen Strauß mit Fichtenzweigen und einigen Gräsern gesammelt, Blumen gab es zu dieser Jahreszeit nicht mehr.

Als der Pfarrer sein kurzes Gebet beendet hatte und die Frau vom Waisenhaus die Hände der beiden Kinder ergriff, drückte der Junge seiner Schwester einen Kuss auf die Wange und flüsterte ihr ins Ohr: »Ich hole dich da raus, vertraue mir, wir halten zusammen«, dann riss er sich los und rannte davon.

Seitdem waren viele Jahre vergangen. Als junger Mann hatte er sich freiwillig zum Militär gemeldet. Seine Schwester war bei einer Familie in Geisa untergekommen. Die Familie hatte einige Waisen aufgenommen. Alle Kinder mussten hart arbeiten, aber sie bekamen immerhin zum Überleben genug zu essen.

Er nutzte jede Gelegenheit, sich zu bilden, kämpfte jeden Tag für ein Fortkommen beim Militär. Über Umwege kam er sogar zur Marine, und das sollte sein großes Glück werden. Denn er war als Unteroffizier bei den ersten Marineeinheiten, die in Peking im Sommer 1900 an der Niederschlagung des Boxeraufstandes teilnahmen. Er zeichnete sich dabei in vorderster Linie aus. Seine Taten waren so heldenhaft, dass er weit über seinen Stand aufsteigen konnte und einen auskömmlichen Sold bekam. Bescheidener Wohlstand hatte sich mittlerweile eingestellt, und als es irgendwie möglich gewesen war, hatte er seine Schwester zu sich geholt. Vergessen aber hatte er nichts. Das Erlebte hatte sich tief in seine Seele gebrannt.

Jetzt stand der Mann vor ihm, der der Grund für seine Rache war. Dank seiner Kindheit in der Natur und der militärischen Ausbildung war es ihm ein Leichtes gewesen, ihm zu folgen und ihn im richtigen Moment abzupassen. Lange Vorbereitungen waren dafür nötig gewesen.

Er war nach einem strengen Plan vorgegangen und hatte eine Portion Glück benötigt. Vor allem hatte es jedoch Geduld gebraucht, jahrelanges Warten, immer mit dem festen Ziel vor Augen, den Mann, der seinen Vater und seine Mutter ermordet hatte, zur Rechenschaft zu ziehen.

Er wusste von der Jagdpassion des Mörders, er wusste genau, wie er nach besonderen Trophäen gierte. Als er bemerkt hatte, wie er im Niedermoor verschwunden war, ging er ihm nach, überrundete ihn und ahmte den Balzruf des Birkhahnes nach, um ihn an die vorhergesehene Stelle zu locken. Es war eine kleine Lichtung mit dichtem Schilfbewuchs. Dort sah er ihn durch die Gräser und sprang mit einem Satz heraus. Der Mann war völlig überrascht, als er unvermittelt anlegte und aus kaum zehn Metern den Schuss wortlos und ohne zu zögern auf dessen Brustkorb abgab.

Der Körper zuckte zusammen und wurde auf den Rücken ins nasse Moorgras geworfen. Der erste Teil seines Planes war aufgegangen, nun hatte er ihn genau dort, wo er ihn haben wollte, leidend und röchelnd am Boden. Nur entsprach das bei Weitem noch nicht seiner Vorstellung von Vergeltung. Er schaute in den Himmel, hinauf zu seiner Mutter und seinem Vater. Er wollte ihn leiden sehen, seine Schmerzen ins Unermessliche steigern, ihn büßen lassen für all das, was er ihm und seiner Familie angetan hatte. Dieser Mörder gehörte zu den unantastbaren Ehrenmännern, die dabei so unendlich viel Dreck am Stecken, so viel Blut an ihren Händen hatten. Er gehörte zu der Art von Mensch, die glaubte, sie käme mit allem durch. Das mochte bislang so gewesen sein. Jetzt aber nicht mehr, jetzt war seine Zeit vorbei.

Er setzte sich auf einen alten Baumstumpf und zündete sich eine Pfeife mit seinem geliebten Guinea-Tabak an. Der Tag war schön, Mutter hätte er gefallen. Es war schon ziemlich warm, die ersten Bienen summten, langsam erwachte die Natur nach dem Winter zum Leben. Mit jeder Minute fühlte er sich freier, als fiele eine unendliche Last von seinen Schultern. Richtig war es, seine Qualen zu verlängern. Durch seine Militärausbildung wäre es für ihn nicht schwierig gewesen, das Herz zu treffen oder einen Kopfschuss anzusetzen. Dann wäre der Delinquent längst im Jenseits, so aber röchelte er und spuckte Blut.

Sein Plan war die Hinrichtung des Mannes, er wollte das übernehmen, was die Gerichte hätten tun müssen. Das viel gelobte preußische Beamtentum und das Königliche Gericht hatten versagt. Nichts war geschehen, es gab weder eine richtige Untersuchung noch Sühne in irgendeiner Form. Auch über die Formalien hinweg hatte sich der nun vor ihm Winselnde nie bei der Familie blicken lassen, sich weder entschuldigt noch seine Unterstützung angeboten.

Er konnte nicht sagen, dass ihm der Anblick des Sterbenden Freude verschaffte, ihn beschlich vielmehr ein Gefühl der unendlichen Genugtuung.

Das Treiben war offenbar vorüber, denn es wurde schlagartig ruhig. Als er abgedrückt hatte, war das Geräusch noch vollkommen in den Schüssen der Jagdteilnehmer untergegangen. Sie würden eine Weile suchen müssen, bis sie den Kerl finden würden. Er hatte sich bereits eine Stelle im Moor ausgesucht, wo er ihn verschwinden lassen würde. Geprüft hatte er die Stelle vorgestern mit einem schweren Sack. Der war zwar nicht wie in klarem Wasser versunken, aber immerhin in wenigen Minuten.

Der Mann am Boden war recht zäh, dennoch konnte er sehen, wie das Blut langsam aus der nicht zu großen Wunde floss und Atemzug um Atemzug immer mehr Leben aus dem Körper entwich.

Seine Gedanken kreisten um das, was sein Opfer erwarten würde. Sollte es eine Belohnung oder eine Bestrafung für irdisches Handeln geben, dann müsste der Schöpfer der Welt diesen Kerl in die untersten Katakomben der Hölle schicken. Doch so recht daran glauben mochte er nicht. Seit dem Tod seiner Mutter hatte er seinen Glauben verloren. Wenn Gott wirklich existierte, dann sollte er sich um andere kümmern, er brauchte und wollte ihn nicht mehr.

Er schaute auf die Uhr, die Sonne stand schon tief, und er musste zurück. Schließlich hatte er Verantwortung zu tragen, für sein Leben und das seiner Schwester. Der Tabak war ausgeraucht, und er klopfte die Asche am Baumstumpf aus der Pfeife. Dann steckte er sie sorgsam in seine Jackentasche.

Langsam griff er nach seinem Hirschfänger und blickte ihn genauer an. Es war ein langes und stabiles Jagdmesser für den Gnadenstoß, das Abfangen von verwundeten Tieren, wenn kein Fangschuss mit der Feuerwaffe möglich war. Er hatte sich die Waffe kurz vor dem Treiben ausgeborgt. Sie steckte in einer mit schwarzem Leder gefassten Scheide. Das Messer war aus bestem deutschen Stahl, gefertigt von der berühmten Solinger Manufaktur Puma. An der Klinge war eine Blutrinne, eine Einbuchtung über fast die gesamte Länge, die angeblich ein Feststecken in einem Körper verhindern sollte. Er wusste, die Hohlkehle war eher zur Stärkung der Außenkanten und der martialische Name der Werbepropaganda geschuldet. Auf der Klinge war in bester handwerklicher Qualität ein Jagdmotiv eingeätzt. Zu sehen war eine Treibjagd auf Rothirsche. Die Tiere waren bis ins feinste Detail ausgearbeitet, die Hunde hetzten dem kapitalen Hirschen hinterher, und die Dramatik der Jagd war zum Greifen nah.

Er stand auf, das große Jagdmesser in der einen Hand, mit der anderen Hand drehte er den Mann auf die Seite. Dann nahm er Maß, knapp unterhalb des Rippenbogens. Das war wichtig, zu oft steckte ein Messer oder auch ein Bajonett zwischen den Rippen fest.

Beherzt stieß er zuerst durch die Haut, dann ließ er die Klinge langsam durch das Herz gleiten und bis hinauf in den unverletzten Lungenflügel. Ein leichtes Pfeifen war zu hören, der letzte Unterdruck entwich, der Brustkorb senkte und hob sich nur noch einmal. Er steckte dem Peiniger, der Ursache all seines bitteren Schicksals, einen letzten Gruß in den mit Blut überquellenden Rachen. Dann starrten zwei glasige Augen zum Firmament.

Jetzt erst atmete er durch, die Hinrichtung war vollzogen und der Mörder einem lange aufgeschobenen Urteil zugeführt. Gerechtigkeit hatte er wiederhergestellt, nicht mehr und nicht weniger. Der Hauptteil seines Planes war geschafft, und es gab nur noch eine weitere Sache zu erledigen.

# Kapitel 7
## »Buchen im Moor«

Die Nacht war unruhig, und bei ihm kam fast ein wenig Freude auf, endlich in die ersten Sonnenstrahlen des aufgehenden Tages blicken zu dürfen. Zuerst war der Revierjäger missgelaunt, denn üblicherweise hatte er nach einem Treiben den nächsten Vormittag frei. Allerdings stand Arbeit an. Als er gestern mit den Treibern ins Schloss gekommen war und im Gesindehaus das kleine Schüsseltreiben für die Jagdhelfer genossen hatte, war der Freiherr kurz vorbeigekommen und hatte sich bei allen Burschen aus Tann und ganz besonders bei seinem Revierjäger für das erfolgreiche Treiben bedankt. Fünfzig Fasane hatten sie erlegt und damit eine der besten Jagdstrecken der letzten Jahre erzielt. Nach den offiziellen Worten zog er den Jäger kurz beiseite.

»Bonifatius, Graf von Buchen ist nicht mehr aufgetaucht. So langsam mache ich mir Sorgen. Wir dachten, er sei vielleicht aus irgendeinem Grund vorzeitig abgefahren. Doch all seine Sachen sind auf dem Zimmer. Es tut mir leid, Ihnen das sagen zu müssen, aber wir müssen gleich morgen beim ersten Tageslicht auf die Suche nach dem Grafen gehen«, hatte der Freiherr mit ernster Miene gesagt.

Boni verstand die Dringlichkeit der Lage und hatte zugesagt, sofort bei Tagesanbruch mit den Männern alle seine Kräfte auf die Suche nach dem Grafen zu konzentrieren.

Um halb acht trafen sich die Treiber und der Revierjäger. Auch Walter Koch, der Königlich-Preußische Stadt-Gendarm von Tann, war zugegen. Er war Anfang fünfzig, und sein komplett gerundeter Körperbau passte zu seinem völlig apathischen Auftritt. An diesem untersetzten Mann wurde tatsächlich nur noch der tiefblauen Uniform Respekt erwiesen. Der Vollmondkopf schien bereits mit der Pickelhaube verwachsen zu sein, und die Polizeistiefel hatten ihren Zenit bereits vor zehn Jahren überschritten. Immerhin sorgte seine Frau für eine reinliche Uniform und sauber polierte Messingknöpfe an dem Rock, der von einer silberfarbenen Koppel mit dem Degen umschlossen wurde. Einen Schlagstock hatte er nicht, schließlich lag sein Revier weder auf der berüchtigten Hamburger Reeperbahn noch in einem der Gaunerstadtteile von Berlin. Fast unnötig zu erwähnen, dass der Polizist selbstverständlich auch keine Schusswaffe bei sich trug. Nur in der Polizeistation lagerte für Notfälle ein alter Schwarzpulverkarabiner.

Man sah es Koch an, es muss ein schwerer Schlag gewesen sein, als er erfuhr, an diesem Tage tatsächlich arbeiten zu müssen. Entsprechend wirkte er noch weniger motiviert als sonst.

Nach den Auskünften des Generalmajors musste der Graf zumindest zeitweilig im Moor gewesen sein. Boni hatte für die Hunde einige offenbar benutzte Kleidungsstücke mitgebracht. Direkt am ehemaligen Schützenstand des Grafen konnten so die Hunde die Fährte aufnehmen. Zum Glück für den Suchtrupp zogen die Hunde recht bald im Schritt an, und der Gendarm musste mit dem Hinweis pausieren, noch Details der Umgebung zu klären. Sie waren ihn los, und infolgedessen konnte er nicht mehr im Wege stehen.

Tatsächlich kamen sie im Niedermoor mit seinem Birkenbewuchs an. Bis hierher war die Sache mehr oder weniger klar gewesen. Nun wurde es kniffliger. Die Hundeführer hatten sich verstreut und all ihre Jagdhunde von der Leine genommen. Das war zu erwarten gewesen, denn das Ausarbeiten einer Fährte im nassen Teil eines Moores war fast so anspruchsvoll wie die Suche im Wasser, und aus diesem Grund ließen sie den Hunden hier besser ihre Freiheit. Es dauerte gut eine Dreiviertelstunde, bis Bodo an einer kleinen Lichtung kräftig Laut gab. Auf den ersten Blick konnte der Revierjäger nicht viel erkennen, als er aber näher kam, erkannte er am Boden platt gedrücktes Gras.

Was ihn stutzig machte, Bodo war an der Stelle kaum zu halten. Das kannte er von seinem Hund sonst nur, wenn er Schweiß, das Blut von Tieren, gefunden hatte. Hier war aber kein einziger Blutstropfen zu sehen, es war zwar tropfnass, allerdings von Wasser. Bodo zog weiter, und kaum dreißig Meter entfernt standen sie beide am Rand einer der gefährlichen Moorlöcher, bei denen es nicht nur beim Auftreten etwas nass schmatzte und man stiefelhoch einsacken konnte, sondern unter Umständen ganz unterging.

Das Loch war nicht besonders groß, etwa drei mal vier Meter. Am Rand ragte ein Birkenstamm bis zum feste-

ren Boden hervor. Boni nahm seinen Deutsch-Drahthaar an die Leine und ließ ihn auf dem Birkenstamm ent-
langgehen. Tatsächlich schlug der Hund wie verrückt am
Ende des Stammes an. Offenbar war hier etwas zu finden. Boni entdeckte nichts auf der Oberfläche des nahezu
fast schwarzen Moorwassers. Wenn da also etwas war,
dann mussten sie es mit langen Stecken und abgesichert
an Seilen suchen.

Boni nahm sein Jagdhorn und gab mehrfach das ver-
einbarte Signal zum Sammeln. Als alle an dem Moorloch
angekommen waren und sogar der Gendarm Koch den
Weg dorthin gefunden hatte, machten sie sich daran, sich
mit Seilen und Stecken vorsichtig zur Mitte hin zu arbeiten. Und tatsächlich, ziemlich genau an der Stelle, wo der
Birkenstamm in das Wasser ging, war etwas Weiches zu
bemerken. Es schien an einem etwa einen halben Meter
unter dem Wasser gelegenen Querast zu hängen.

Sie fällten kurzerhand zwei junge Birken und legten
die etwa sechs Meter langen Stämme über die Mitte des
Moorloches. Dann banden sie Querverstrebungen mit
weiteren Ästen fest. Langsam kroch ein Bursche darauf
zur Mitte. Als er angekommen war, griff er mutig in das
Moorwasser hinein. Seine komplette Schulter war bereits
im Schwarz versunken, als er etwas packte, es war der
Jagdrock des Grafen. Ein zweiter Bursche kam von der
anderen Seite, und gemeinsam zogen sie den blaublütigen Berliner Holzhändler aus dem Wasser.

Mit fragenden Blicken betrachteten alle den Leichnam.
Der Graf hatte um das Herz herum viele kleine Wunden.
Noch mysteriöser war allerdings, was aus seinem Mund
ragte: eine Fasanenfeder.

Koch durchbrach als Erster die Stille. »Schreckliche Sache. Aber dafür eindeutig: Der Mann hatte Sorgen, erschoss sich, indem er seine Flinte auf die Brust setzte und dann abdrückte. Danach fiel er ins Moorloch. Ich denke, unser Arzt wird mir nach der Untersuchung der Leiche recht geben. Ich sehe hier kein Anzeichen für ein Verbrechen«, ließ der Vertreter der Staatsgewalt wissen.

Die Umstehenden schauten überrascht. Auch Boni grübelte, aber wozu war Koch Polizist? Er musste, konnte und wollte sich schließlich nicht um alles im Revier kümmern, und das hier war definitiv ein Fall für die Gendarmerie.

Es dauerte eine Weile, bis die Männer die Leiche aus dem Moor geschafft und auf einem Landauer in die Stadt gebracht hatten. Auf dem Rückweg aus dem Moor kam der Revierjäger mit Bodo nochmals an der Lichtung vorbei. Der Hund schlug erneut heftig an, dieses Mal bei einem Baumstumpf. Boni blieb kurz stehen, aber für heute hatte er genug Rätselhaftes erlebt, und außerdem brummte sein Kopf noch etwas nach dem gestrigen Schüsseltreiben. Er wollte nach Hause in die Jagdhütte und etwas gegen den übersäuerten Magen tun. Eine halbe Stunde Schlaf würde Wunder wirken und ihn wieder vollständig auf die Beine kommen lassen.

Nicht ganz unerwartet fiel Boni nach der Mittagssuppe völlig erschöpft in einen tiefen Schlaf. Nach eineinhalb Stunden stand er auf, machte sich einen Kaffee und setzte sich an den rustikalen Eichenecktisch mit der gehäkelten Blumendecke seiner Mutter.

Boni dachte zurück, wie der Hund weit über alle Maßen an der kleinen Lichtung mit dem niedergetrampelten Gras angeschlagen hatte. Aber da war nichts zu finden gewesen, und auf dem Rückweg war er erneut bei der Lichtung an dem Baumstumpf ganz verrückt geworden. Da musste etwas sein. So etwas kannte er von Bodo gar nicht. Aber was war da?

Vielleicht sollte er die Sache mehr aus jagdlicher Sicht angehen und vor allem systematischer in Augenschein nehmen. Schließlich war er es als Jäger gewohnt, auf kleinste Pirschzeichen zu achten, jeder Fährte oder Spur nachzugehen, jedes Trittsiegel zu erkennen, jeden umgebrochenen Zweig, jeden noch so kleinen angebissenen Trieb zu sehen.

Überhaupt, schon der Ort eines Anschusses konnte unendlich viel verraten. An der Art des am Anschuss gefundenen Schweißes konnte man viel erkennen. War es heller blasiger Schweiß, der an Pflanzen anhaftete, so handelte es sich um einen Lungentreffer. Dunkler und griesiger Schweiß deutete auf einen Leberschuss hin. Fand man Knochensplitter, so konnte man anhand der Art der Knochen ebenfalls den Treffersitz der waidwund geschossenen und geflüchteten Tiere feststellen. Innen hohle Knochenstücke wiesen auf einen Laufschuss hin, sprich einen Schuss in die Beine der Tiere. Kleinere Säugetiere unter den Wildtieren wurden meist an Ort und Stelle tödlich getroffen. Marder, Hermeline oder auch Wiesel brauchten keine Nachsuchen. Schalenwild, wie Rehe, Hirsche oder auch Wildschweine, waren da anders. Sie waren massiver, viel größer und mussten mit einem Schuss kurz hinter oder direkt auf das Schulterblatt und die dahinterliegende Brustkammer mit dem Herzen und der Lunge getroffen werden. Stand das Wild ruhig, dann konnte man es bei gutem Licht kaum verfehlen. Völlig anders war das, wenn man auf sich bewegendes Wild schießen musste, beispielsweise bei einer Drückjagd. Dann kam es nicht selten zu Nachsuchen, und die waren nur Erfolg versprechend, wenn der Anschuss schon fast kriminalistisch untersucht wurde.

Er zog seinen grünen Arbeitsrock an, nahm Bodo an die Leine, setzte den Jagdhut auf und schulterte seinen Drilling. Nach einer Dreiviertelstunde war er am Niedermoor auf der Lichtung. Wieder wurde der Deutsch-Drahthaar mehr als unruhig. Boni stand an der Stelle mit dem niedergetrampelten Gras. Dieses Mal ging er auf die Knie und untersuchte Grashalm für Grashalm. Und tatsächlich, er entdeckte zwei Grashalme mit Blutstropfen. Er nahm sie und legte sie zur Seite. Bodo hatte inzwischen etwa zehn Meter entfernt in einem weiteren Moorloch etwas gefunden. Auf der Oberfläche schwammen mehrere ausgerissene Schilf- und Grasreste. Er nahm einen langen Zweig und fischte die Gräser langsam von der Oberfläche. Sie waren allesamt blutverschmiert.

Er ging zurück zu der Stelle mit dem niedergetrampelten Gras. Wieder kroch er auf allen vieren am Boden Zentimeter für Zentimeter voran. Kaum fünf Meter hinter der Stelle mit den blutverschmierten Grashalmen fand er einen vom Gras überdeckten Kugelriss. An dieser Stelle muss das Geschoss nach dem Durchdringen eines Körpers auf dem Boden aufgetroffen sein. Voraussetzung dafür war ein entsprechend steiler Schusswinkel, sonst flog die Kugel noch Kilometer weit, bis sie an Kraft verlor und irgendwann mehr oder weniger zu Boden fiel.

Das Gelände stieg hier bis zu dem Baumstumpf hinauf, an dem Bodo heftig angeschlagen hatte, stark an. Es waren zwar nur etwa fünfzehn Meter Entfernung, aber dafür fast drei Meter Höhenunterschied.

Er suchte in dem Kugelriss, und tatsächlich fand er die Kugel, es war eine Bleikugel der moderneren Art. In diesem Moment schlug Bodo erneut an, wieder an dem Baumstumpf. Boni machte sich wie bisher zur Bodenerkundung auf. Er konnte nun zwar nichts erkennen, dafür nahm er einen starken Geruch wahr. Knapp über den Grasspitzen hing ein deutlich süßlicher Geruch in der Luft. Was mochte das sein? Natürlichen Ursprungs war das nicht, so intensiv roch kein Kraut, der Geruch war fast so penetrant wie Kölnisch Wasser, andererseits roch es nach Fermentierung. Der Jäger verbrachte eine gute Weile am Boden, als er fand, was er vermutete: Tabakreste aus einer Pfeife.

Er und Bodo gingen systematisch die weitere Umgebung ab, doch mehr war nicht zu finden. Zu gern hätte er einen Sohlenabdruck gefunden. In dem nassen und dennoch festen Schilfgras lag jedoch keine Erde blank, in der sich eine Sohle hätte eindrücken können.

Boni kehrte mit seinem treuen Gefährten zum Friedrichshof zurück. Es gab eine Menge Nachzudenken. Dafür würde sich der Abend anbieten. Sein Freund Bertram, der Pfarrer, hatte sich angemeldet, und es wurde langsam Zeit, die Wildküche in Schwung zu bringen. Die Fasanenstrecke war so groß gewesen, dass der Freiherr nicht alle verkaufen konnte und ihm zum Dank einen Fasan geschenkt hatte. Diesen wollte er heute Abend schmoren. Als besonderen Höhepunkt hatte Boni auch seinen Freund Hermann eingeladen. Der Abend versprach gemütlich zu werden.

# Kapitel 8
## »Fasan in Rotwein«

Pünktlich klopfte es um sechs Uhr abends an der Tür zur fürstlichen Jagdhütte. Boni zog die Küchenschürze aus und eilte zur Tür. Bertram stand freudestrahlend davor.

»Guten Abend, liebster meiner Freunde, mich dünkt, es gibt ein Mahl mit Fasan in der Jagdkemenate des Herrn Burgmüller?«

»Na, da hast du richtig gehört. Deine Verbindungen möchte ich haben. Komm rein, heute Abend lohnt es sich besonders, das Gastrecht zu nutzen.« Wie hatte der Pfarrer nur wieder erfahren, was er heute Abend kochen würde?

»Bevor du dich jetzt unnötigerweise mit anderen Dingen beschäftigst als unserem guten Abendessen, meine Verbindungen zum Schloss haben mir geflüstert, dass die Jagdstrecke bei der Fasanen-Treibjagd außergewöhnlich gewesen sein soll. Der Rest ist Logik. Wir Männer Gottes haben schließlich nicht nur den Glauben auf unserer Seite, sondern auch noch die Intelligenz und die Ratio. Da habe ich folgerichtig einfach mal auf ein Essen mit Fasan gesetzt.«

»Gut, du hast gewonnen, dein Scharfsinn ist erstaunlich, lässt mich aber so lange unberührt, wie er mir die Siege bei unseren Schachspielen nicht streitig macht«, sagte Boni grinsend.

Bertram legte den Arm um die Schulter seines Freundes. »Lass uns nicht von solchen Nebensächlichkeiten sprechen. Es geht jetzt um Wichtigeres. Wie weit bist du mit dem Fasan?«

»Geduld, eure Exzellenz. Der Vogel verabschiedet sich sanft in den lukullischen Himmel, da ist Hetze nicht förderlich. Du kannst uns schon mal zwei der großen Bierkrüge aus dem Keller holen, wir bekommen nämlich noch Besuch.«

»Lass mich raten, Hermann stößt zu unserer Soirée hinzu.«

»Genau, ist schließlich Ewigkeiten her, dass er das letzte Mal in der Heimat war. Der Abend wird unterhaltsam. Mit seinen Erzählungen aus Afrika wird er selbst meinen heiß verehrten Karl May ausstechen. Und bei ihm gibt es auf jeden Fall kein Gerede, ob und was er tatsächlich erlebt hat. Im Zweifel nehmen wir ihn ins Gebet, wenn er etwas zu dick aufträgt«, entgegnete Boni verschmitzt. »Außerdem haben wir auch noch ein ernstes Thema, das ich mit euch besprechen möchte. Es geht um den Tod des Grafen von Buchen. Da brauche ich deine Kombinationsfähigkeit und Hermanns Großwildspürnase.«

»Jetzt fängt es an, spannend zu werden, aber gut, ich gehe mal die flüssige Geistesnahrung aus deinem Keller holen.«

Kaum hatte Boni seine Schürze mit den aufgestickten roten Herzen wieder angezogen, klopfte es ein zweites Mal an die schwere Holztür des Jagdhauses.

»Hermann, sei gegrüßt, komm rein, du alter Großwilderer. Bertram ist auch schon da und kümmert sich um unseren Germanentrunk. Essen ist gleich fertig«, sagte der Revierjäger und lächelte den nächsten Gast an.

»Na, die Stimmung im Hause scheint ja schon mal auf einem guten Niveau zu sein«, sprach der Kolonialjäger und betrat die fürstliche Jagdhütte.

Das Essen war wunderbar. Boni hatte den Fasan zwei Stunden im eisernen Bräter nur leicht garen lassen, mit einer vollen Flasche Rotwein im Gemüsesud, einigen Nelken, ein paar Wacholderbeeren, drei Lorbeerblättern und einem Hauch Majoran. Anschließend hatte er den Hahn eine halbe Stunde auf den Rost gelegt und knusprig braten lassen. Dazu gab es in dicke Scheiben geschnittene Pellkartoffeln mit grobem Bergwerkssalz und ein paar Butterflocken. Eingelegtes Rotkraut von seiner Mutter rundete das Festmahl ab.

Nach dem Essen kamen zur besseren Verdauung und zur weiteren Erhöhung der guten Stimmung drei kleine Stamper mit bestem doppelt gebranntem Korn auf den Tisch.

Hermann erzählte seinen beiden Zuhörern eine Reihe von Abenteuergeschichten vom schwarzen Kontinent. Nur ein- oder zweimal mussten sie ihn ein wenig in seinem Heldenepos bremsen, da war beispielsweise die Geschichte, als er sagte: »... dann zog ich in höchster Not mein Jagdmesser und stach es mit letzter Kraft in den Leib des Löwen, langsam rollte er von mir herunter ...«, oder: »Der Wasserbüffel rannte auf mich zu, und wie durch ein Wunder blieb er einen Meter vor mir stehen, das gab mir die Zeit ...« Und trotzdem hörten sie ihm gespannt zu, das war die große weite Welt, das war all das, was sie im beschaulichen Tann in der Rhön nicht hatten.

»Meine Freunde, ich brauche jetzt eure volle Aufmerksamkeit. Es geht um den Grafen von Buchen. Unser Gendarm Koch sprach gestern kurz mit mir. Die Leiche wurde einer Untersuchung unterzogen, die recht zügig Ergebnisse lieferte, und zwar so eindeutige, dass eine Überführung für eine große Obduktion an der Gerichtsmedizin in Fulda unnötig sei«, berichtete Boni und hielt einen Moment inne. Dann fuhr der Revierjäger fort. »Der Mann hatte so einen zerstörten Brustkorb um das Herz herum, dass nur ein Schrotschuss infrage kommt, und zwar aus nächster Entfernung. Damit kann es kein Jagdunfall gewesen sein, und einen Mann mit vorgehaltener Flinte und finsteren Absichten lässt man üblicherweise nicht bis auf zehn Zentimeter an sich heran, schon gar nicht, wenn man selbst Jäger und bewaffnet ist. Kurz: Der Selbstmord stünde fest.«

»Die Einfalt kennt keine Grenzen, und unser Herr hat seine geistigen Gaben oft auf wunderliche Art und Weise verteilt. Ich vermute mal, du bist von der Selbstmordgeschichte nicht ganz überzeugt, sonst würdest du uns nicht so konspirativ ins Vertrauen ziehen«, meinte der Pfarrer.

»Sehe ich auch so, raus mit der Sprache. Du warst doch bestimmt mit Bodo noch einmal vor Ort und hast dir alles genauer angesehen. Tritte, zertrampelte Gräser, Spuren jeglicher Art. Was hast du gefunden?«, fragte Hermann.

»Ich fasse mal in Kurzform zusammen, dann dürft ihr laut losdenken: Beim ersten Durchgehen mit den Treibern auf der Suche nach dem Grafen haben wir zunächst fast gar nichts gefunden, bis auf die Leiche. Aber schon das war merkwürdig. Wir fanden ihn mitten in einem kleinen Moorloch, dort hing er einen halben Meter unter dem Wasser an dem Ast einer Birke, die exakt in der Mitte des Moorloches versunken war. Der Stamm ragte drei Meter aus dem Wasser, gerade bis zum festeren umliegenden Boden.«

»Da stimmt was nicht, das geht gar nicht mit dem Selbstmord«, unterbrach Hermann ihn unmittelbar.

»Gemach, Hermann, hör dir den Rest an, wird alles noch merkwürdiger. Also, wir holten den Grafen aus dem Loch. Sein Brustkorb vom unteren Rippenbogen bis zum Herzen war zu Hackfleisch verwandelt. Das war kein kleinkörniges Schrot, schon gar nicht das, welches wir an dem Tag für die Fasane genutzt haben. Das muss Posten, also gröbstes Schrot mit sieben bis acht Millimeter Korngröße gewesen sein.«

Die beiden Zuhörer saßen neben dem Revierjäger auf der Eckbank in der Küche und hörten ihm gespannt zu. Sie vergaßen sogar das Biertrinken, was bei einem Herrenabend eher ungewöhnlich war, und sogen jedes weitere Wort nahezu auf.

»Damit nicht genug, dem Grafen steckte im Mund bis tief in dem Rachen eine Fasanenfeder. Erklärung unseres Provinz-Gendarmen: Die muss ihm nach dem tödlichen Schuss beim Umkippen in das Moor in den Mund gerutscht sein. Wahrscheinlich schwamm sie schon auf der Oberfläche des Moorloches.«

»Heia Safari, die Dümmlichkeit unserer Staatsdiener kennt keine Grenzen. Der hat seine Uniform wohl auch eher durch Beziehungen als Leistungen ergattert«, meinte Hermann.

»Wohl wahr, sein Vater war tatsächlich auch Gendarm. Die Sache stinkt jedenfalls zum Himmel«, ergänzte Bertram.

»Sehe ich auch so. Außerdem leben Fasane nicht im Moor. Weiter im Text, die Herren. Den genauen Anschuss konnte ich nicht sofort finden, dafür jedoch Bodo. Er war nur rund fünfzig Meter vom Moorloch entfernt. An einer Stelle mit niedergetrampeltem Gras fand ich nach längerem Suchen Blut und ein paar Meter entfernt auch den Grund für die schwere Auffindbarkeit. Jemand musste das Blut mit Wasser und Gras verwischt und dann die blutgetränkten Gräser zehn Meter entfernt ins Gebüsch geworfen haben. Ein paar Minuten später kam dann die ganz große Überraschung: Fünf Meter hinter der vermutlichen Lagerstatt des Opfers war ein Kugelriss am Boden, samt der zugehörigen Kugel!«

»Ist klar, erst mit Schrot erschießen und dann noch eine Kugel hinterherjagen. Das ist vollkommener Blödsinn, die Sache fängt an, immer schräger zu werden. Ich bin jetzt der Graf. Bin todunglücklich und will früher als vorgesehen zum lieben Gott. Dafür balanciere ich auf einen Birkenstamm, krabbele bis zum Ende genau in die Mitte des Moorloches. Dann wachsen mir die Arme um einen halben Meter. Ich komme an den Abzug, halte dann die Flinte Richtung Brust, aber bitte nicht direkt aufgesetzt, sondern mindestens dreißig Zentimeter entfernt, damit es auch noch eine schöne Wunde vom Rippenbogen bis zum Herzen gibt. Ich drücke ab und falle so gut ins Moor, dass mich hoffentlich nie jemand findet«, sprach Hermann kopfschüttelnd.

»Hm, und wenn der Graf den Abzug mit dem Zeh bedient hat?«, wandte Bertram ein.

»Gut nachgefasst, aber der Graf hatte seine Jagdstiefel an, als wir ihn aus dem Wasser holten, und bei dem von Hermann bereits erwähnten aufwendigen Programm zum Dahinscheiden konnte er nach dem Schuss nicht auch noch schnell die Stiefel anziehen, um uns zu verwirren«, entgegnete Boni.

»Nein, das Ganze passt nicht. Ich will noch einmal zurück zur Kugel. Ihr wisst, mein Onkel war Schlosser und starb letztes Jahr. Er hinterließ mir eine ziemlich feine Messlehre. Mit der habe ich den Durchmesser der Kugel untersucht. Es ist zweifelsfrei das Standardkaliber unserer Kaiserlichen Armee, die 7,92 × 57 Millimeter. Gut, die Kugel gibt es seit 1888 und die sehr Wohlhabenden unter uns Jägern können sich auch die Waffe dazu leisten. Doch ihr habt gehört, dass seit letztem Jahr eine neue Variante des Kalibers eingeführt wurde. Die Kugel hat damit mehr Dampf, leicht andere Maße, und vor allem hat die vorn sitzende Bleikugel keinen simplen Rundkopf mehr, sondern ist spitz. Ratet mal, was ich in der Tasche habe?«, erklärte der Revierjäger, holte die Kugel aus der Hosentasche und zeigte sie den Freunden.

»Die ist ja spitz! Na, da laust mich doch der Affe. Die Dinger sind so neu und geheim, wusste noch gar nicht, dass die überhaupt schon an Zivilisten verkauft werden«, entgegnete der Deutsch-Ostafrikaner.

»Ich gehe morgen zu unserem Telegraphenamt und frage direkt beim Hersteller, der Waffenfabrik Mauser in Oberndorf, nach. Kann sein, dass die Munition auch schon bei der Deutschen Waffen- und Munitionsfabrik in

Berlin gefertigt wird. Aber das kann mir Mauser zurück-telegraphieren. Ich frage jedenfalls mal unverbindlich an, ob ich nicht für den Freiherrn fünfhundert Schuss von der neuen Wunderpatrone käuflich erwerben kann«, erklärte Boni den Männern am Tisch.

»Da fällt mir noch etwas auf. An der Kugel ist vorn ein Tombak-Überzug zu erkennen, das heißt, es ist eine Militärpatrone. Wir Jäger nehmen Teilmantelgeschosse mit blanker Bleispitze. Die pilzt sich beim Auftreffen in einem Körper auf, reißt eine riesige Wunde, und das Tier verblutet oft auch bei ziemlich schlechten Schüssen an der meist handtellergroßen Austrittswunde. Doch genau diese Geschosse sind seit der Haager Landkriegs-ordnung von 1899 im Militär verboten. Davon abgesehen, kein Jäger geht mit Vollmantelgeschossen auf die Jagd. Die gehen durch den Körper durch, und nichts passiert«, sagte Hermann und schüttelte dabei den Kopf.

»Stimmt, aber hört zu, wir sind noch nicht am Ende«, fuhr der Revierjäger fort. »Wir waren bei einer Nieder-wildjagd auf Fasane, und da braucht es Schrotflinten. Ent-sprechend hatten fast alle nur reinrassige Flinten dabei. Lediglich der General, der Oberleutnant, der Freiherr und der Oberforstmeister Zeininger hatten eine kombi-nierte Waffe, einen Drilling mit jeweils zwei Schrot- und einem Kugellauf, mit dabei. Die anderen hätten man-gels Waffe gar keine Kugel abfeuern können. Außerdem dürften selbst in dieser exklusiven Jagdgesellschaft die Wenigsten bereits ein sündhaft teures Gewehr 98 für das Kaliber der preußischen Armeepatrone in der zivilen Jagdversion haben. Ganz zu schweigen von der neuen Patrone«, erklärte Boni seinen Freunden.

»Außerdem habe ich in unserer Jagdzeitschrift ›Wild und Hund‹ gelesen, dass die neue Patrone zu viel Dampf für die alten Läufe hat. Entweder braucht es also einen komplett neuen Lauf oder einen neuen Beschuss, also eine neue Material- und Sicherheitsprüfung durch das Kaiserliche Beschussamt«, meinte Hermann nachdenklich.

»Deine besagte Kugel hast du doch relativ dicht hinter dem vermuteten Tatort im Boden gefunden? Trägt so eine Kugel nicht ziemlich weit? Bestimmt einige Hundert Meter, oder? Wenn die Kugel also nicht weit hinter dem Tatort des Opfers war, dann muss der Schütze nach Adam Riese oder besser Pythagoras in einem ziemlich steilen Winkel von oben auf das Opfer geschossen haben?«, warf der Pfarrer ein und schaute die beiden Jäger fragend an.

»Das ist mal ein Ding, da hat jemand in der Schule aufgepasst. Wird Zeit, dass du endlich auch einen Jagdschein löst. Du wirst noch ein richtiger Waidmann«, lachte Hermann darauf los. Es war Zeit, die vom Reden trockenen Kehlen mal wieder mit einem Gerstentrunk zu befeuchten.

»Bertram, du hast vollkommen recht, das dachte ich mir auch sofort. Bodo schlug ohnehin an einem nur etwas über zehn Meter entfernten, aber an einem doch steileren Hang gelegenen Baumstumpf an. Der Buchenstumpf war gut drei Meter höher. Dort fand ich dann auch Reste von Pfeifentabak. Hier, schnuppert mal. Habt ihr so einen süßen Tabak jemals gerochen?« Die Männer schüttelten den Kopf.

»Gib mir mal den Tabak mit, ich muss morgen ohnehin nach Friedberg ins Predigerseminar. Dann kann ich bei meinem Tabakhändler nachfragen, was das für einer ist«, bot Bertram an.

»Wunderbar, danke dir. Was denkt ihr über die ganze Sache?«

»Da passt nichts zur offiziellen Geschichte unserer städtischen Polizei-Gendarmerie. Das sieht mächtig nach Mord aus«, war Hermann überzeugt.

»Genau so ist es, das war Mord und kein Freitod«, stimmte Bertram zu.

# Kapitel 9
## »Besuch aus dem Schloss«

Die Post kam am heutigen Montag früh und mit ihr auch die neueste Ausgabe der Fuldaer Zeitung. Natürlich war das seit 1874 in der Bistumsstadt erscheinende Blatt erzkatholisch, was eher schlecht zum evangelischen Tann passte. Aber die Berichterstattung war bis auf eher moralische Fragen und Haltungen der Kirche zu speziellen Vorgängen sogar fast hessisch-liberal und weltoffen. Außerdem deckte die Zeitung mit ihren Reportagen nicht nur den größten Teil der Rhön ab, sondern hatte einen umfangreichen Teil zur reichsweiten Innenpolitik und regelmäßige Berichte aus aller Welt, selbst zu außereuropäischen Themen. Eine nicht ganz unwichtige Rolle spielte auch, dass die Fuldaer Zeitung offizielles Mitteilungsblatt der Rhöner Forstämter war.

Der Leitartikel der heutigen Ausgabe befasste sich mit der Ankunft seiner Majestät, des Kaisers, am 31. März 1905 in Tanger. Der Wettbewerb unter den Kolonialmächten wurde immer aggressiver, und in Marokko standen auch deutsche Interessen gegenüber Frankreich auf dem Spiel. Deshalb wollte Wilhelm II. den Franzosen Einhalt gebieten und mit seiner Reise nach Tanger ein Zeichen setzen. Boni konnte diese Motive gut nachvollziehen, zumal Frankreich ja ohnehin seit dem verlorenen Krieg 1871 rot sah, wenn es den Namen »Deutschland« auch nur hörte. Andererseits schien es ein Spiel mit dem Feuer, und für Bonis Geschmack hatte man ohnehin schon genug außenpolitische Probleme.

Überhaupt, das Thema Kolonien hatten Bertram und Boni schon viele Male diskutiert. Praktisch alle führenden Länder der Erde waren auch Kolonialmächte, ob nun die alten Kolonialmächte wie Großbritannien, Frankreich, Spanien, Portugal, Italien, Belgien und Holland oder auch die jungen Kolonialmächte, die sich erst noch ein Stück vom Kuchen sichern wollten. Dazu zählte das kaiserliche Japan, das nach der Öffnung des Landes 1854 zur ersten asiatischen Industrienation wurde und sich nach und nach Territorien wie Formosa oder Korea einverleibte. Die Vereinigten Staaten von Amerika annektierten unter anderem Liberia, Costa Rica, Hawaii, Guam und die Philippinen. Eine der letzten Mächte, die in das Wettrennen um Kolonien eintrat, war das Deutsche Kaiserreich, wobei der Staat hier zumindest am Anfang eher Getriebener als Treiber war.

Kaufleute wie Lüderitz und Woermann in Deutsch-Südwestafrika, Peters und von Pfeil in Deutsch-Ostafrika kauften den Einheimischen unter recht fragwürdigem Gegenwert große Ländereien für ihre Handelsniederlassungen ab. Die Gebiete wurden rasch so groß, dass irgendwann der Ruf der Kaufleute nach dem Schutz des Reiches kam, weniger wegen kriegerischer Eingeborener als vielmehr wegen des Landhungers der umliegenden Kolonialmächte.

Bismarck glaubte zunächst nicht an die Notwendigkeit von Kolonien. Zumal klar war: Das große Geschäft machten die besagten Hamburger und Bremer Kaufleute, auf das Kaiserreich kamen eher die Kosten für den Aufbau von Straßen, Eisenbahnen, Schulen, Amtsgebäuden, Häfen, Polizeistationen und so weiter zu. Doch die Stimmung in Deutschland schlug zugunsten eigener Kolonien um.

Bismarck ließ sich breitschlagen und stimmte 1884 dann doch zu, die Erwerbungen der Kaufleute als sogenannte Schutzgebiete unter die Verwaltung des Kaiserreiches zu stellen. Als Wilhelm II. vier Jahre später mit kaum neunundzwanzig Jahren zum neuen Kaiser gekrönt wurde, hatte er neben den großen Problemen in der Innenpolitik mit der Kolonialpolitik gleich einen dauerhaften Krisenherd in den Beziehungen zu den anderen Mächten von Bismarck geerbt.

Bertram zählte sich jedenfalls zu den Menschen, die die Kolonialisierung skeptisch und mit Unbehagen betrachteten. Denn es brachte nur Ärger. Mal ganz abgesehen davon, dass in vielen Fällen die Kolonialisierung ganz und gar nicht friedlich vor sich ging. Vormals freie Menschen wurden in Knechtschaft gebracht, faktisch versklavt. Das konnte nicht im Sinne des Herrn sein.

Boni stimmte dieser Meinung zu, gab aber auch zu bedenken, dass man als zweitgrößte Industrienation der Welt dringend einige Bodenschätze und eben Kolonialwaren wie beispielsweise den Kautschuk zur Herstellung von Gummi, unter anderem für die neuen luftgefüllten Pneus an den Automobilen, im direkten Zugriff brauchte.

Nach außen hin brachten die deutschen Kolonien in Afrika und Übersee natürlich weiteren Glanz für das Reich, außerdem wollte man auch einen Platz an der Sonne im Reigen der anderen großen Länder der Erde, wie der Kaiser so trefflich meinte. Unabhängig davon wirkte die weite Welt der Kolonien zumindest faszinierend und exotisch.

Ebenfalls auf der Titelseite, gleich nach dem Leitartikel mit der Ankunft des Kaisers, stand: »Selbstrichtung im Moor – Graf von Buchen tot aufgefunden«. Neben ohnehin bekannten Informationen wurde vor allem die gute Arbeit der preußischen Polizeistation in Tann gelobt. Sie hätte enorm gewissenhaft und schnell den Fall aufgeklärt und zweifelsfrei den Freitod festgestellt. Selbstverständlich ließ der Bischof von Fulda sich dann noch eingehend dazu aus, dass die Selbsttötung eine der Todsünden sei und damit der Eintritt in das Himmelsreich des Herrn verwehrt würde.

Boni musste den Kopf schütteln, so goss man natürlich das flüssige Eisen der Deutungshoheit in eine feste Form, und wenn es durch das abflauende Interesse der Öffentlichkeit erkaltete, war die Erklärung festgelegt.

Er grübelte noch, während sein treuer Jagdhund Bodo bereits an ihm zerrte und hinaus ins Revier wollte. Der Tag war wieder mild, und die Sonne schien mit zunehmender Kraft. Heute wollte er eine Übung mit seinem Jagdhund machen. Gestern hatte er an einer Leine noch die Reste eines zerschossenen Fasanes hinter sich durch ein Waldstück auf der Länge von etwa dreihundert Meter gezogen, und Bodo sollte die Witterung aufnehmen und die Spur bis zum abgelegten Fasan verfolgen.

Am Ausgangspunkt ließ er den agilen Drahthaar von der Leine, er schnallte ihn, wie die Jäger sagten. Bodo nahm sofort mit tiefer Nase die Witterung auf. Doch nach hundert Metern endete die Spur an einem kleinen Nebenbach der Ulster. Jetzt wurde es knifflig. Bodo ließ sich allerdings nicht verwirren, er durchquerte den nur etwa einen halben Meter tiefen Bach und lief die andere Uferseite auf und ab, bis er die Spur wiederhatte. Die restlichen Meter bis zum Fasan legte er schnell zurück. Das Apportieren war dagegen eine Herausforderung, denn Bodo musste den Fasan, ohne ihn mit den Zähnen zu zerknautschen, bringen und ihn sich dann abnehmen lassen. Wichtig war dabei, dass er das tat, ohne sich davor mit dem Fasan im Fang zu schütteln, um die letzte Nässe von seinem Bachgang aus dem Fell zu bekommen. Denn das Schütteln hätte den erlegten Fasanen beschädigen können.

Bodo kam zügig mit dem Fasan zu ihm. Er hatte seine Beute nicht weiter angerührt, und alles schien perfekt zu laufen. Er stand vor seinem Herrn und wollte ihn gerade ablegen, dann schüttelte er sich im letzten Moment doch noch mit dem Fasan im Maul. Der Revierjäger schimpfte sofort, und die Übung begann von Neuem. Beim zweiten Mal hatte Bodo sich dann im Griff und schüttelte sich erst nach dem Ablegen.

Geduld war bei der Jagdhundeausbildung höchstes Gebot und auch das unmittelbare Loben wie Tadeln. Nur so erkannte der Hund sofort, was von ihm verlangt wurde, und konnte sich merken, wie er das nächste Mal vorzugehen hatte.

Als sie an einer kleinen Lichtung ankamen, setzte sich der Jäger auf einen alten am Boden liegenden Baumstamm

und kraulte seinem Gefährten den Nacken. Die Wald-
arbeiter des Freiherrn schlugen kaum zweihundert Meter
von der Lichtung die letzten Bäume der Saison. Eigentlich
war es schon zu spät dafür, doch der enorme wirtschaftliche Aufschwung im Lande verlangte nach mehr Holz.
Die Gier nach dem Rohstoff war enorm. Holz wurde
für die Möbelfertigung, aber auch gerade für die Bau-
wirtschaft und die Industrie in rauer Menge gebraucht.
Nach der Stein- und Braunkohle war es der wichtigste
Rohstoff im Deutschen Reich.

Boni dachte an die hübsche Tochter des Freiherrn. Sie
kümmerte sich mit großem Elan quasi um den Außen-
betrieb der waldenbergschen Unternehmungen in und
um Tann. Ihr Vater hatte alle kaufmännischen Dinge in
der Hand, während seine Tochter sich besonders gern
der Natur und der forstlichen Belange vor Ort widmete.
Boni hatte schon oft gesehen, wie sie mit dem Verwalter
oder den Waldarbeitern aus Tann sprach. Dabei war die
hochgewachsene überaus hübsche Franziska von Waldenberg jedes Mal ein ganz anderer Mensch. Gegenüber
dem Verwalter blieb sie stets kühl und bestimmend, ganz
Freiherrin. Bei den Waldarbeitern war sie sich nicht zu
schade, um mit ihnen auch ein Mittagsbrot am Einschlag
zu teilen und sich die Sorgen und Nöte der einfachen
Leute anzuhören.

Bei alledem blieb sie aber immer eine sehr selbstbe-
wusste junge Frau mit rastlosem Antrieb. Sie stand kurz
vor ihrem dreißigsten Geburtstag und war zum Leidwesen ihrer Eltern immer noch unverheiratet. Vor vier Jahren hatten die Eltern das letzte Mal versucht, eine Hochzeit mit einem standesgemäßen Mann einzufädeln. Doch

der junge Graf aus Waldeck kam piekfein an, sprach eher wie ein Galan aus dem Mittelalter und sah aus wie ein Pennäler. Als es nach dem Nachmittagskaffee im Schloss zu einem ersten gemeinsamen Ausritt mit Franziska von Waldenberg kam, freuten sich die Eltern noch. Es wirkte anscheinend alles so perfekt und romantisch auf sie. Die junge Freifrau hatte sich aber schon längst einen Plan zurechtgelegt, um diesen in Seide gehüllten Minnesänger abzusägen. Dazu war nicht viel nötig, sie musste ihn nur in seiner Mannesehre tief kränken. Genau das tat sie auf dem Pferderücken.

Auf die Nachfrage, ob er denn auch im Geländereiten geübt sei und schon einmal an einer Parforce-Jagd mit einer Hundemeute, bei der Jäger zu Pferde über Stock und Stein Wild hinterhereilten, teilgenommen habe, erwiderte der Unglückselige etwas vorschnell mit einem Nicken. Das war das Startzeichen zu einem so scharfen Geländeritt, dass selbst Franziska an ihre Grenzen ging vor lauter Wut über ihre Eltern. Es dauerte dann nicht einmal zehn Minuten und der Graf landete bei einem Sprung über einen Graben in selbigem.

Die junge Dame setzte dann zum Coup de Grace, dem Gnadenstoß der Fechter, an und entledigte sich mit einem verächtlichen Kommentar auch seiner letzten, bis dahin ohnehin kaum mehr vorhandenen Heiratsabsicht. Die Sache war erledigt, und der Jüngling von gutem Stande fuhr mit hochrotem Kopf von dannen.

Seit diesem Tage hatte die junge Freifrau Ruhe vor unerwünschten Heiratskandidaten. Dabei hatte sie einen kleinen Vorteil. Die Freiherrn von Waldenberg waren angesehen und konnten eine sehr lange Ahnenlinie vorweisen. Aber sie zählten nicht zum Hochadel, wie Prinzen oder Herzöge. Insofern war der Druck, aus rein politischen oder dynastischen Gründen jemanden zu heiraten, geringer. Dennoch sollte es ein Mann von mindestens gleichem Adelsstand sein. Gewünscht wurde von den Eltern natürlich auch eine materiell gute Partie. Verarmter Landadel kam deshalb nicht infrage. Die Zahl der möglichen Kandidaten reduzierte sich damit spürbar.

Berücksichtigte man dann noch die überschaubare Zahl von Einladungen zu herrschaftlichen Festen und Bällen mit heiratsfähigen Männern adligen Standes in der Rhön, dem Spessart, im Thüringer Wald oder der Wetterau, dann sank die Zahl weiter. Hinzu kam, dass Franziska jede Art von gesellschaftlichen Anlässen hasste und sich bestenfalls dreimal im Jahr in ein Kleid warf. Dabei sah sie darin hinreißend aus. Der Revierjäger hatte sie vor sechs Jahren auf einer Jagd mit abendlichem Empfang in einem Schloss im Tross der Diener begleitet. Sie trug abends ein eng anliegendes, knöchellanges, hellblaues Abendkleid mit dezenten Stickereien. Der Rücken war zu einem Drittel frei, und das Dekolleté war hart an der Grenze dessen, was selbst ehrenvolle Männer ohne Schmachten ertragen konnten. Ihre langen, fast schwarzen Haare mit den leichten Wellen waren kunstvoll hochgesteckt. Schminke brauchte sie kaum. Ihre dunklen Augenbrauen betonten die blauen Augen ganz wunderbar. Das nicht zu zerbrechliche Gesicht wurde von den schönsten roten Lippen gekrönt, die Boni kannte.

Kurz, es war ein schrecklicher Schlag des Schicksals, dass ausgerechnet diese Frau für den Revierjäger unerreichbar war. Warum nur hätte sie nicht die Tochter des Schmieds oder meinetwegen auch des Apothekers sein können?

Als der Jäger seinen Gedanken an die Bilder vom Ball nachhing, knackte es plötzlich gegenüber im Gebüsch. Mit einem Sprung stand plötzlich die junge Freifrau auf dem Pferd vor ihm.

»Na, ein Jäger beim Träumen. Das sieht man nicht alle Tage. Ich würde einen Glückspfennig für Ihre Gedanken geben«, lächelte Franziska von Waldenberg den Grünrock an.

»Und ich würde einen Teufel tun und das verraten, bestenfalls für einen Kuss … ich meine natürlich von einer anderen Dame, in einer ganz anderen Situation, also auf jeden Fall nicht hier, woanders, überhaupt … ich würde es nicht verraten, auch nicht für einen Kuss«, der Revierjäger schwitzte Blut und Wasser und wollte augenblicklich unter einer großen Buche versinken. Warum nur hatte er gerade an die roten Lippen von ihr denken müssen?

»Herr Waidmann, Sie verwirren mich. Geht es jetzt um einen Kuss oder nicht?«

»Bitte vergessen Sie das mit dem Kuss, werte Baronesse. Wir sind das Eis des Winters gerade losgeworden, und ich möchte nicht darauf zurück«, gewann Boni wenigstens wieder etwas Fassung. Glücklicherweise lächelte sie zurück, ohne sofort etwas zu entgegnen.

Ihrem Charme erlag er aber auch jedes Mal, bevor seine Augen auch nur ungefähr ihre Schönheit bewundern konnten. Wie sie wieder auf ihrem Pferd saß, die dunklen Haare zu einem kleinen Zopf zusammengeflochten, eine hellgraue Reithose, schwarze Stiefel und ein weißes Hemd mit einem offen getragenen, leichten braunen Jackett darüber.

»Boni, Sie sollten sich nicht so lange im Nichtstun üben. Kommen Sie mit mir, ich will zur Forellenzucht. Dort wird heute geräuchert, und ich möchte mit Ihnen ein paar Dinge besprechen, die mir auf dem Herzen liegen«, erklärte sie immer noch lächelnd auf ihrem tänzelnden Pferd.

Boni konnte nicht anders, und so zogen sie gemeinsam von der Lichtung Richtung Forellenzucht am südlichen Ortsausgang von Tann.

»Mir kam eine Idee, als ich neulich einen Artikel zur Forstwirtschaft gelesen habe. Wir haben seit über zweihundert Jahren einen Wirtschaftswald. Der Holzeinschlag und die dauerhafte Wiederaufforstung bilden die Grundlage für eine langfristige Nutzung. So weit so gut, doch das ist nur der eine Teil der Waldnutzung. Denn unsere Wälder sind gleichzeitig auch der Lebensraum für viele Wildtiere, die meisten nutzen wir ebenfalls über eine angemessene Jagd«, sprach Franziska.

»Ja, so ist es, aber worauf wollen Sie hinaus?«, meinte Boni, der mit seinem Hund neben der Reiterin herging.

»Na ja, ich denke, wir gehen bei der Holznutzung mit einem ausgeklügelten Plan vor, doch bei der Wildnutzung fehlt mir dieser ein bisschen, weniger bei der eigentlichen Bejagung, die haben Sie für uns bestens im Griff und machen ausgezeichnete Arbeit. Die Frage ist: Können wir mehr für das Wild tun außer den Fütterungen in Notzeiten? Ich denke da an die Reviergestaltung«, führte die junge Freifrau weiter aus.

»Baroness, das ist eine sehr gute Frage. Ja, ich denke, wir

könnten mehr tun, als einfach nur das Wild wie beim Holz angemessen abzuernten. Das war es wohl auch, was Sie meinten. Wenn wir die Natur in ein noch besseres Gleichgewicht von Wild und Forst bringen, wäre das ein Fortschritt. Das Rehwild ist anpassungsfähig, da mache ich mir wenig Gedanken. Das Rotwild ist schon anspruchsvoller. Hier würde ich Bereiche im Forst schaffen, die langfristig beruhigt sind. Dort sollten nicht so oft kleinere Einschläge stattfinden, je nachdem wie gerade Holzmengen benötigt werden. Besser wäre es, in größeren Zeitabständen Holz zu ernten und dann auf größeren Flächen, damit kommt unser Rothirsch besser zurecht. Außerdem sollten wir über die Baumarten sprechen. Wir brauchen mehr Eichen, und mit der Aufpflanzung von Fichtenkulturen wäre ich zurückhaltender«, antwortete Boni.

»So in etwa hatte ich mir das auch schon gedacht. Unser Verwalter sieht das leider anders, und mein Vater stimmt ihm hier mehrheitlich zu. Wie sieht es mit dem Niederwild aus?«

»Ich kann nachvollziehen, dass Ihnen und uns allen an einem guten Bestand vor allem an Birkwild, Rebhühnern und Fasanen gelegen ist. Das Birkhuhn ist hier am anspruchsvollsten. Hier können wir es ähnlich halten und nur dafür sorgen, nicht jedes Moorstück trocken zu legen und in eine Wirtschaftsnutzung zu bringen. Die Jagdstrecken sind zwar immer noch gut, waren aber noch vor zwanzig Jahren deutlich höher. Das sollte uns zu denken geben.«

»Gut, das verstehe ich, vielleicht kann ich hier einwirken. Was ist mit dem Rebhuhn und dem Fasan?«, schaute Franziska den Revierjäger an.

»Langfristig ist es einfach nicht die richtige Strategie, jährlich fünfzig bis hundert Jungfasane aus Ungarn zu kaufen und dann hier auszusetzen, um den Bestand zu stabilisieren. Wir sollten eher dafür sorgen, dass die Fasane sich von allein ausreichend vermehren. Ich mache mir zu entsprechenden Maßnahmen ein paar Gedanken. Dabei wird es um abgezäunte Gebiete gehen und auch um eine stärkere Fallenjagd auf Raubzeug wie den Marder. Wobei der Freiherr kein großer Freund der Fallenjagd ist.«

»Das lassen Sie mal meine Sorge sein, in diesem Punkt werde ich meinen Vater überzeugen können. Nur mit der Flinte oder den Giftködern zu arbeiten, wird nicht reichen«, meinte Franziska.

»Beim Rebhuhn sollten wir hingegen noch mehr auf Säume, Feldhecken und das längere Stehenlassen der Stoppeläcker achten. Beim Hasen sehe ich hingegen keine Probleme.«

Bei den Forellenteichen angekommen, gingen sie zum Gründer der Fischzucht. In drei künstlich angelegten Teichen schwammen die Fische, die permanent mit frischem Wasser versorgt wurden und sich hier ausgezeichnet vermehrten. Die Gehilfen des Fischzüchters waren gerade dabei, mit großen Netzen zahlreiche Forellen aus dem Wasser zu holen. Waren sie noch zu jung, so wurden sie gleich wieder in das Wasser entlassen. Die älteren Fische erschlugen sie mit einem kleinen Holzknüppel.

Neben dem kleinen Haus des Forellenzüchters war die Räucherkammer bereits mit Buchenholz angeheizt worden. Die Gehilfen befestigten nun die ausgenommenen Fische mit einem Haken an langen Stöcken, die sie in der Räucherkammer aufhängten. Es war Hochsaison, denn Ostern nahte und damit auch der Karfreitag, der nach alter Tradition mit einem Fisch zum Mahl begangen wurde. Natürlich konnte sich nicht jeder eine geräucherte Forelle leisten, doch für die meisten Bürger des kleinen Städtchens war der Fisch bezahlbar. Auch von den umliegenden Orten kamen am Gründonnerstag viele Leute und kauften bei der einzigen Forellenzucht weit und breit ihren Fisch für den Festtag ein.

Ostern war mit Abstand das wichtigste Christenfest, die Kreuzigung Jesu und seine Auferstehung am Ostermontag war auch bei den weniger gottesgläubigen Menschen ein besonderes geschichtliches und natürlich religiöses Ereignis. Selbst der Kaiser in Berlin, so sagte man, kehrte dann in sich, nahm Abstand von den Staatsgeschäften und feierte das Osterfest im engsten Familienkreis im Neuen Palais in Potsdam. Der Revierjäger hatte dies in einigen Zeitschriften gelesen.

Das Osterfest war für die kaiserliche Familie gleichzeitig auch die erste Zeit des Jahres, die im Neuen Palais in Potsdam verbracht wurde. Die Wintermonate über bewohnte seine Majestät das Stadtschloss in Berlin. Nur bei beginnendem Frühling zog es ihn in den wildreichen Park von Sanssouci.

Die junge Freifrau unterhielt sich neugierig mit dem Forellenzüchter und ließ sich aufmerksam die Feinheiten des Fischbetriebes erklären.

Aus der Räucherkammer drang ein wundervoller Duft, und Boni hätte zu gern für sich und seine Mutter gleich einen Fisch mitgenommen. Leider brauchten die Fische mindestens vierundzwanzig Stunden in der Räucherkammer, wobei die Herausforderung in dem Halten einer niedrigen Temperatur und einem stetigen Rauchnachschub lag. Die Gehilfen mussten selbst in der Nacht Wache halten und stetig Buchenholz nachlegen.

Franziska von Waldenberg hatte das Gespräch mit dem Fischzüchter beendet und wandte sich wieder Boni zu, der seine liebe Mühe und Not hatte, Bodo von einer Wandlung vom Wildjagdhund zum Fischjagdhund abzuhalten. Auch wenn der Vierbeiner nie freiwillig einen Fisch gefressen hätte, beobachtete er das Getümmel der Forellen an der Wasseroberfläche mit größter Neugierde, und zweimal musste Boni seinen Hund davon abhalten, bei dem geselligen Treiben im Wasser mitzuwirken.

»Jagt Ihr Hund nicht normalerweise lieber Katzen, als sich wie eine zu benehmen?«, lachte Franziska den Jäger an.

Da war sie wieder, diese herzerfrischende Offenheit und gleichzeitig dieses leicht Neckische. Intelligent war sie, wohlerzogen und standesgemäß konnte die Freifrau auch sein, das wusste Boni. Nur hatte sie dennoch in ihrer Art all das nicht, was man so üblicherweise von blaublütigen Damen erwartete. Vor allem nicht die leicht hochnäsige Distanz und erst recht keinerlei Spur Einbildung.

Der Revierjäger lachte sie ebenfalls an. »Ja, so scheint es, aber besser ein Jagdkamerad, der manches Mal Überraschungen parat hat und Rätsel aufgibt, als ein völlig einfältiges Instrument meines Willens. Das ist im Prinzip wie mit der Damenwelt.« Da hatte sie ihn schon wieder so weit, dass er sich die Zunge hätte abbeißen können. Seine Worte waren dann auch gleich die ideale Vorlage für die nächste Frage.

»Boni, das hätte ich aber nicht erwartet. Sie zeigen Interesse an eher vorlauten Frauen, die vielleicht genauso ihren Mann stehen wie die Nachkommen Adams. So wie Sie das gesagt haben, schwirrt Ihnen doch das Bild einer besagten Dame bestimmt schon im Kopf herum? Wie heißt denn die Angebetete?«

Das war er nun, der Moment, in dem er sich nichts sehnlicher wünschte als eine Schaufel, mit der er ein Loch graben könnte, um darin zu verschwinden. Mangels Schaufel und angesichts der Tatsache, dass die junge Freifrau nun mit den Händen in den Hüften herausfordernd vor ihm stand, kam er um eine Antwort nicht herum.

»Baronesse, Sie fragen mich Sachen. Warum bringen Sie mich nur immer in Verlegenheit? Ich meinte das eher so allgemein, und natürlich gibt es für mich keine andere, ich meinte natürlich keine spezielle, also jedenfalls keine Dame, die für mich erreichbar wäre«, stotterte er.

Franziska von Waldenberg lächelte vielsagend und zeigte Gnade, sie nahm den Jäger vom Haken und ließ ihn zurück in sein Wasser.

# Kapitel 10
## »Mutterliebe«

Es war Montag, und das war der Tag, an dem der wichtigste Besuch der Woche anstand. Seine Mutter kam regelmäßig an diesem Tag zu ihm. Es klopfte energisch und deutlich, wahrscheinlich bis hinunter zum Marktplatz von Tann vernehmbar. Boni beeilte sich, seiner Mutter die Tür zu öffnen. Der Spalt war nur wenige Zentimeter geöffnet, da packten zwei Hände die Tür und drückten sie mit einem Ruck auf.

»Roderich Bonifatius Burgmüller, soll ich hier draußen Wurzeln schlagen? Ich habe noch eine Menge Arbeit vor mir. Der Handkarren ist bereits voller dreckiger Wäsche, und die erledigt sich nicht von allein. Es ist ohnehin eine Schande, dass einer der best aussehenden Junggesellen der Stadt immer noch ohne Braut ist, und das mit Anfang vierzig. Sich um deine Wäsche zu kümmern, wäre die Aufgabe einer liebenden Ehefrau und nicht deiner alten kranken Mutter.«

Herrje, das war wieder das volle Paket mütterlicher Existenz. Er war zweiundvierzig Jahre alt, und ja, die große Liebe war bisher noch nicht dabei gewesen, eher weibliche Ablenkung. Doch das konnte man ihm schlecht zur Last legen.

»Mama, schön, dass du da bist, komm doch herein, auch gerne hereingestürmt«, antwortete Boni.

»Vorsicht, ich habe dich unter Schmerzen zur Welt gebracht, und die habe ich noch so gut in Erinnerung, dass ich dir mit einem Satz heißer Ohren davon gern eine Kostprobe geben kann. Dieses Vorlaute hast du jedenfalls nicht von mir«, retournierte seine Mutter. Dabei hatte sie sich auf die Zehen gestellt und war gefühlt zehn Zentimeter vor seiner Nase. Die Lage spitzte sich zu, und er musste zügig den Rückzug antreten, um größere Verluste zu vermeiden.

»Liebste Mutter, ich freue mich jedes Mal, wenn du mich besuchen kommst. Ich habe uns auch eine warme Suppe gemacht. Magst du kosten?«, lenkte der Sohn ein.

Die Mutter lächelte nun und gab ihm einen Kuss auf die Backe. »Wird Zeit, dass du dich mal wieder rasierst, dieser gestutzte Vollbart ist nichts Halbes und nichts Ganzes. Glatt rasiert siehst du sowieso besser aus. Sagte ich schon, dass du dringend eine Frau brauchst?«

Margarethe Burgmüller war eine geborene Gottschald und kam aus Hünfeld. Etwa zwanzig Kilometer westlich von Tann stand das Städtchen doch bedeutend größer da. Es hatte fast doppelt so viele Einwohner und lag an einer der wichtigsten Handelsstraßen durch die Rhön. Auch die Bedeutung als Heerstraße war so groß, dass Napoleon gleich neunmal durch die Stadt an der Haune gezogen sein soll. Auch ein anderer großer Name der Zeit verband sich mit der Stadt. Der große Dichter Goethe hatte der Stadt die Ehre gegeben und daraufhin 1814 sein

Gedicht »Jahrmarkt zu Hünfeld« verfasst. Das neu aufgebaute Rathaus galt nicht nur als besonders imposant und modern, sondern auch als eines der schönsten Rathäuser der ganzen Rhön. Dagegen nahm sich das alte Rathaus am Marktplatz von Tann eher bescheiden aus. Noch dazu war es seit 1857 aufgrund des Kinderreichtums zur Schule umgewandelt. Die Stadtverwaltung saß seit 1903 im wenig repräsentativen Gutshof des blauen Schlosses am Töpfermarkt. Die Forstverwaltung war im 1725 fertiggestellten Amtshaus am nördlichen Ende des Marktplatzes untergebracht. Hier übten die Waldenbergs noch bis 1822 unmittelbar die niedere und hohe Gerichtsbarkeit aus.

Die Mutter des Revierjägers entstammte einer nicht gerade armen Bauernfamilie. Zwar waren die Äcker und Wiesen überwiegend gepachtet, doch insgesamt war es der größte bäuerliche Hof bis weit über Hünfeld hinaus. Allein in den Ställen standen gut vierzig Rinder und fast dreißig Schweine. Entsprechend war die Mitgift durchaus ansehnlich und sie konnte praktisch einen gesamten Hausstand in die Ehe einbringen.

Seine Eltern hatten sich ehemals bei einem Feuerwehrfest in Geisa kennengelernt. Bonis Vater war damals bereits Revierjäger beim Fürsten gewesen und sah in seiner offiziellen Jagduniform blendend aus. Margarethe war zu Besuch bei ihrem Onkel, der als Zweitgeborener nicht den Hof der Eltern übernahm, sondern eine Ausbildung zum Koch gemacht hatte. Er kochte einige Jahre in der Gastwirtschaft »Zum goldenen Stern« in Geisa und übernahm sie mit gerade siebenundzwanzig Jahren, als der Wirt starb und seine Frau das Lokal verkaufen wollte. Einmal im Jahr traf sich dort die Freiwillige Feuerwehr von Geisa im großen Gastraum zum Tanz in den Mai.

Die junge Margarethe war schlank, fast zart gebaut, mittelgroß und hatte blonde, zu einem langen Zopf geflochtene rückenlange Haare. Sie war eine echte Schönheit vom Lande und mehr als ansehnlich, außerdem galt sie als besonders gute Partie. Das war aber alles nicht von Belang, denn es dauerte exakt einen einzigen Tanz, dann hatten sich der Jäger und die Bauerstochter unsterblich ineinander verliebt.

Sie war allerdings katholisch getauft und hatte auch die heilige Kommunion empfangen, wie fast alle Menschen im Herrschaftsgebiet des Bistums Fulda. Es war eine große Zerreißprobe, als Johann Burgmüller um die Hand der Tochter beim alten Gottschald anhielt. Der Bauer hätte ihn beinahe aus dem Haus geschmissen, als er hörte, ein Ketzer wolle seine Tochter ehelichen.

Es dauerte mehrere Monate und erforderte eine unglaubliche Geduld, samt eines Empfehlungsschreibens des damaligen Freiherrn, dem Vater von Friedrich Wilhelm von Waldenberg, bis Margarethes Vater zustimmte. Dennoch genierte sich die Familie so, dass die Heirat nicht in Hünfeld, sondern in Tann stattfand. Vorher musste Margarethe noch zum evangelischen Glauben konvertieren. Das Aufsehen dieser Verbindung ging damals sogar durch die Zeitungen, es war in der katholischen Rhön geradezu eine Todsünde, als Katholikin einen lutherischen Revoluzzer zu heiraten.

Nach der Hochzeit zog sie bei ihm ein, und als sich Nachwuchs einstellte, bestand sein Vater aus unerfindlichen Gründen auf den ungewöhnlichen Namen Roderich. Bonifatius war allerdings der Wunschname seiner Mutter.

Die beiden hatten ehemals viel durchzustehen, und ohne das tiefe und aufrichtige Band der Liebe hätten sie es nicht geschafft. Dennoch verschwieg Margarethe ihre religiöse Herkunft nicht und benannte ihren Sohn ganz bewusst nach dem aus Fritzlar stammenden Heiligen Bonifatius, der nebenbei auch Gründer des Klosters in Fulda war. Jedenfalls war sie weiter eine fleißige Kirchgängerin, auch wenn sie gerne Seitenhiebe gegen die evangelische Kirche verteilte und immer meinte, bei den Katholiken ginge es doch speziell zu Ostern und Weihnachten bedeutend festlicher zu.

Nachdem Johann Ende 1870 im Krieg gegen Frankreich gefallen war, musste sie mit dem Jungen allein zurechtkommen. Die magere Kriegerwitwenrente war bestenfalls ein Zubrot, davon leben konnte man nicht. Natürlich bekam sie Unterstützung von den Eltern und auch vom wohlhabenden Bruder, der den Hof in Hünfeld übernommen hatte, aber auch das reichte nicht. Also begann sie als Wäscherin zu arbeiten, und das tat sie bis heute.

Es war eine harte Arbeit, und sie wurde normalerweise sehr schlecht bezahlt. Sie hatte aber das Glück, dass sich der Freiherr ihrer annahm und ihr die gesamte Wäsche vom Schloss überließ. Inklusive Wäschestärken, Bügeln und dem Mangeln der Bettwäsche und Tischtücher kam so viel Arbeit zusammen, dass sie allein damit nahezu komplett ausgelastet war. Der Fürst entlohnte sie außerdem überaus großzügig, sodass sie nach dem Tod des Mannes das bisherige Leben fast uneingeschränkt fortführen konnte. Das kleine Haus in der Stadt konnte sie halten, und der Junge ging auf eine gute Schule. Reichtum gab es nicht, aber auch keine bittere Armut.

»Bonifatius, sag mir bitte nicht, dass du in deinen Arbeitsrock schon wieder einen Riss gemacht hast«, sagte Bonis Mutter, als er ihr einen Korb mit dreckiger Wäsche überreichte, auf dem obenauf der Arbeitsrock lag.

»Es tut mir leid, aber ich bin nun einmal nicht Buchhalter in einem Kontor. Erzähle mir doch nicht, dass es bei Vater anders war. Draußen im Revier passiert so etwas eben, das gehört dazu«, erwiderte Boni.

»Ein wenig mehr Sorgsamkeit täte deinen Kleidungsstücken gut. Gib mir mal das Nähzeug, ich flicke den Ärmel gleich hier.« Sie nahm ein passendes Garn, führte es durch das Nadelöhr und begann zu nähen.

»Das Wichtigste ist ein Kreuzstich am Beginn und am Ende, dazwischen ist es einfach, Nadel rein und sauber auf der anderen Seite wieder raus, denn sie kann bei diesem Stoff schlecht stecken bleiben. Das ganze Spiel dann bis zum Ende, und es ist geschafft«, bemerkte seine Mutter nebenbei.

»Wie dämlich konnte ich denn sein. Warum ist mir das nicht gleich eingefallen, das ist ja geradezu hochnotpeinlich? Sauber rein und auf der anderen Seite sauber wieder heraus«, schlug sich der Revierjäger mit der flachen Hand auf die Stirn. »Mutter, ich muss dringend zu Hermann, er wohnt doch unten in der Krone, richtig?«

»Woher soll ich das denn wissen? Aber ja, du hast recht, ich habe ihn gesehen, als er in seiner Tropenuniform und dem schicken Hut eingezogen ist. Er macht wirklich etwas her«, antwortete sie.

»Hätte ich mir denken können, ich muss zu Hermann. Ich habe es wahnsinnig eilig, kann ich dich hier allein lassen? Nimm dir ruhig noch von der Suppe«, sprach's und ließ seine Mutter mit offenem Mund zurück. Das passierte extrem selten, dass seine Mutter sprachlos war.

Er ging mit Bodo fast im Laufschritt Richtung Tann, überquerte den Marktplatz und stand schon vor der Krone, dem ältesten Gasthaus der Stadt, schräg gegenüber vom Rathaus. Die Krone war für das gute Bier der Schlossbrauerei von Tann, einen ausgezeichneten Hackbraten, sehr gutes Sauerkraut und dank Bonis jagdlichen Erfolgen für wunderbare Wildgerichte bekannt.

In der Stadt gab es zwar noch den einen oder anderen Ausschank, die einzige ernst zu nehmende Konkurrenz war jedoch nur der Gasthof Adler, weiter nördlich der Hauptstraße. Doch Boni fand das Essen und die Wirtsleute in der Krone deutlich besser und die Lage direkt am Marktplatz unschlagbar.

Er ging die zwei Sandsteinstufen hinauf zum Eingang. Hermann war gerade beim Mittagsmahl und saß vor einem Zwiebelsploaz, einem Blechkuchen aus Roggenteig mit einem Belag aus besagten Zwiebeln, Speck und Butter.

»Jetzt muss ich auch schon beim Essen Audienzen geben. Wann werde ich wohl auch den letzten Bürger in Tann mit meinen Afrika-Geschichten beglückt haben?«, lachte Hermann seinen Freund an.

»Kann mir denken, dass du hier als Tanner Old Shatterhand gehandelt wirst. Grüß dich, Hermann, mir ist etwas Wichtiges eingefallen, und da brauche ich einen Plan. Bertram ist leider gerade in seiner Pfarrer-Schule«, sagte der Revierjäger und setzte sich an den Tisch.

»Ist dir klar, was man interessanterweise am meisten in der Fremde vermisst? Es sind nicht nur die Familie und die Freunde, es ist das heimatliche Essen. Seit einer unserer Brauer in Deutsch-Ostafrika aktiv ist, kannst du problemlos ein gutes deutsches Bier unter der Sonne Afrikas genießen. Aber so etwas hier, einen deftigen Zwiebelsploatz mit geräuchertem Speck, das bekommst du auf dem ganzen afrikanischen Kontinent nicht«, stellte er fest.

»Gut, lass es dir schmecken. Hermann, mir ist etwas eingefallen, was mir unbedingt schon längst hätte auffallen müssen. Wenn der Graf offenbar eine Kugel abbekommen hat und ich sie nur ein paar Meter hinter ihm im Boden fand, dann muss es logischerweise eine Austrittsöffnung am Rücken geben. Das kann doch dann unser Arzt nicht übersehen haben. Noch dazu müssten in der Wunde bei einem angeblichen Schrotschuss einige Schrotkörner zu finden sein.«

»Richtig, und wir waren dämlich genug, an so etwas nicht zu denken. Lass mich noch die letzten zwei Bissen nehmen, dann gehen wir rüber zum Herrn Doktor und befragen ihn.«

Hermann schnappte sich noch ein gutes Stück Brot für den Weg, und sie gingen los.


Der Arzt war ein eingeheirateter Verwandter der Koch'schen Gendarmen-Familie, insofern war etwas Vorsicht geboten. Hermann entschloss sich deshalb, einen kränklichen Eindruck zu machen und Magenprobleme vorzuschieben. Boni musste in sich hineingrinsen, sein Freund hatte den bekannten Saumagen und hätte auch Sägespäne und Eisennägel verdauen können. Aber die Idee war gut.

In der Praxis war an diesem Tag nicht viel los. Hermann wurde vom Doktor direkt hineingerufen. Er schilderte dem Arzt, dass er Schwindelanfälle hätte und ihm gerade auch beim Essen oft übel wurde. Richtig schlimm sei es nach dem Fund der Grafen-Leiche geworden. Seitdem hätte er auch Albträume.

Der Mediziner horchte den Herzschlag ab, prüfte den Blutdruck, untersuchte die Reflexe an Knie und Arm, schaute in den Rachen und die Ohren. Zum Schluss wurden die Organe durch kräftige Knetgriffe am Oberkörper auf ihren Zustand geprüft. Dann nahm er in seinem blütenweißen Kittel hinter seinem Schreibtisch Platz.

»Mein guter Herr Wagner, Sie können sich wieder anziehen. Ist alles halb so schlimm. Durch den enormen Klimawechsel bei der Fahrt von Afrika in die Rhön und das für Sie lange nicht mehr verfügbare, kräftige Essen hierzulande spielt Ihr Körper gerade verrückt. Geben Sie ihm etwas Zeit, um sich wieder einzufinden«, diagnostizierte der Mediziner bestimmt.

»Das klingt einleuchtend. Was kann ich außer der Steigerung meiner Geduldsfähigkeit noch tun?«

»Verzichten Sie auf zu deftiges Essen, reduzieren Sie die Fleischmengen, Essen Sie mehr Brot – kein Sauerteigbrot, und nehmen Sie vor allem Gemüse und Obst zu sich. Bier in Maßen ist ebenfalls gut. Verzichten Sie wegen der Säure auf Wein und natürlich auf Schnaps. Zumindest für eine Woche Finger weg vom Tabakgenuss.

Sie bekommen noch ein Rezept für ein paar Kräutermischungen von unserem Drogisten und einen magenbereinigenden Saft von unserem Apotheker«, erklärte der Arzt weiter.

»Vielen Dank, Herr Doktor, aber was mache ich mit meinen Albträumen? Ich sehe immer wieder, wie ich meinem Freund, dem Revierjäger, half, den Leichnam aus dem Moor zu ziehen. Dabei habe ich dieses totenstarre Gesicht vor Augen, mit der Fasanenfeder im Rachen, der Wunde am Herzen und dem großen Kugelausschuss auf dem Rücken. Immer wieder sehe ich einen schwarzen Schatten, wie er mit einer Büchse auf den Grafen anlegt.«

Der Arzt zuckte merklich zusammen und wurde kreidebleich. Hermann hatte sich genau diese Reaktion erhofft. Der Doktor schien genau Bescheid zu wissen. Von wegen Selbstmord mit der Flinte. Keiner erschoss sich zweimal, einmal mit der Kugel und dann noch einmal mit Schrot.

Es dauerte einige Sekunden, dann hatte sich der Arzt wieder im Griff. »Sie bilden sich da etwas ein, auch das ist bei so einem schrecklichen Fund nicht ungewöhnlich. Besorgen Sie sich noch ein paar Baldrianpillen. Dann können Sie besser schlafen, und in ein paar Tagen gehören diese Träume der Vergangenheit an.«

Hermann bedankte sich nochmals und verließ die Praxis. Kaum war er auf der Straße und ging ein paar Schritte, erwartete ihn Boni ungeduldig an der nächsten Hausecke am Marktplatz.

»Und? Erzähl, was hat er gesagt, besser, wie hat er reagiert?«

»Genau wie geahnt, es hat einen Schlag getan, und er musste sich erst einmal sammeln. Wir haben recht, der Arzt hat die Austrittswunde natürlich gesehen. Der Quacksalber will doch tatsächlich seinen Schwager, den Dorf-Gendarmen, im besten kriminalistischen Licht dastehen lassen und dafür sogar einen eventuellen Mord vertuschen, unfassbar!«, sagte der blonde Jäger vom Kilimandscharo.

»Wir müssen an die Leiche des Grafen kommen, mitsamt einem offiziellen Zeugen. Der Graf ist wohl inzwischen bei unserem Bestatter und wird für die Beerdigung zurecht gemacht. Kannst du dich noch an Ludwig Holste erinnern, unsere Bohnenstange?«

»Na klar, der bestand aus mehr Haut und Knochen als jeder unserer Schulkameraden. Was ist mit ihm?«, entgegnete Hermann.

»Sein Sohn ist zur Lehre beim kinderlosen Bestatter Heinrich Reuter. Da kann ich etwas einfädeln, lass mich mal machen. Ich kümmere mich noch heute darum. Gleichzeitig nehme ich den Ludwig mit, denn der ist seit letztem Jahr Stadtrat. Wenn er die Austrittswunde sieht und sie als Magistrat bestätigt, dann muss unser Gendarm Koch offiziell ermitteln, und zwar in einer Mordsache.«

# Kapitel 11
## »Im Kühlkeller«

Der Jäger des Freiherrn hatte den ganzen Tag im Revier zu tun. Einige Pirschwege mussten von den Blättern der Wintersaison gereinigt werden. Gerade im weitflächigen Revier in den Wäldern von Tann war die Pirsch, also das Heranschleichen an das Wild, bei der Bejagung von allergrößter Bedeutung und stellte die übliche Jagdart dar. Eine Bejagung von festen Kanzeln aus oder gar Hochsitzen fand nicht statt. Der Jäger von Stand war kein unbeweglicher Stadtmensch, der sich auf einer Decke eines Hochsitzes niederließ und wie ein Heckenschütze das Wild abpasste und dann meuchelte.

Die wahre Kunst bestand für einen Waidmann in der genauen Kenntnis des Revieres. Wo waren die Wildwechsel, wo die Unterstände, in denen tagsüber das Wild ein gutes Stück Zeit verbrachte, wo fand die bevorzugte Nahrungsaufnahme statt? Sicher, die Technik der neuen Flinten und Büchsen verhalf zu besseren Schüssen, und dagegen war nichts einzuwenden. Doch es führte zu großen Diskussionen in der Jägerschaft, ob das Anbringen von Zielfernrohren überhaupt noch waidmännisch sei.

Der Begriff der Waidgerechtigkeit war weit gedehnt und Außenstehenden nicht immer einfach zu erklären. Zum einen ging es um Traditionen, wie dem Vergeben des letzten Bissens und dem Dank an den Schöpfer, dass ein Tier sein Leben für die Fleischernährung des Menschen gegeben hatte. Es ging hier um den Respekt vor Gottes Kreatur. Daraus folgte automatisch, dass sich jede Art von Tierquälerei verbot. Die Schützen sollten deshalb regelmäßig ihre Schießfertigkeiten üben, was leider nicht alle so ernst nahmen.

Kam es zu einem schlechten Schuss, was gerade bei sich bewegenden Zielen während der großen Drückjagden im Herbst gang und gäbe war, dann sollte sofort ein zweiter Schuss dem unnötigen Leid ein Ende setzen. Es passierte aber auch, dass ein Tier weit und rasend schnell flüchtete. Dann war es eine Frage der Jägerehre und eben auch besagter Waidgerechtigkeit, mit dem Jagdhund auf Nachsuche zu gehen. Das Wild am Wundbett zu stellen und entweder mit der Schusswaffe oder mit dem Jagdmesser von seinen Qualen zu erlösen.

Ein wichtiges Element der Waidgerechtigkeit war auch der Schutz der Muttertiere. Hatte ein Wildgeschöpf Nachwuchs, so ging man immer zuerst auf die Jungen. Undenkbar war es, wenn der Jäger vorsätzlich zuerst das Muttertier erlegte und dann erst die Jungen. Zu groß war die Gefahr, dass ein Junges flüchtete und dann ohne die Mutter und ihre Milch in der Natur verhungerte. Über allem stand aber auch die Vorstellung, das Wild sollte eine Chance haben zu entkommen. Das war zwar aus Sicht des Revierjägers angesichts der immer besseren Waffen nicht wirklich ein Begegnen auf Augenhöhe, aber ein Abknallen wie bei eingestellten Jagden in Gattern, in denen die Tiere den Schützen ohne jegliche Fluchtmöglichkeiten vor die Läufe getrieben wurden, war es auch nicht.

Deshalb liebte er die Pirsch, es war die ursprünglichste und im Sinne der Jägerehre gerechteste Jagd. Man musste sich auf leisen Sohlen anschleichen, durfte keinen Laut geben, musste die Windrichtung genau beachten und sehr nah ran. Das war auch der Tatsache geschuldet, dass man überwiegend mit den günstigeren Flinten schoss, und die hatten bestenfalls eine Reichweite von dreißig bis fünfzig Metern. So nah musste man das Wild erst einmal vor die Flinte bekommen, bevor es Wind bekam und den Jäger zu früh erspähte. Deshalb war das Säubern der jägerlichen Schleichwege umso wichtiger. Es sollte kein Ast knacken, kein Laub zu laut rascheln, sonst wäre die Pirsch gescheitert.

Boni kam am späten Nachmittag durchgeschwitzt im Jagdhaus an. Er wollte sich so schnell als möglich zu seinem ehemaligen Schulkameraden Ludwig aufmachen. Nach einer kurzen Katzenwäsche zog er ein frisch ausgelüftetes Hemd an, seinen guten Jagdrock und verließ mit einem Stück Brot sowie einem Wurstzipfel in der Hand den Friedrichshof Richtung Stadt.

Als er in Tann ankam, ging er zum Kirchplatz oberhalb des Marktplatzes. Um die Ecke kurz vor der ehemaligen Stadtmauer wohnte sein Schulkamerad in Sichtweite des Rathauses, in dem er sein Ehrenamt als Stadtrat ausübte. Er nutzte den Messingtürklopfer, und der Hausherr machte ihm auf. Ludwig war immer noch hoch aufgeschossen, nur nicht mehr ganz so dürr. Der Wohlstand tat ihm gut. Sein Glück hatte er mit einer kleinen Möbelschreinerei gemacht, die er im Hinterhof hatte und die gut lief, denn Tann wuchs, und die neu hinzugezogenen Bürger brauchten eine Einrichtung. Außerdem hatte der Freiherr einen größeren Teil des Schlosses mit Renovierungsarbeiten überzogen, wozu auch einige aufwendige Holzinnenausstattungen zählten. Ludwig beschäftigte sogar zwei Gesellen und hatte noch einen Lehrbuben.

»Boni, das ist mal eine Überraschung. Wie komme ich denn zu der Ehre?«, begrüßte der Schreinermeister den Revierjäger.

»Ich würde gerne mit dir über den toten Grafen aus dem Moor sprechen. Darf ich reinkommen?«

»Natürlich, tritt ein, lass uns in mein Büro in der Werkstatt gehen«, antwortete Ludwig.

Boni erläuterte seinem alten Schulkameraden seinen Verdacht. Da der Schreinermeister wegen der Lethargie und des Unvermögens des Gendarmen Koch ebenfalls nicht gut auf die örtliche Polizei zu sprechen war, sagte er sofort seine Unterstützung zu.

Sie wollten noch vor sechs Uhr abends den Sohn des Schreinermeisters vor dessen Feierabend abpassen. Max war ein eigensinniger Bursche und der zweitälteste Sohn von Ludwig. Er hatte sich schon immer für Bestattungen interessiert, und als der kinderlose Bestatter einen Lehrbub mit der Aussicht auf Übernahme des Unternehmens suchte, gab letztlich Ludwig dem ungewöhnlichen Wunsch seines Sohnes den Segen.

Um halb sechs kamen sie beim Bestatter an. Er hatte seine Räumlichkeiten in einem Haus am nördlichen Rand von Tann. Ludwig klopfte an die Tür, der Bestatter öffnete und sah fragend und überrascht auf die zwei Besucher.

»Guten Abend, Herr Stadtrat, guten Abend, Herr Burgmüller. Was kann ich für Sie tun?«, fragte Heinrich Reuter.

»Wir haben uns auf dem Marktplatz getroffen, und Ludwig erzählte mir von der Lehre seines Sohnes bei Ihnen. Er scheint ganz begeistert zu sein. Er wollte ihn ohnehin mal an seinem Arbeitsplatz besuchen, und da ich noch nie bei einem Bestatter war, dachte ich mir, ich komme einfach mit«, sagte der Revierjäger. Ludwig nickte zustimmend und betrat mit Boni das Haus.

Heinrich Reuter schien sichtlich erfreut, dass sich jemand für seine Arbeit interessierte. Denn das gab es ohne trauerfallbedingten Anlass üblicherweise selten, besser gesagt nie. Das Ansehen der Bestatter hatte sich seit dem Mittelalter deutlich zum Positiven entwickelt. Vor ein paar hundert Jahren galten sie ähnlich wie die Schafrichter, oft in Personalunion, quasi als Ausgestoßene, als Teil der untersten Stufe der Gesellschaft. Hinzu kam eine große Portion Aberglaube. Man hielt Abstand zu den Leuten, die täglich mit Gevatter Tod den Umgang pflegten. Seit der Aufklärung und auch der Weiterentwicklung der modernen Medizin besserte sich das. Dennoch, das Bauchgefühl sagte vielen Bürgern immer noch, lieber auf Abstand zu gehen und den Bestatter nur aufzusuchen, wenn es nötig war.

Reuter führte die Gäste an seinem Büro vorbei in den Raum, in dem die Leichen gewaschen und zurechtgemacht wurden. Hier erläuterte er dann die neuesten Methoden, um die Haut bei der Aufbahrung nicht ganz so fahl erscheinen zu lassen. Schminkpuder fand sich hier, genauso wie Eau de Toilette, um den Verwesungsgeruch zu dämpfen.

Auch stand ein Schrank mit verschiedenen Totenhemden in der Ecke, die alle üblichen Größen bereithielten. Inzwischen war der Lehrbub Max hinzugekommen und grüßte seinen Vater freudig. Seit fast zwei Jahren war er bei Reuter in der Lehre, und der Vater hatte sich nicht ein einziges Mal blicken lassen. Die Diskussionen um seinen Berufswunsch hatte der Junge noch in guter Erinnerung, und so war er fast glücklich, dass sein Vater plötzlich wohlwollendes Interesse zeigte.

Ludwig wandte sich an den Bestatter: »Bahrt Ihr denn bis zum Gottesdienst die Toten in diesem Raum auf?«

»Nein, Gott bewahre, das geht natürlich nicht. Wir haben einen sehr tiefen und kühlen Keller, der hält unsere Kunden einigermaßen frisch. Wollt Ihr einen Blick hineinwerfen?« Natürlich wollten sie und folgten Reuter eine lange Treppe hinab, an der eine glatt gekachelte Rampe für den Aufbahrungshandwagen verlief.

Unten angekommen, gab es sechs in die Grundmauern eingelassene Fächer ohne Tür. Darin befanden sich zwei Tote, die offenbar auf langen Schienen hineingeschoben worden waren. Der ganze Raum war ziemlich düster, wie das Thema an sich, dachte Boni bei sich. Ein leichtes Frösteln nicht nur wegen der Temperatur schien auch Ludwig zu erfassen.

Der Bestatter zog an einer Bahre, und es kam die alte Schneiderin Bentbach zum Vorschein. Sie war vor drei Tagen selig im hohen Alter von zweiundsiebzig Jahren verstorben. Wer denn auf der anderen Bahre liegen würde, fragte Ludwig.

»Das ist der tote Graf aus dem Moor. Es ist eine der ungewöhnlichsten Leichen, die ich je hier hatte.«

»Warum denn das?«, fasste der Revierjäger nach.

»Na ja, beim Leichenwaschen geben wir uns große Mühe, die Hinterbliebenen sollen schließlich einen guten letzten Eindruck von ihren Lieben haben. Als Max und ich das Blut vom Brustkorb entfernt hatten, sahen wir dann sehr deutlich einen großen Einstich unterhalb des Rippenbogens, während alles um das Herz herum wie mit einem kleineren Messer geradezu zerfleischt war. Ich habe gehört, es soll ein Schrotschuss gewesen sein, mit dem er sich selbst gerichtet hat. Aber beim Zunähen haben wir nicht ein einziges Schrotkorn finden können, und dann war da noch die Sache mit dem kleinen Loch auf der Brust und der größeren Austrittsöffnung am Rücken. Wenn Sie mich fragen, dann ging da eine Kugel durch«, erklärte der Bestatter.

»Das verstehe ich. Reuter, ob wir den Grafen mal sehen können? Immerhin ist ein blaublütiger Gast bei Ihnen doch selten«, bat der Stadtrat.

Der Bestatter zog den Grafen aus dem Wandfach. Als er das Leichentuch abnahm, konnte man die meisterhafte Arbeit Reuters sehen. Er sah fast aus, als ob er schliefe.

»Wie haben Sie ihn denn zugenäht? Da müssen Sie in Ihrem Beruf ja noch ein halber Chirurg sein«, sagte Boni.

»In der Tat, das war in diesem Fall schon ein kleines Kunstwerk. Schauen Sie mal …« Die beiden Männer ließen sich von Reuter den Brustkorb zeigen und die Art der Stiche.

»Und wie haben Sie das auf der Rückseite hinbekommen?«, warf der Revierjäger ein. Der Bestatter drehte den Leichnam auf die Seite, und da sahen beide die Austrittswunde.

»Das überrascht mich jetzt aber, das muss der Arzt übersehen haben. Schließlich erschießt sich kein Selbstmörder zweimal«, meldete sich der Stadtrat zu Wort.

»Ich will keinen Ärger haben, ich kümmere mich nur um meine Arbeit, und der Koch hat ja bereits offiziell ermittelt, dass es Selbstmord war«, antwortete der Bestatter nun selbst ähnlich blass wie seine Kunden. Er merkte, er hatte sich offenbar verplappert.

»Reuter, machen Sie sich keine Sorgen, ich kümmere mich um diese Sache. Wir sind alle nur Menschen, und auch ein Doktor kann mal etwas übersehen. Nun stellt sich auf jeden Fall schon von Amts wegen die gesamte Sache anders dar, und ich bin sowohl als Stadtrat von Tann wie auch als gesetzestreuer Bürger zu einer Meldung praktisch verpflichtet. Wie gesagt, es soll alles nicht Ihre Sorge sein, ich nehme das in die Hand, und Sie werden Lob für Ihre Aufmerksamkeit erhalten und keinesfalls Ärger. Außerdem soll mein Sohn ja weiterhin einen so guten Lehrherrn haben.«

Sie bedankten sich für die Führung und versicherten nochmals ein behutsames Vorgehen, bevor sie gemeinsam mit Max zurück Richtung Marktplatz gingen.

»Mensch, Boni, du lagst richtig. Das ist gelinde gesagt ein Skandal. Ich kümmere mich sofort um alles und werde jetzt gleich unseren behäbigen Gendarmen besuchen und Dampf machen. Danach wird es jedenfalls offizielle Ermittlungen geben und zwar im Mordfall Graf von Buchen.«

# Kapitel 12
## »Rauchschwaden aus dem Pazifik«

Der Stadtrat hatte ganze Arbeit geleistet. Er war gleich gemeinsam mit dem Bürgermeister beim Königlich-Preußischen Polizei-Sergeanten Walter Koch aufgetaucht. Das Donnerwetter der Stadtoberen von Tann war bis nach Fulda zu hören gewesen. Die hohen Herren des Magistrats lasen dem Gendarmen derart die Leviten, dass er noch kleiner wurde, als er ohnehin war. Zudem verpflichteten sie ihn dazu, mit dem Revierjäger zusammenzuarbeiten. Denn zum einen ging es um einen Mord, und zum anderen war offenbar ein so guter Fährtenleser nötig.

Natürlich hatte weder ein Bürgermeister noch ein erster Stadtrat irgendwelche disziplinarische Gewalt über einen Beamten seiner Majestät, des Königs von Preußen. Der Gendarm wusste allerdings, wenn seine Vorgesetzten von dem ganzen Ausmaß seines Versagens erfahren würden, dann hätte er mit dem Schlimmsten zu rechnen bis hin zu einer Kürzung oder Streichung der Alterspension. Es half also nichts, er musste tun, was die Stadtherren verlangten.

Am nächsten Morgen führte der Weg des Gendarmen direkt zum fürstlichen Jagdhaus. Dabei haderte er schon die ganze Zeit mit seinem Schicksal. Es war erheblich zu früh für seinen üblichen Arbeitsbeginn, und die Lauferei war auch nicht sein Ding. Außerdem kam er sich vor wie ein Büßer, der nun Abbitte zu leisten hatte, und das musste einem Königlich-Preußischen Polizeibeamten widerfahren, einem so verdienten und langjährigen Diener des Staates. Hatte er denn nicht immer die Bürger von Tann bestens beschützt? Fast alle Diebstahldelikte aufgeklärt und Raubüberfälle nahezu komplett verhindert? Bestenfalls eine Gasthausschlägerei von jungen Burschen kam ein paar Mal im Jahr vor. Ansonsten hatte er sein Tann polizeilich im Griff, und Verbrechen geschahen woanders, nur nicht hier.

Aber es half nichts, er klopfte in seiner dunkelblauen Uniform mit dem umgeschnallten Degen, der polierten Pickelhaube und den frisch gewichsten Schaftstiefeln an die Tür der Jagdhütte.

»Herr Polizei-Sergeant, guten Morgen, was führt Sie denn den weiten Weg von Tann hier hoch zum Friedrichshof?«, fragte der Revierjäger scheinheilig.

»Herr Burgmüller, es hat sich mittlerweile auch dank Ihrer Hinweise herausgestellt, dass die erste Diagnose unseres Doktors zum Tod des Grafen von Buchen nicht ganz zutraf. Es war mit hoher Wahrscheinlichkeit Mord. Insofern bin ich jetzt aufgerufen, den Dingen auf den Grund zu gehen. Der Bürgermeister und der erste Stadtrat waren so freundlich, mir Ihre Unterstützung zuzusagen. Kann ich da auf Sie zählen?« Der kaum über einen Meter sechzig große Gendarm baute sich vor dem baumlangen Revierjäger auf.

Boni lächelte milde. »Selbstverständlich, Herr Polizei-Sergeant, aber kommen Sie doch rein, dann kann ich Ihnen erzählen, was eventuell noch im Zusammenhang mit dem Tod des Grafen stehen könnte.«

Der Revierjäger sprach über die Sache mit den Waffen auf Fasanenjagd, bei der nur ganz wenige überhaupt kombinierte Waffen dabeihatten, um damit außer Schrot auch einen Kugelschuss abgeben zu können. Eine reinrassige Büchse war überhaupt nicht vertreten. Auch das neue Kaliber erwähnte er samt der neuesten preußischen Armeepatrone mit der spitzen Form der Kugel. Der Überzug des Bleigeschosses mit Messing und damit die Gestaltung als armeeübliche Vollmantelpatrone kamen zur Sprache. Walter Koch schien aufmerksam zuzuhören, fragte ein paar Mal nach und stellte mit dem Revierjäger eine lückenlose Liste aller beteiligten Jagdgäste zusammen.

Dann verabschiedete sich die Staatsgewalt und zog wieder hinunter nach Tann, wobei der Polizist mit seiner Pickelhaube, dem schlenkernden Degen, der fast zu den Stiefelspitzen reichte, und seiner ungelenken Gangart einen ganz besonderen Helden der tragischen Gestalt abgab.

Boni grübelte den halben Tag. Er war sich unsicher, ob er die Sache mit dem Tabak hätte erwähnen sollen, auch die Frage nach der Fasanenfeder im Rachen des Grafen blieb unbesprochen. In einem Punkt wurde er aber bestärkt. Koch war und blieb unfähig.

Es war seine Jagdaufsicht gewesen, er hatte den Todesfall überhaupt erst zum Mordfall gemacht. Hatte er deshalb nicht auch das Recht, besser sogar die Pflicht, an der Sache dranzubleiben, weiter auf der Fährte zu bleiben, die Pirschzeichen zu finden, bis der Täter gestellt war? Er gab sich selbst die Antwort, und die fiel klar aus.

Am Abend kam Bertram und klopfte an die Tür der Jagdhütte. Boni öffnete erfreut und bat seinen Freund herein.

»Komm herein, mein Lieber. Was macht die Seelsorge? Bist du schon am Ausarbeiten der zwei Predigten für die selige Frau Bentbach und unser nunmehr hochoffizielles Mordopfer, den Grafen von Buchen?«

»Da ist wohl in meiner Abwesenheit einiges passiert. Kaum war ich drei Tage bei einem Predigerseminar, schon gibt es in unserem romantischen Städtchen ein Mordopfer. Dann bringe mich mal auf den neuesten Stand«, bat Bertram.

Boni erzählte von dem Gespräch mit dem Stadtrat, dem gemeinsamen Besuch beim Bestatter und dem anschließenden Einlauf für den Gendarmen durch den Bürgermeister und den Stadtrat. Auch von dem doch etwas kleinlauten Besuch des Polizei-Sergeanten in der Jagdhütte berichtete er.

»Gut, nun haben wir also offiziell einen Mord. Der Ausgangspunkt aller Taten ist immer die Motivation. Was trieb den Täter an? Warum versündigte er sich gegen eines der wichtigsten Gebote?«, sagte der Pfarrer nachdenklich.

»Genau das sind die Fragen, die ich mir auch schon gestellt habe. Der Vergleich hinkt unglaublich, das ist mir voll bewusst, aber dennoch, die Tierwelt ist die meine und hier geschieht vieles zumindest nicht ausschließlich aus Instinkt oder gar völlig ohne Logik. Man muss der Sache nur auf den Grund gehen. Im Revier spielen einige

Dinge für die Wildtiere eine ganz besondere Rolle. Die Liebe und, wenn man so will, die Eifersucht sind nicht unbekannt«, antwortete der Revierjäger. »Angefangen bei dem extrem harten Abschlagen von Rivalen wie beispielsweise in der Brunftzeit durch den Platzhirschen, damit er seinen Harem für sich behält, auf der anderen Seite die lebenslangen Ehen einiger Greifvögel oder auch der Schwäne. Liebestolle und Eifersüchtige gibt es auch bei uns Menschen.«

»Boni, überziehst du jetzt nicht ein wenig mit dem Vergleich? Das klingt in meinen Ohren doch sehr nach einem Gleichsetzen von Gottes höchster Kreatur mit den Tieren. Aber gut, führe mal weiter aus, was du im Sinn hast.«

»Danke für deine Nachsicht, es klärt sich gleich auf, schließlich müssen wir mögliche Motive untersuchen. Bei mir im Revier ist ein weiterer starker Antrieb zu finden – der Neid. Das passiert gerade beim Thema Futter. Gleiches gilt ebenfalls für uns Menschen.«

»In Ordnung, die Rochade ist dir gelungen. Kain erschlug schon seinen Bruder Abel aus purem Neid. Aber was ist mit Gier?«

»Das ist ein nicht verbreitetes Motiv im Tierreich. Gier, hm, das würde ich mit dem Rothirschen in Verbindung bringen können. Schließlich könnte er einem Nebenbuhler eine seiner Damen überlassen, aber nein, aus Prinzip behält er alle. Gier im Sinne von Materiellem gibt es beim Wild eher weniger.«

»Eher überhaupt nicht! Ein Reh sammelt doch kein Silber«, antwortete Bertram.

»Das Eichhörnchen, welches alle Eicheln sammelt und heimlich versteckt, die es selbst nur findet, kommt dem schon näher. Dabei ist klar, es wird nie alle fressen können. Aber nun komme ich wirklich an meine Grenzen. Jetzt wird die ganze Sache doch etwas weit hergeholt«, grübelt Boni.

»Es fehlt noch eines der stärksten Motive, ähnlich antriebsstark wie die Liebe«, merkte Bertram an. »Dieses Motiv ist ebenfalls so alt wie unsere Heilige Schrift, es ist die Rache.«

»Du hast recht, gerade die Morde, die besonders blutig sind, geschehen oft aus Rache. Es stellt sich die Frage, welches Motiv dem Grafen zum Verhängnis wurde. Gehen wir sie mal durch. Vielleicht können wir dann einige ausschließen«, schlug der Revierjäger vor. »Ich glaube, die Liebe oder die Eifersucht können wir wahrscheinlich abhaken. Die frischgebackene Witwe ist heute Morgen wegen der Trauerfeier in Tann angekommen. Wenn sie nicht die weltbeste Schauspielerin ist, dann kann ich mir das bei ihr nicht vorstellen. Sie musste bei jedem Schritt gestützt werden, und ihr Gesicht war vollkommen verheult. Die zwei waren erst wenige Jahre verheiratet und haben drei Kinder im Alter bis fünf Jahre.«

»Ja, das schien mir echt, habe es auch gesehen«, unterbrach ihn der Pfarrer.

Boni fuhr fort: »Außerdem wurde mir erzählt, es sei eine Liebesheirat gewesen und von Buchen hätte lange um die Hand anhalten müssen, denn die Gräfin war von herzoglicher Abstammung und er damit keinesfalls der standesgemäße Wunschkandidat der Schwiegereltern. Hinzu kommt, hätte der Graf seine Frau verlassen wollen, dann wäre es zum Zusammenbruch seiner gesellschaftlichen und folglich auch der geschäftlichen Situation gekommen.«

»Wieso denn das, ich dachte, seine Holzverarbeitung läuft beziehungsweise lief grandios?«

»Den Holzhandel hat er ausschließlich mit der Mitgift seiner Gattin aufbauen können, so erzählen es jedenfalls gut informierte weibliche Quellen in Tann«, sagte der fürstliche Waidmann.

»Das klingt logisch«, stimmte Bertram zu. »Was ist mit Habsucht oder Gier?«

»Der Graf hat wohl in seinem Testament alles seiner Gattin und einen Teil unmittelbar seinen Kindern vererbt. Hinzu kommt, sein Geschäft lief zwar ausgezeichnet, aber es war immer noch im Aufbau, und seine Fabrik zur Holzverarbeitung ist brandneu. Er hat sie erst vorletztes Jahr eröffnet. Wie man sich erzählt, sollen allein das Verwaltungsgebäude und die Arbeitshalle fast sechshunderttausend Mark gekostet haben, von den teuren Maschinen ganz zu schweigen. Deshalb nehme ich an, dürfte unter dem Strich gar nicht so viel aufgebautes Vermögen da gewesen sein.«

Bertram runzelte die Stirn, und er und Boni sahen sich eine Weile schweigend an. Dann stand der Jäger auf und holte einen Krug Bier, denn vor lauter Redefluss hatte er ganz vergessen, seinem Freund einen Trunk anzubieten.

Als er aus dem Keller kam, sah er Bertram mit einem leichten Lächeln im Gesicht auf der Ecke der Holzbank in der Küche sitzen. Er goss das kühle Bier in zwei Krüge und schaute ihn fragend an.

»Ich glaube, wir sind auf dem richtigen Weg. Denn es bleibt nur ein Hauptmotiv: Rache.«

»Richtig, nur, wie sollen wir das herausfinden? Die Gründe für Rache können ziemlich vielschichtig sein, auch zeitlich. Das kann in den letzten Tagen aufgekocht sein oder auch vor einigen Jahren. Tatsache ist, wir wissen deutlich zu wenig über den Grafen. Aber halten wir fest, die Rache hat den Mörder wahrscheinlich zu seiner Tat angetrieben«, dachte Boni laut nach.

»Hast du dir denn schon Gedanken um den möglichen Täter gemacht? Es scheint zumindest kein Zufall zu sein, dass der Graf just bei eurer Treibjagd ermordet wurde. Entweder der Täter kam als offizieller Jagdgast dazu oder ein Dritter nutzte die Gelegenheit, um so an den Grafen zu kommen«, grübelte Bertram weiter.

»Ich bin schon die Reihe der Jagdgäste gedanklich durchgegangen. Unabhängig davon, dass uns der genaue Grund für einen Mord aus Rache unbekannt ist, habe ich mir die Frage der Waffen nochmals gestellt. Wir wissen, es wurde eine Büchsenkugel auf den Grafen abgeschossen. Von den Jagdgästen hatten nur ganz wenige eine entsprechende Waffe dabei. Die meisten hatten eine Flinte für einen Schrotschuss. Reine Büchsen wurden nicht mitgeführt, aber einige Drillinge mit jeweils zwei Schrot- und einem Kugellauf. Nur der General, der Oberleutnant, der Freiherr, der Oberforstmeister Zeininger und Hermann hatten einen dabei.« Plötzlich schaute der Revierjäger sehr ernst. »Mir fällt ein, dass Hermann tatsächlich zwei Waffen mit sich führte, neben dem neuen Drilling noch seine Großwildjagdbüchse, die er den Jagdgästen stolz zeigte, aber natürlich nicht benutzte, von den Fasanen wäre sonst nichts übrig geblieben. Außerdem sprechen wir hier von Hermann, und seine Großwildbüchse hat ein anderes Kaliber.«

Bertram nickte. »So weit, so gut, den Freiherrn können wir wohl auch ausschließen. Es wäre einfach zu dämlich, auf der eigenen Treibjagd einen Gast zu ermorden. Hermann sollten wir noch nicht einmal theoretisch zum Kreis der Verdächtigen zählen. Mal ganz abgesehen davon, dass er wohl nicht den Arzt besucht hätte, um den Stein mit dem Mord ins Rollen zu bringen, wenn er selbst dahinterstecken würde.«

»Damit bleiben der Generalmajor von Zotten, der Oberleutnant Mehlinger und der Oberforstmeister Zeininger. Bei den ersten beiden würde unsere nach wie vor offene Munitionsfrage leicht erklärbar sein. Wenn dieses brandneue Geschoss tatsächlich noch nicht im freien Verkauf ist, dann braucht es zwingend einen Zugriff auf militärische Bestände. Die zwei hätten ihn gehabt. Leider warte ich immer noch auf eine Antwort der Waffenfabrik Mauser, sonst wären wir schon schlauer. Dann könnten wir auch den Oberforstmeister ausschließen, und es blieben nur noch zwei Verdächtige«, erklärte Boni.

»Dafür kann ich etwas aufklären, was die Tabakreste vom Tatort anbetrifft. Als ich in Friedberg beim Predigerseminar war, konnte ich mittags kurz zum Tabakhandel Wendelmann. Der Tabak ist in der Tat sehr selten. Er kommt aus Übersee und wird wohl in unserer Kolonie Kaiser-Wilhelm-Land auf Deutsch-Neuguinea angebaut. Die Neuguinea-Kompanie hat dort enorme Pflanzungen aufgebaut und verschifft vom dortigen Hafen Stephansort«, erzählte Bertram.

»Tabak aus dem Pazifik? Was hast du noch herausgefunden?«

»Jetzt wird es mysteriös. Der Tabakanbau lohnte nicht mehr, und seit 1901 werden auf den dortigen Plantagen nur noch Kokospalmen angebaut. Herr Wendelmann sagte aber, er sei sich sicher, dass dieser sehr kräftige und dennoch extrem süßlich riechende Tabak ein Neuguinea-Tabak sein müsse. Sein Aroma bekam er wohl auch durch eine neu eingeführte industrielle Fermentierung, und es gab auch besagte extrem süßliche Variante, wie sie erstmals und wohl bisher einmalig in Stephansort auf Deutsch-Neuguinea ausprobiert wurde. Nun bleibt die Frage, wer raucht Tabak, der seit vier Jahren nicht mehr produziert wird und den man nirgendwo mehr kaufen kann?«

»Das gibt fast noch mehr Rätsel auf, als es zur Klärung beiträgt. So kommen wir kein Stück weiter. Ich werde den Freiherrn besuchen und mich zu den beiden Offizieren erkundigen. Zwar bin ich nicht der Polizei-Sergeant, doch der Mord ist immerhin bei einer von mir organisierten Treibjagd passiert. Ich sollte dem Freiherrn ohnehin auch persönlich Bericht erstatten«, sagte Boni. »Kann sein, dass er mir etwas sagt, was wir noch nicht wissen.«

Die beiden Freunde berieten sich noch bis fast zehn Uhr abends, doch egal welchen Gedankengang sie einschlugen, neue Eingebungen hatten sie nicht mehr, und das Bett rief ohnehin.

# Kapitel 13
## »Hessische Jäger«

Boni hatte eine etwas unruhige Nacht, es ging ihm viel durch den Kopf. Zweimal musste er außerdem Bodo aus der Kammer schmeißen, weil er sich jedes Mal heimlich von seinem Platz im Flur hereinschlich. Er liebte seinen Deutsch-Drahthaar, aber zwei Dinge waren immer klar: Es blieb ein Tier, auch wenn seit einiger Zeit Buchautoren anfingen, Tiere zu vermenschlichen, und ganze Geschichten dazu herausbrachten, was er nur schwer nachvollziehen konnte. Zweitens war Bodo auch ein Jagdhund, und der gehörte an die frische Luft in seine Hundehütte und nicht auf ein warmes Sofa. Denn für die Jagd brauchte er eine Kondition wie ein Sportler, Zähigkeit und musste abgehärtet sein. Alles andere wäre nicht nur der Gesundheit des Hundes abträglich gewesen, sondern würde ihn unter Umständen in große Gefahr bringen. Wild kann sehr wehrhaft sein, und das Schalenwild, wie Rehe oder Rothirsche, konnte messerscharfe Hufe oder, wie der Waidmann sagte, Schalen haben. War es verletzt und wurde vom Jagdhund gestellt, dann ging es um Leben und Tod. Ein Tritt und der Hund konnte schwere Schäden davontragen.

Deshalb musste ein guter Jagdhund bestens geübt sein und eine ungemein gute Kondition haben, um auch nach längerer Suche oder Verfolgung noch die Kraft für ein Stellen des Wildes zu haben, vor allem die Energie, jede Sekunde mit vollem Geist achtzugeben.

Boni war ohnehin schon gnädig, da er seinen vierbeinigen Freund den ganzen Spätherbst und den Winter im Haus schlafen ließ. Die übrige Zeit war er draußen in seiner Hütte. Seine Streicheleinheiten und reichlich Beschäftigung bekam er immer, und es gab für den Revierjäger kaum ein anderes Lebewesen auf der Welt, dem er so bedingungslos vertraute wie seinem Jagdhund.

Der Revierjäger stand auf. Nachdem er sich gewaschen, die ausgelüftete Hose und das Hemd angezogen hatte, ging er die Treppe hinunter und warf zwei Stöße Holz in den noch glimmenden Ofen. Derweil deckte er den Tisch und holte ein paar Hundekuchen für Bodo. Sie bestanden vor allem aus pflanzlichem Kraftfutter vermengt mit Fett. Bodo liebte sie, und der Revierjäger hatte immer ein paar in der Tasche, um ihn für eine erfolgreiche Übung belohnen zu können.

Boni setzte den Wasserkessel auf. Währenddessen nahm er die kleine, reich verzierte Kaffeemühle, drehte ein paar Mal an der Kurbel, nahm das kleine Schubfach mit dem gemahlenen Pulver heraus und gab vier Löffel in das kochende Wasser. Nach drei Minuten goss er sich vorsichtig den Kaffee in seine Tasse. Sosehr er auch den Geschmack und die belebende Wirkung liebte, so hasste er den Kaffeesatz, der eben nicht immer am Boden der Tasse blieb, sondern auch in seinem Mund landete. Vielleicht würde irgendwann eine Erfindung dieses Problem lösen. Schließlich existierten bereits elektrisch betriebene Kaffeemühlen.

Überhaupt, in Sachen Erfindungen überraschte ihn Deutschland immer wieder. Kaum waren Dinge ausgedacht, wurden sie schon produziert und verkauft. Einige Gazetten sprachen von der Zeit seit der Reichsgründung als Gründerzeit. Nachvollziehen konnte Boni den Ausdruck, auch wenn es Gründungen und Erfindungen natürlich schon immer gab. Allerdings nicht in so extrem rascher Folge und vor allem nicht in diesem Volumen.

Sein Großvater war noch in Zeiten der Manufakturen groß geworden, hier war Handwerksarbeit gefragt, Maschinen waren selten. Heute war die massenhafte Industriefertigung nicht wegzudenken. Es schien, als würden die Maschinen bald auch das letzte Handwerk auf ein Minimum reduzieren. Boni war dieser Gedanke nicht ganz geheuer.

Arbeit gab es zwar genug, auch weil das Ausland wie verrückt deutsche Waren kaufte, aber andererseits waren Hunderttausende oder noch mehr in den Fabriken beschäftigt, bei Krupp, Siemens & Halske, Bosch, beim Lokomotivbauer Borsig, der AEG, der Badischen Anilin & Sodafabrik und vielen mehr. Dort arbeiten würde er nie wollen, weder das Stadtleben sagte ihm zu noch die Zwölf-Stunden-Arbeitstage in geschlossenen Räumen.

Boni nahm zu seiner Tasse Kaffee eine Scheibe Brot mit etwas Butter und reichlich von dem guten Pflaumenmus seiner Mutter. Den letzten Bissen behielt er immer für Bodo übrig. Er bekam ihn beim ersten erfolgreich absolvierten Sitz-Befehl vor der Jagdhütte.

Zunächst wollte Boni im Revier die Kirrungen kontrollieren. Das war gerade jetzt sinnvoll, denn nach dem preußischen Schonzeitgesetz ging am 16. Mai der Rehbock auf und durfte bis einschließlich Dezember wieder bejagt werden. Weibliches Rehwild und die Rehkitze wurden geschont und durften nur im November und Dezember bejagt werden. Boni fand diese Regelung gut, sie vereinheitlichte die Schonzeiten und verschaffte dem Wild die nötige Ruhe.

Für alle Waidmänner war die berühmte Jagd auf den Maibock ein besonderer Moment und der eigentliche Beginn des neuen Jagdjahres. Damit die Jagd auf den Rehbock gelang, wurden bereits vorher an angelegten Kirrplätzen Getreide und vor allem Apfeltrester, die Reste aus den Obstpressen, ausgelegt. Damit sollte das Rehwild angelockt werden, und es blieb für längere Zeit, meist Tage oder gar Wochen, in der Gegend des Kirrplatzes. So war die Pirsch zielgerichtet und ein Jagderfolg wahrscheinlicher. Freiherr von Waldenberg legte darauf größten Wert, stundenlange Pirschgänge auf das Wild waren ihm zuwider.

Nachdem Boni die Kirrplätze bestückt und auch nach den ersten Böcken Ausschau gehalten hatte, ging er zur Stadt hinunter Richtung Marktplatz. Es war etwas diesig heute. Der April machte mit seinen Wetterkapriolen seinem Ruf wieder alle Ehre. Andererseits war der Mittag nah, und Boni wollte pünktlich um halb zwölf in der Krone sein, denn heute war Schlachttag, und da gab es den berühmten Blutkuchen. Das Rhöner Gericht zählte zu seinen Leibspeisen. Es bestand aus einer gebackenen Terrine mit Schweineblut, etwas Wellfleisch, Pellkartoffeln und sauren Gurken. Davor wurden eine Einbrennsuppe mit Gries und ein Krug frisches Bier vom Fass gereicht.

Nach dem Essen machte sich Boni auf den kurzen Weg von der Krone am Marktplatz zum Schloss. Als er dort angekommen war, zog er die alte Taschenuhr seines Vaters hervor und schaute darauf. Sie ging zwar mittlerweile jeden Tag gut fünf Minuten nach, dafür aber genau fünf Minuten, was sich problemlos am Morgen wieder einstellen ließ. Auf dem Innendeckel war das Regimentsabzeichen des 11. Kurhessischen Jägerbataillons eingraviert. Boni konnte sich gut daran erinnern, als sein Vater damals im Sommer 1870 in den großen Krieg gegen Frankreich gezogen war. Boni hatte oft das Bild vor Augen, wie sein Vater im stolzen Grün der Hessischen Jäger mit seinem Tornister vor ihm stand, das Gewehr geschultert, das Bajonett am Koppel, den Jägerhut auf und die frisch gewichsten Stiefel an. Sein Vater nahm ihn damals auf seinen Arm und drückte ihn fest an sich. Dann gab er ihm unvermittelt seine Taschenuhr. Er solle gut darauf aufpassen, bis er wieder aus dem Felde zurück sei. Wenige Monate später im Dezember kam die Nachricht, sein Regiment sei von einer Übermacht überrascht worden. Sein Vater hätte sich entschlossen, aus der Dickung heraus den Rückzug zu decken.

Das war genau das, wofür die Jäger eingesetzt wurden, wobei sie tatsächlich aus Jägern bestanden, und die Hessen hatten sich schnell einen ausgezeichneten Ruf als hervorragende Scharfschützen erarbeitet. Das rauchlose Pulver war aber noch nicht erfunden, und es war immer ein Wettlauf mit der Zeit, bis die Positionen der Schützen sichtbar wurden.

Bei seinem Vater hatte der Gegner durch Zufall das Regiment sehr genau lokalisiert, und die Franzosen schickten gleich mehrere Bataillone dorthin. Sein Vater entschloss sich dann, mit drei Kameraden den Rückzug des Regiments durch den Wald zu decken, indem sie nach jedem Schuss die Position wechselten. So wollten sie zahlreicher wirken. Das ganze Regiment konnte letztlich entkommen. Von den vier Kameraden kam aber nur ein Jäger schwer verwundet durch. Sein Vater blieb auf dem Feld.

Nun war es genau halb eins, und Boni nahm den auf Hochglanz polierten Messingtürklopfer in die Hand. Es dauerte nur kurz, dann wurde ihm geöffnet, und er wurde gebeten, in der Empfangshalle zu warten. Es dauerte ein wenig, und er hatte Zeit, die prächtigen Hirschgeweihe und Rehbockgehörne zu betrachten. Es waren einige kapitale Trophäen dabei. Die meisten stammten allerdings vom Vater des Freiherrn, der dem Jagdfieber völlig erlegen war. Dagegen nahm sich sein Sohn eher wie der Vorstand einer großen Aktiengesellschaft aus, der ab und an zur Jagd ging.

Boni wurde nun in das Büro des Freiherrn gebeten. Er kannte den Weg, wurde trotzdem dorthin begleitet. Freiherr Friedrich Wilhelm von Waldenberg saß an dem schweren Eichentisch über einem großen Stapel Akten und begrüßte seinen Revierjäger leicht abwesend.

»Guten Tag, Bonifatius, kommen Sie rein und nehmen Sie Platz.«

Vor dem Arbeitstisch standen zwei schwere Sessel, in einen setzte sich Boni möglichst aufrecht und aufmerksam hinein, denn schließlich saß vor ihm sein Dienstherr.

»Unglaublich, welche Wellen der Tod meines geschätzten Geschäftspartners schlägt. Wie ich höre, haben Sie unsere örtliche Polizeigewalt erst auf den richtigen Pfad gebracht. Mord? Das hätte ich nie für möglich gehalten, und das in meinem Tann, bei einer meiner Treibjagden! Das ist unfassbar.«

Boni sparte sich platte Weisheiten, wie: Mörder gab es überall, gestorben wurde immer, und so weiter. »Ich hätte es auch nie für möglich gehalten, aber wir müssen den Tatsachen ins Auge sehen. Als Jagdleiter Ihrer Treibjagd fühle ich mich natürlich verpflichtet, zur Aufklärung beizutragen.«

»Richtig so! Mir stellt sich nur die Frage: Was hat der Mörder von einem toten Grafen Buchen? Und viel wichtiger: Wie finden wir diesen Kerl?«

»Pfarrer Kempf und ich halten es nicht für abwegig, dass der Mord aus Rache verübt wurde. Darf ich Sie fragen, ob Graf von Buchen Feinde hatte, solche, die ihm nach dem Leben trachteten?«

Der Freiherr überlegte lange. »Ich kenne keinen potenziellen Mörder in seinem Umfeld, aber vorstellen kann ich mir jede Menge üble Wettbewerber in dem explodierenden Holzhandel. Da geht es um viel Geld, sehr viel Geld, und Berlin kann nicht nur politisch eine Schlangengrube sein. Aber ein Mord?«

»Liegt der Grund für die Tat vielleicht weiter in der Vergangenheit?«

»Nein, da fällt mir nichts ein, tut mir leid.«

»Wir haben beim Grafen einen Kugelschuss festgestellt, dabei hatten nur drei der Jagdgäste eine Waffe im richtigen Kaliber mit. Es waren der Generalmajor, der Oberleutnant und der Oberforstmeister Zeininger.«

»Vergessen Sie nicht Hermann. Er hatte nicht nur einen Drilling, sondern gleich zwei Büchsen dabei«, wandte der Freiherr ein.

»Zwei Büchsen? Er hatte doch nur seine Großwildbüchse in einem ganz anderen Kaliber mit.«

»Das ist nicht richtig. Als wir ihn nach Afrika befragten, zeigte er uns zunächst seine Büchse im Großwildkaliber. Danach war er aber ganz stolz, weil er sich gerade erst bei uns in Deutschland ein neues Gewehr 98 mit einem Jagdschaft gekauft hatte. Das war exakt im Kaliber, mit dem der Graf erschossen wurde.«

»Das wusste ich nicht, dennoch glaube ich, dass wir Hermann ausschließen können. Er hat uns bereits bei unseren Nachforschungen geholfen. Ich werde mit ihm sprechen.«

Waldenberg schaute ihm streng in die Augen. »Das sehe ich anders, wohl wissend, dass Hermann Ihr Freund ist. Unser Polizei-Sergeant sollte informiert werden. Er muss vollkommen unvoreingenommen ermitteln können.«

Boni überlegte, und dann erinnerte er sich an die Frage nach der Munitionsverfügbarkeit. »Das passende Gewehr zu haben, ist das eine, aber es wurde schließlich eine ganz neue Munition verwendet. Denn wir haben nicht etwa die alte Rundkopfversion des Kalibers gefunden, sondern die brandneue Version mit dem Spitzkopf. Die ist erst seit wenigen Monaten überhaupt in der Produktion. Ich habe bereits vor einigen Tagen eine schriftliche Anfrage an die Waffenwerke Mauser gerichtet, aber noch keine Antwort erhalten.«

Der Freiherr richtete sich auf. »Da kann ich vielleicht helfen. Ein Neffe von mir ist in der Konstruktionsabteilung von Mauser. Ich werde gleich bei ihm anfragen.«

Erst jetzt begriff Boni, was Waldenberg vorhatte. Auf dem Schreibtisch stand eines von nur vier Telephonen in ganz Tann. Der Freiherr hatte den Hörer bereits in der Hand und kurbelte kurz für den erforderlich Strom.

»Guten Tag, Fräulein, hier ist Friedrich von Waldenberg, bitte verbinden Sie mich mit der Waffenfabrik Mauser in Oberndorf am Neckar.«

Bis die Verbindung hergestellt war, dauerte es fast fünf Minuten, denn es mussten mehrere Netze genutzt werden. Das Fräulein vom Amt saß zunächst in Fulda, sie verband dann mit Frankfurt, von dort wurde eine Verbindung mit Stuttgart aufgebaut. Dann ging es weiter nach Tübingen und schließlich nach Oberndorf zu Mauser. Das erfolgte alles jeweils mit Anrufen von einem Fräulein zum nächsten und dem entsprechenden Umstöpseln an der Schalttafel.

Es dauerte dann wiederum einige Zeit, bis der besagte Neffe endlich am Apparat war. Der Freiherr fragte sehr direkt und wollte vor allem wissen, an wen in der letzten Zeit die neue Munition geliefert worden sei. Als er alle Informationen hatte, bedankte er sich und legte auf.

»Wir sind ein gutes Stück schlauer geworden. Produziert wird die Patrone in großem Maßstab seit letztem Jahr. Die Auslieferung erfolgte zunächst an ausgewählte Infanterieeinheiten in Deutschland. Vor allem die Garderegimenter standen dabei ganz oben. Entscheidend ist, die neue Patrone kann nicht aus den alten Gewehren verschossen werden«, erklärte der Freiherr.

»Das ist richtig, sie hat nicht nur einen Spitzkopf, sondern vor allem eine stärkere Ladung und einen Geschossdurchmesser, der ein Zehntel Millimeter größer ist. So eine Kugel kann in dem Kommissionsgewehr 88 schnell zu einer Laufsprengung führen.«

»So ist es, unserem neuen Infanteriegewehr 98 macht das allerdings nichts aus. Mein Neffe sagte, es sei grundsätzlich festgestellt worden, dass alle 98er nicht nur für die alte Patrone, sondern auch für die neue geeignet wären. Je nach Los verzichtet man inzwischen sogar auf einen Nachbeschuss.«

»Das ist interessant. Was hat er weiter gesagt? Wie sieht es mit den anderen Munitionslieferungen aus?«

»Nach den wenigen ausgewählten Regimentern ging auch schon eine größere Lieferung in die afrikanischen Kolonien. Die sind normalerweise nicht mit der neuesten Technik ausgerüstet. Deutsch-Südwestafrika hat aber schon nahezu komplett auf die neuen 98er-Gewehre umgerüstet. Deutsch-Ostafrika hat bei seinen Askari-Truppen zumeist noch Einzelladergewehre 71 und ein paar Kommissionsgewehre 88. Die deutschstämmigen Soldaten der Schutztruppen dort haben aber inzwischen fünfhundert Gewehre 98 im Einsatz. Sie sind damit fast die Letzten der Kolonien mit dem neuen Mausergewehr. Damit haben sie nunmehr allerdings auch die modernsten und können gleich mit der neuen Patrone beliefert werden. Insofern gilt hier: Die Letzten werden die Ersten sein.«

»Wurde denn auch schon Deutsch-Ostafrika mit der Munition beliefert?«

»Ja, allein nach Deutsch-Ostafrika wurde Ende Februar in diesem Jahr eine erste Charge von fünfhunderttausend Schuss per Schiff auf den Weg gebracht. An Privatleute soll die Munition erst ab nächsten Monat verkauft werden, wobei er mir im Vertrauen sagte, dass einige Kaiserliche Büchsenmacher unter der Hand bereits beliefert worden seien. Offiziell sind die Patronen jedenfalls noch nicht für jedermann erwerbbar.«

»Wissen Sie, ob das Regiment des Generalmajors schon beliefert wurde?«

»Ja, die waren schon dran. Das weiß ich, weil ich ihn bei der Jagd gefragt hatte, als Hermann uns seine neue Büchse zeigte. Und bevor Sie mich weiter befragen, auch der Oberleutnant Mehlinger ist in derselben Einheit, dem 1. Kurhessischen Infanterie-Regiment Nr. 81. Es ist das Garderegiment schlechthin von Hessen. Die verfügen also bereits über die neue Munition.«

Beide schwiegen kurz, dann ergriff der Freiherr das Wort. »Mein lieber Bonifatius, Sie werden verstehen, ich muss diese Informationen bezüglich Hermann Wagner und der Munitionslieferung nach Deutsch-Ostafrika an unseren Gendarmen Koch weitergeben, auch wenn es Ihren Freund zum Hauptverdächtigen macht. Denn Generalmajor von Zotten und den Oberleutnant Mehlinger können wir ausschließen. Undenkbar, dass ein Offizier seiner Majestät zu einem so heimtückischen Mord fähig wäre.«

Bonis Puls erhöhte sich, sein Jagdinstinkt sagte ihm, dass sich da etwas Unschönes zusammenbraute.

# Kapitel 14
## »Ein ernstes Gespräch«

Wieder warf die nächste Nachforschung mehr Fragen auf, als sie Antworten brachte. Boni grübelte den ganzen Weg vom Schloss zurück zur Jagdhütte Friedrichshof über die Informationen, die der Freiherr von seinem Neffen bei den Waffenwerken Mauser bekommen hatte. Er tröstete sich ein wenig, weil offenbar die richtigen Beziehungen und vor allem das Telephon eine rasche Informationsbeschaffung ermöglicht hatten. Seine schriftliche Anfrage lag wahrscheinlich immer noch auf einem Schreibtisch und harrte auf ihre Bearbeitung.

Fraglich war außerdem, ob Mauser die Anfrage beantworten würde, schließlich war er nicht offiziell mit Ermittlungen betraut und schon erst recht kein Beamter des Kaiserreichs mit irgendwie gearteten Befugnissen. Wahrscheinlich hätte man ihm geantwortet, die Informationen seien streng geheim und stellten ein Staatsgeheimnis dar. Immerhin ging es um die neue preußische Armeepatrone.

In diesem Moment riss sich Bodo los und ihn aus seinen Gedanken. Ein zaghaftes Miauen war hinter einer Hecke am Waldsaum zu hören gewesen. In ähnlichen

Fällen reagierte der Revierjäger blitzschnell und hielt seinen Hund sofort stramm an der Leine. Doch dieses Mal war sein Jagdhund schneller und schon in einer scharfen Hetze hinter der Wildkatze her.

Bodo war grundsätzlich sehr gehorsam und der Waidmann mit seinem Jagdkameraden mehr als zufrieden. Nur die ungezügelte Katzenaversion bekam er bei ihm einfach nicht in den Griff.

Die nächste halbe Stunde verbrachte er mit der Suche nach Bodo. Der kam dann in der inzwischen einsetzenden Dämmerung kleinlaut an und musste eine gehörige Schelte über sich ergehen lassen.

Als beide am Friedrichshof ankamen, war Bonis Laune nicht gerade gut. Da traf es sich, dass auf der Treppe zur fürstlichen Jagdhütte Hermann Wagner saß und ihn freudig begrüßte. Der hoch aufgeschossene Blondschopf winkte mit einer Ansichtskarte.

»Rate mal, was ich für dich habe.«

»Das sieht nach einer Ansichtskarte aus. Hast du etwa noch eine auf deiner Reise mitgebracht?«, lachte Bodo ihn an.

»Richtig geraten, mein Bester. Die hatte ich ganz vergessen, heute fiel sie mir aus meinem Reisekoffer direkt in die Hand. Es ist ein Photo vom Kilimandscharo mit seiner schneebedeckten Spitze und im Vordergrund einigen Gazellen und einem kaiserlichen Gruß aus Afrika.«

»Die kommt gleich in meine Sammlung, wenn das so weitergeht, dann werde ich noch zum Spezialisten für Ostafrika. Du machst mir wirklich eine Freude, vielen Dank.« Bodo wurde schlagartig ernst. »Lass uns reingehen und einen Feierabendschluck nehmen, denn ich habe leider nicht ganz so gute Nachrichten.«

Die zwei Freunde gingen über die knarzenden Holzdielen im Flur zur Küche. Bodo schürte das Feuer im Herd an und legte gleich ein paar Holzscheite nach. Derweil hatte Hermann aus dem Keller einen großen Krug geholt und zwei steinerne Bierkrüge gefüllt. Der Revierjäger hatte einen halben Laib Brot und reichlich geräucherte Hartwurst mit ein paar sauer eingelegten Gurken auf einem Holzbrett in die Mitte des Tisches gestellt. Beide nahmen auf der gemütlichen Eckbank in der Küche Platz.

»Ich war heute beim Freiherrn, und er hat doch glatt einen Neffen bei den Waffenwerken Mauser. Den hat er kurzerhand angerufen. Man glaubt es kaum, inzwischen kann man von einem Kleinstädtchen zum anderen telephonieren. Jedenfalls hat er aus Oberndorf sehr wichtige Informationen erhalten«, erzählte Boni.

Die nachfolgende Viertelstunde berichtete der Revierjäger ausführlich von dem Telephonat und der Unterredung mit seinem Dienstherrn.

»Ich dachte, du hättest nur eine Büchse in dem Großwildkaliber dabei. Warum hast du mir denn nicht erzählt, dass du noch eine zweite Büchse dabeihattest und dann auch noch gerade in dem Kaliber der Mordwaffe?«

Hermann schaute betreten auf den Holztisch vor ihm, man sah ihm an, dass er mit den Worten rang.

»Es tut mir leid, Boni, ich wollte dich und Bertram nicht hintergehen. Aber da ich es nicht war, wollte ich auch keine Unruhe stiften und schon gar nicht unsere Obrigkeit auf mich aufmerksam machen. Du kennst das ja, vor Gericht und auf hoher See ist man dem Zufall ausgeliefert. Ich hatte einfach Angst, dass mir daraus ein Strick gedreht wird, und zwar im wahrsten Sinne des Wortes«, antwortete Hermann mit brüchiger Stimme.

»Hermann, um das gleich klarzustellen, du warst es nicht, das weiß ich. Du hast mein vollstes Vertrauen. Himmelherrgott, du bist einer meiner besten und ältesten Freunde!«

Hermann seufzte erleichtert. Ihm schien ein Stein vom Herzen zu fallen.

»Aber du hast dich einfach saudämlich verhalten. Der Freiherr und ein paar andere haben das Herumzeigen deiner neuen Büchse in guter Erinnerung. Die Erinnerung ist so frisch, dass sie gleich an unsere Polizeigewalt weitergeleitet wurde. Unsere zwei Offiziere, die auch über die entsprechenden Waffen verfügten und völlig problemlos auch die neue Patrone zur Verfügung hatten, sind aber außen vor.«

»Warum das denn? Können Militärs denn nicht auch Morde begehen?«, fragte Hermann etwas ungehalten.

»Du hast die Sitten in der Heimat schnell vergessen. In Preußen und im Kaiserreich macht es einen gewaltigen Unterschied, ob du nur Zivilist bist oder noch eine Uniform anhast. Du kennst das ja, wenn man sich irgendwo bewirbt und hat nicht gedient, dann wird man sofort abgelehnt. Also glaubt man im Zweifel einem General und einem Oberleutnant eher, wenn sie ihre Unschuld beteuern, als dir. Der von mir geschätzte Oberforstmeister Zeininger ist ebenfalls außen vor. Er hat zwar die passende Waffe, aber zumindest offiziell keinen oder noch keinen Zugriff auf die Munition.«

»Das verstehe ich, und unser Gendarm Koch wird nach seiner ersten Fehleinschätzung alles daransetzen, möglichst schnell einen Hauptverdächtigen zu präsentieren. Da dürfte es nicht lange dauern, bis er auf mich stößt und Nägel mit Köpfen macht.«

»Nun mal langsam, so weit ist es noch nicht. Wir haben doch lange über das Motiv gesprochen. Das muss er auch noch finden, und bei dir sehe ich kein Motiv. Es sieht alles nach Rache aus. Warum sonst sollte man seinem Opfer auch noch eine Fasanenfeder in den Rachen stecken? Das ist ein klares Zeichen. Du hast jedenfalls in deiner Vergangenheit nichts, was dich in Verbindung mit dem Grafen bringen würde«, versuchte Boni seinen Freund zu beruhigen.

Wieder musste Hermann laut schlucken und griff tonlos zu seinem Bierkrug. Er trank ihn in einem Zug aus und atmete dann noch einmal tief durch.

»Boni, ich muss dir noch etwas sagen. Das ist nicht ganz richtig.«

Der Revierjäger schaute seinen Freund fassungslos an. Was würde jetzt kommen?

»Meine Auswanderung nach Deutsch-Ostafrika klingt so abenteuerlich, so markig, und viele beneiden mich wegen des Mutes dazu. Du auch, das hast du selbst gesagt. Deshalb habe ich lange geschwiegen. Die Wahrheit ist aber eine andere. Es war eher eine Flucht als eine freie und mutige Entscheidung.«

»Sprich nicht so in Rätseln. Ich verstehe kein Wort«, entgegnete Boni.

»Erinnerst du dich, dass ich nach der Lehre zum Berufsjäger einige Zeit am Hof in Kassel war und dort als Hilfsjäger beim Oberjagdrat des Prinzen gearbeitet habe?«

Boni konnte sich erinnern, aber seine Stirn legte sich in Falten. Was wollte sein Freund ihm sagen?

»Damals war ich bei einigen Treibjagden dabei. An einer nahm auch die Herzogin Luise von Linderau teil. Sie war blutjung, und ich hatte den Eindruck, sie wollte mich ein wenig als Spielzeug missbrauchen und etwas Erfahrung vor der Ehe sammeln. Was soll ich sagen, sie war bildhübsch. Ich war nicht besonders erfahren in Liebesangelegenheiten und hatte mich gnadenlos in sie verliebt. Standesunterschiede hin oder her. Bei ihr war das anders, sie wusste sehr wohl, dass sie mich offiziell nicht haben durfte und konnte. Wir wurden keine vier Wochen später prompt erwischt, und es gab einen riesigen Ärger. Am Hof kam es fast zum Eklat.«

»Und wie ging es weiter? Ich sehe den Zusammenhang noch nicht.«

»Ich wurde natürlich noch am selben Tag zum Teufel geschickt und unehrenhaft aus den fürstlichen Diensten entlassen. Später erfuhr ich, dass Luise schwanger war, und zwar ziemlich sicher von mir. Jetzt rate, wen sie nur drei Wochen später geheiratet hat und wer recht überraschend vom Herzog die Einwilligung zu einer nicht standesgemäßen Vermählung erhielt?«

»Jetzt erzähle mir bitte nicht, dass es der Graf war, so etwas kann es doch nicht geben. Solche Zufälle hält nicht einmal das Leben bereit!«

»Leider doch. Ich glaube sogar, dass sie sich vielleicht auch in ihrer hochnotpeinlichen, gesellschaftsruinierenden Situation tatsächlich in den Grafen von Buchen verguckt hatte. Er war der weiße Ritter, der ihren Namen gerade noch rechtzeitig reinwaschen konnte. Ich habe jedenfalls später gehört, sie seien glücklich zusammen.«

»Verdammter, ausgemachter, zum Himmel stinkender Mist, was hast du da bloß angestellt? Vermaledeit noch mal, so dämlich kann man doch nicht sein! Jetzt hast du auch noch ein Motiv. Rache an dem Mann, der dir die große Liebe weggenommen hat. Wer weiß davon?«, wurde der Revierjäger ziemlich laut.

»Na ja, natürlich Luise selbst, ihre Eltern und der damalige Bauer, der uns in flagranti erwischt hat. Gut möglich, dass es noch einige Zofen und Bedienstete mitbekommen haben, der Hof hat immer tausend Augen und Ohren. Ist wie im Revier, da bist du auch nie wirklich allein«, sagte Hermann.

»Dann dürftest du bald Besuch von der Polizei bekommen. So etwas findet selbst unser einfältiger Gendarm heraus oder man berichtet ihm davon.«

Beide Freunde schauten eine Weile sprachlos auf den flackernden Kerzenleuchter auf dem Küchentisch. Dann stand der Revierjäger auf und ging zum Küchenschrank. Er kam mit einem Steinhäger und zwei kleinen Schnapsbechern aus Zinn zurück.

»Du bekommst heute den Becher mit dem wehrhaften Wild, dem großen Keiler. Und ich schnappe mir den mit dem schlauen Fuchs. Ich hoffe, dass sie für uns ein gutes Omen sind. Jetzt lass uns den Kummer runterspülen. Aussichtslose Lagen sind immer nur eine Frage der Zeit. Das bekommen wir hin, und ich haue dich da raus, egal, was passiert.« Die beiden Männer stießen an, und der Korn aus dem Steinhäger verdrängte schnell das Bier.

Am nächsten Morgen rächte sich der Freundschaftsdienst. Hermann war noch in der Nacht mit Breitseite nach Hause gewankt. Boni stieg zentimeterweise aus seinem Bett. Es half aber nichts, alles drehte sich, der Magen ohnehin, und der klare Blick war eine schöne Erinnerung vergangener Tage. Überhaupt, in seinem Schädel schien eine Feuerwehrkapelle Musik zu spielen. Für ihn klang es völlig unmelodisch, dafür mit kräftigen Paukenschlägen und höchsten Trompetentönen, und alles spielte so schnell. Boni sah nur eine Chance, wieder halbwegs auf die Beine zu kommen. Er ging zur Waschschüssel und schüttete sich den kompletten Krug Wasser über den Kopf. Dann nahm er in der Küche ein Geheimmittel seiner Mutter, einen Esslöffel Kaiser-Natron, das er in einem Becher Wasser auflöste und trank.

Zur heiligen Dreifaltigkeit der Katerbewältigung öffnete er einen kleinen Steinkrug in der Ecke der Küche und holte zwei saure Bismarck-Heringe heraus.

Die Heringe aß er zusammen mit viel Brot und nahm einen extrem starken Kaffee. Er musste sich die Heringe vom Munde absparen. Er kaufte sie immer am Markttag in der Stadt, fünfundzwanzig größere Stück zu sechs Mark. Das war fast ein Zehntel seines Monatslohnes, dafür hielten sie vier Monate. Wichtiger, sie taten jetzt ihren Dienst und halfen gegen den Kater. Boni dachte daran, warum man die sauren Heringe Bismarckheringe nannte. Er hatte einmal gehört, dass ein findiger Kaufmann aus Strahlsund dem Eisernen Reichskanzler einen Topf mit in saurem Essig eingelegten Heringen zugesandt und um Verwendung seines Namens gebeten hatte, falls sie ihm schmeckten. Der Kanzler war für seinen deftigen Geschmack bekannt, und so erlaubte er dies nach der Kostprobe. Von da an hießen sie Bismarckheringe, was dem egozentrisch veranlagten Kanzler sicher gut gefiel.

Neben den drei Hausmitteln half jetzt nur noch, im Revier so viel wie möglich zu laufen. Genau das tat er. Irgendwann am Nachmittag führte dann sein Weg in die Stadt. Er wollte noch Kaffee im Kolonialwarenladen kaufen. Der war zwar sehr teuer, doch ohne das braune Getränk ging bei Boni gar nichts. Trotzdem, allein in den letzten fünf Jahren waren die Lebensmittelpreise so extrem gestiegen, dass sein Lohn nur mäßig mithalten konnte. Er bekam fünfundsiebzig Mark im Monat. Das waren zwar fast fünfundzwanzig Mark mehr, als sein Vater ehemals bekommen hatte, aber das Leben war inzwischen auch viel teurer geworden, eine Kehrseite der brummenden Wirtschaft.

Kostete der Kaffee noch vor fünf Jahren eine Mark achtzig das Kilo, so musste er jetzt fast zwei Mark sechzig bezahlen. Für das gleiche Geld bekam er fast einen Zentner Kartoffeln. Noch schlimmer war es bei der Butter, die hatte ihren Preis gleich verdoppelt. Da halfen auch keine Kontakte zu den örtlichen Bauern. Die waren nämlich so bauernschlau, dass sie ihre selbst gestampfte Butter lieber gleich in die wohlhabenden Städte verkauften. Dank der Eisenbahn war das inzwischen auch kein Problem mehr, und die Städter zahlten satte fünfundvierzig Pfennig für ein halbes Pfund Butter, unfassbar!

Er nahm sich fest vor, beim Freiherrn wegen einer Lohnerhöhung nachzufragen, schließlich waren auch die Wildfleischpreise und vor allem die Preise für die begehrten Bälge der Füchse und die Felle der sonstigen

Tiere gestiegen. Ein guter Winterbalg von einem Fuchs brachte gut und gerne sieben Mark.

Der Kolonialwarenladen war schräg gegenüber vom Marktplatz in einem dreistöckigen Fachwerkhaus mit einem großem Sockel aus Sandsteinquadern untergebracht. An der Stirnseite des Gebäudes prangte in goldenen Lettern »Kolonialwaren und Südfrüchte Engelbert Leubecher«. Rechts neben dem Eingang hing ein großer Warenanschlag »Südfrüchte frisch eingetroffen! Ananas aus Togo, Zitronen vom Gardasee, getrocknete Bananen aus Kamerun, getrocknete Feigen und Kakao aus Deutsch-Ostafrika«. Links neben dem Eingang durfte natürlich nicht die Reklametafel für Ölsardinen fehlen. Boni konnte zwar nachvollziehen, dass die in kleinen Blechdosen bestens konservierten Sardinen bei der Armee reißenden Absatz fanden, schließlich waren sie leicht zu transportieren und nahrhaft, aber warum die gut situierten Bürger der öligen Sardine so nachrannten, war ihm nicht klar. Er hatte noch kein größeres Fest von auch nur einigermaßen wohlhabenden Menschen gesehen, das ohne die Fischkonserven auskam. Die Württembergische Metallwarenfabrik produzierte sogar einen versilberten Ölsardinenheber. Er sah wie eine breite Serviergabel aus, nur dass die Forkenenden miteinander verbunden waren. Viele nannten die Ölsardine eine Delikatesse. Offenbar hatte der liebe Gott nicht allen Menschen einen guten Geschmack auf ihren Lebensweg mitgegeben. Jedenfalls war Boni sich sicher, dass das eine schnelllebige Mode sein würde.

Das Glöckchen über der Tür klingelte, als er den Laden betrat. Die Fläche für die Kunden war ziemlich klein, und man stand nach dem Eintritt unmittelbar vor einer großen Theke mit den sich dahinter befindlichen und bis zur Decke reichenden Verkaufsregalen, voll beladen mit Kakao aus Afrika, Tee aus China, Chocolade in Tafelform und großen Bonbonnieren mit Süßigkeiten wie Zuckerstangen und Karamellbonbons für die Kinder.

Es roch so, wie sein Lieblingsautor Karl May die osmanischen Basare beschrieben hatte, wenn dessen Romanheld Kara Ben Nemsi dort weilte. Die Flut an Gerüchen der exotischen Gewürze war kaum zu deuten.

Die große silberne Registrierkasse stand direkt gegenüber dem Eingang, in der Mitte der Theke befand sich die Waage, und rechts an der Wand hing eine große Weltkarte mit den kaiserlichen Kolonien. Darüber stand »Das Deutsche Reich zum Glücke strebet«. Er fand die heroischen Worte immer etwas übertrieben, ein Hauch mehr der alten preußischen Bescheidenheit hätte dem Deutschen Reich gutgetan.

An der Frontseite der Holztheke waren große Reklameschilder für die Suppenwürze von Maggi und den Duft von Kölnisch Wasser oder auch die neu eingetroffene Lilienmilch-Seife von Steckenpferd angebracht. Links auf einem Regal standen große Vorratsbehälter aus Steingut für Gries, Reis und Gerste.

Ganz rechts auf der Theke fanden sich die Tabakwaren mit echten Übersee-Zigarren aus Sumatra-Tabak, der berühmte holländische Pfeifentabak aus Java und seine geliebte Spezial-Mischung. Ein kleines Schild wies auf die besondere Qualität der Rauchwaren aus dem Hause der »Egyptischen Zigaretten Kompanie« zu Berlin hin. Angeboten wurden auch Juno-Zigaretten oder die Zigaretten von Jasmatzi aus Dresden, die der Kaiser so bevorzugte, dass er sie gleich in Serie rauchte.

Im Regal fanden sich einige Flaschen Wein aus dem Burgund, aus Madeira oder dem Valpolicella. Besonders beworben wurde der ungarische Tokajer, die Flasche für sage und schreibe eine Mark, aber man musste schließlich nicht immer ausländische Weine kaufen. Seinen Frankenwein für die Wildgerichte gab es schon für fünfundsechzig Pfennige, und der schmeckte zumindest in der Soße ausgezeichnet.

Hoch oben im Regal sah er schon seinen geliebten Usambara-Kaffee aus Deutsch-Ostafrika. Hermann hatte ihn vor ein paar Jahren auf den Geschmack gebracht, als er ihm ein Pfund davon zugesandt hatte. Er war mit zwei Mark achtzig das Kilo etwas teurer, aber dafür im Geschmack unübertroffen.

Boni hatte den Kolonialwarenladen schon als Kind geliebt, und zwar nicht nur, weil es hier die leckere Milch-Chocolade gab, die seine Mutter ihm immer zum Geburtstag schenkte. Nein, der kleine Laden war ein Blick in die große weite Welt mit all ihren exotischen Geheimnissen.

Manches Mal glaubte er, dieses Schaufenster zu den entlegensten Ländern sei extra für ihn eingerichtet worden, damit sein Fernweh größer und sein Drang zum Aufbruch an unbekannte Gestade unermesslich werden würde. Damals war er sich sicher, dass er einmal Forscher werden würde, auf dem Weg in fremde Länder und Kulturen, vielleicht eine Art Alexander von Humboldt aus der Rhön.

Die Jahre vergingen, und das Erwachsenenalter ließ so manchen Traum zerbröseln. Den Laden liebte er aber immer noch, und er genoss alles Fremdländische, die ganze Exotik dessen, was die Welt bereithielt.

Vor ihm in der Schlange standen noch zwei Frauen, die sich mehr über den neuesten Tratsch unterhielten, als ihre Wünsche zu äußern. Herr Leubecher wartete in seinem weißen Kittel mit gestärktem Kragen, einem schwarzen Binder, einer grauen Weste und seinem extrem akkuraten Mittelscheitel mit Engelsgeduld hinter dem Tresen.

Der Revierjäger wollte schon nachfragen, ob er als Teil der arbeitenden Bevölkerung um ein Vorlassen bitten dürfe. Da hörte er, wie eine der Frauen sagte: »Wurde auch Zeit, dass man den Mörder endlich dingfest macht. Der Kerl gehört stante pede nach Frankfurt zum Henker überführt. Kopf ab und gut ist. Kommt als großer afrikanischer Held hier in seiner Tropenuniform an und ermordet als Erstes einen Grafen.«

Boni zuckte zusammen und musste sich kurz an der Verkaufstheke abstützen.

»Das Beil ist für diesen hinterlistigen Mörder noch zu milde. Im Mittelalter hätte man solche Teufelsknechte verbrannt oder gerädert. Gut, dass unser Gendarm nicht lange gefackelt hat. Er ist schon in der Arrestzelle im Amtsgericht in Hilders.«

Das war zu viel, der Revierjäger brauchte sofort frische Luft. Grußlos stürmte er am verdutzten Leubecher vorbei auf die Straße. Das Unglück war schneller über seinen Freund Hermann hereingebrochen, als er es befürchtet hatte.

# Kapitel 15
## »Schwedische Gardinen«

Der Revierjäger musste sich erst einmal schlaumachen. Gerichtsangelegenheiten waren sonst nicht Teil seines Berufes. Glücklicherweise informierte ihn sein ehemaliger Schulkamerad, der Stadtrat Ludwig Holste. Mangels Arrestzelle in Tann hatte man Hermann zunächst in das Gerichtsgefängnis vom Königlich-Preußischen Amtsgericht in Hilders gebracht. Angesichts der Schwere der Anschuldigungen wurden bei kapitalen Strafsachen wie Mord die Verhandlungen allerdings direkt beim zuständigen Landgericht in Hanau geführt. Deshalb sollte Hermann bereits übermorgen überführt werden.

Ludwig hatte ausgiebig mit dem Gendarmen Koch geredet. Doch die Indizienlage sprach eindeutig gegen Hermann. Er hatte ein Motiv: Rache an dem Mann, der seine große Liebe geheiratet hatte. Er hatte die passende Waffe, Zugriff auf die neuartige Munition, mit der das Opfer umgebracht wurde, und als Teilnehmer der Treibjagd hatte er die Gelegenheit zur Tat. Aus Sicht der Polizei ergab all das ein stimmiges Bild, und das sah der Amtsrichter ebenfalls so und stellte den Haftbefehl aus.

Der Stadtrat kannte Hermann seit der gemeinsamen Schulzeit. »Ich glaube nicht recht daran, dass Hermann zu so etwas fähig ist. Die ganze Sache war viel zu blutrünstig. Auch die Geschichte mit der Fasanenfeder im Rachen des Grafen. Das ergibt doch keinen Sinn! Außerdem waren schließlich auch die Herren Militärs vor Ort, hatten ebenfalls passende Waffen und Zugriff auf die neue Munition. Doch bei denen hat unser schlauer Gendarm Koch noch nicht einmal ein mögliches Motiv in Betracht gezogen, geschweige denn untersucht«, erklärte Ludwig ernst.

»In der Tat, für die Polizei ist die Sache schon wieder klar. Ich werde erst einmal nach Hilders zu Ludwig gehen und ihn besuchen. Er wird sich schrecklich fühlen.«

Boni machte sich gleich auf den Weg. Bis nach Hilders waren es gut zehn Kilometer. Das Städtchen war kaum größer als Tann, und er brauchte nur Richtung Süden entlang der Ulster zu gehen. Der Revierjäger startete in einem strammen Marschtempo. Bodo hatte er in der Jagdhütte gelassen. Nach knapp zwei Stunden war er am ehrwürdigen Gebäude des Amtsgerichtes. Eigentlich war es nicht besonders groß, andererseits gab es hier üblicherweise auch nur Kleinigkeiten zu verhandeln, die oft sogar in gütlichen Einigungen im Beisein eines gestrengen Richters geregelt wurden.

Die Prozedur, bis er endlich zum Zellentrakt durchgelassen wurde, war mehr als preußisch. Er hatte das Gefühl, es müsste zuerst eine komplette Akte über ihn angelegt werden. Zunächst wollte man ihn gar nicht zum Gefangenen vorlassen. Nur Angehörige hätten ein Besuchsrecht. Als er aber klarmachte, dass Hermann keine Familie mehr in Tann hatte, bequemte sich der Polizeibeamte, ihm fünf Minuten, und keine Sekunde länger, zu genehmigen. Als Boni den Zellentrakt sah, hätte er fast grinsen müssen, aber dafür war die Lage seines Freundes zu ernst. Tatsächlich bestand besagter Trakt nur aus zwei Zellen.

Boni durfte lediglich über die kleine Sichtklappe, auf Augenhöhe in der Zellentür angebracht, mit seinem Freund sprechen.

»Hermann, wie geht es dir?«

»Frage mich bitte nicht, mir ist kotzübel, ich sehe die ganze Zeit, wie der Scharfrichter das Handbeil hebt und mir den Kopf vom Rumpf trennt. Aber schön, dass du da bist, das gibt mir ein wenig Trost«, sagte er mit gebrochener Stimme. Seine Augen waren rot unterlaufen, und der sonst afrikanisch braun Gebrannte war über Nacht kreidebleich geworden.

»Drücke erst einmal dein Rückgrat durch. Erinnere dich an die unzähligen Male in deinem Leben, in denen du von einem Wildtier angegriffen wurdest. Da kamst du auch nur mit Glück davon. Jetzt wird es auch nicht anders sein.«

»Was meinst du? Hast du eine Idee, mich hier rauszubekommen?«

»Ja, ich habe eine Idee, und zwar eine ziemlich gute. Hast du dein Schiffsbillett noch, und wenn ja, wo?«

»Das verstehe ich nicht, aber es liegt bei mir im Koffer als Andenken, eine Fahrt auf den Weltmeeren mache ich schließlich nicht oft, ziemlich sicher nie mehr, so wie das hier aussieht.«

»Das werden wir sehen, ich bekomme dich hier raus. Ludwig ist auch auf unserer Seite, er glaubt nicht an deine Schuld. Halte bloß durch und mache mir keinen Unsinn«, sprach der Revierjäger, als just in diesem Moment der Polizeibeamte die kleine Sichtklappe der Gefängnistür zuschlug. Die fünf Minuten waren vorbei, und Boni erhielt selbstverständlich keine Verlängerung.

Der Rückweg nach Tann dauerte länger, zu tief war Boni in seine Gedanken versunken. Von der Schönheit des Ulstertals nahm er keine Notiz. Er sah nicht die bereits in grünem Frühlingsflaum am Uferrand stehenden Weiden und Erlen, die saftige Auenlandschaft mit den tropfnassen Wiesen daneben. Die Vogelwelt war auf ihrem jährlichen Hochzeitshöhepunkt, die meisten Paare hatten sich gefunden, und viele hatten schon mit dem Nestbau begonnen.

Erste Insekten waren in der Luft, es brummte, tirilierte und summte überall. Alles strebte zum Leben, zur Sonne, zur Wärme und mit Kraft in den Frühling.

Wenn er es richtig anstellte, könnte er einen eindeutigen Beweis für die Unschuld von Hermann fast in der Hand haben. Wichtig war nur, dass er sich beeilte. Natürlich würde es sehr zügig zur Verhandlung beim Landgericht in Hanau kommen. Denn in Mordfällen war die Preußische Justiz schnell bei der Sache und gnadenlos. Alles andere wurde beiseitegeschoben, und die ganze Kraft des Gerichtes konzentrierte sich auf das Gewaltverbrechen. Boni kannte das aus den Gazetten. Die Fuldaer Zeitung berichtete regelmäßig von den Gerichtsverhandlungen.

Meist waren es unbedeutende Delikte, doch alle zwei oder drei Jahre ging es auch um Totschlag oder Mord. Und dann erwachte die Staatsgewalt aus ihrem Schlaf. Die Verhandlungen dauerten nicht mehr als zwei

Wochen, und bei einem Todesurteil kam es innerhalb von wenigen Tagen entweder durch ein stattgegebenes Gnadengesuch zu einer Umwandlung in eine lebenslange Haftstrafe oder zur Hinrichtung mit dem Handbeil. Es war ein Anachronismus, gerade im modernen Preußen ließ der Scharfrichter noch das Handbeil auf den Richtblock niedersausen, anstatt auf das sichere Fallbeil zu setzen. Boni erschrak ob der düsteren Gedanken.

Zumindest hatten sie einige Tage Zeit, das musste für seinen Plan reichen. Inzwischen war der Revierjäger am südlichen Ortseingang von Tann angekommen und ging durch das barocke Stadttor mit seinen zwei Türmchen und den Zwiebeldächern. Die Torflügel waren schon längst in offener Stellung verankert worden, und einen Nachtwächter gab es nicht mehr.

Der Jäger ging am Marktplatz vorbei zum Pfarrhaus. Er brauchte jetzt einen Freund und einen Krug kühles Bier. Gegessen hatte er bis auf sein Katerfrühstück den ganzen Tag nichts. Appetit stellte sich zwar nicht ein, doch irgendetwas musste er zu sich nehmen, sonst fehlte ihm die Kraft, und das war schlecht für einen klugen und kühlen Kopf, den er jetzt dringender denn je brauchte.

Er ging die fünf Steinstufen zur Tür des Pfarrhauses hinauf und klopfte an. Sein Freund Bertram öffnete und wirkte überrascht.

»Der Berg kommt zum Propheten. Dass ich das noch erlebe.«

»Mach keine Scherze, Bertram, mir hängt ein Kloß im Hals. Ich komme gerade aus Hilders. Hermann sieht schlimm aus.«

»Hermann, Hilders? Ich kann nicht folgen. Komme erst einmal rein. Hast du Hunger oder willst du zuerst ein Bier?«

»Zuerst das Bier und dann etwas zu essen«, sagte Boni und ließ sich in der guten Stube auf das große Sofa mit der gepolsterten Rückenlehne und dem holzverzierten Rahmen nieder.

Boni erzählte seinem Freund von der Festnahme Hermanns und seinem Besuch im Gerichtsgefängnis.

»Das sind keine guten Nachrichten. Wie sieht dein Plan aus?«

»Mir ist ein Gedanke gekommen. Hermann kam in der letzten Woche im März hier an, richtig?«

»Richtig, ja und?«

»Rechne mal nach. Laut Mauser sind die neuen Patronen Anfang Februar auf den Weg gebracht worden. Nehmen wir an, sie haben einen schnellen Postdampfer von Hamburg nach Daressalam für den Frachttransport genommen und das Zeug kommt ohne Unglück an. Dann braucht es für die Seestrecke mindestens sechs Wochen, vielleicht mehr. Wir haben jetzt die erste Aprilwoche, und es kann gut sein, dass die Munition gerade erst eingetroffen ist.«

»Verstehe, umgekehrt dauert die Reise mit einem Passagierschiff fast genauso lange. Hermann muss also bereits spätestens Mitte Februar aufgebrochen sein. Damit war er schon auf See, als die Patronen noch nicht einmal im Schiffsbauch, geschweige denn sechs Wochen später in Afrika waren. Er kann also gar nicht Zugriff auf die neuen Patronen gehabt haben«, freute sich Bertram.

»Das müssen wir jetzt nur noch beweisen. Ich gehe zur Krone, um im Zimmer von Hermann das Schiffsbillett mit dem Abfahrtsdatum zu holen. Er hatte mir gesagt, dass er den Fahrschein aufgehoben hat. Vielleicht kannst du zu unserem Telegraphenamt gehen und per Telegramm eine Anfrage in Deutsch-Ostafrika bezüglich der Schiffsankunft an den zuständigen Hafenmeister von Daressalam senden?«

»Wie heißt das Schiff?«, fragte der Pfarrer.

»Es ist die neue ›Feldmarschall‹ der Deutsch Ostafrika Linie, und ich habe mich ein wenig schlaugemacht. Wenn sie auf dem Hinweg die klassische Route mit siebentausend Seemeilen durch das Mittelmeer und den Suezkanal genommen hat, dann müsste sie bereits da sein, es sei denn, sie hat die neue Route an der afrikanischen Atlantikküste genommen. Die ist mindestens zweitausendfünfhundert Seemeilen länger. Dann ist sie sogar noch unterwegs«, antwortete Boni.

»Gut, ich kümmere mich darum. Ich muss ohnehin noch zum Metzger Freimann. Du erinnerst dich? Da ging es um das hübsche Töchterlein, das sich in den Stallburschen des Freiherrn verliebt hat. Letzte Woche hatte ich die Wogen zwischen Vater und Tochter glätten können. Doch nun ist das junge Ding in den nächsten Hungerstreik getreten. Sie will partout den Stallburschen. Na, jedenfalls ist direkt neben der Metzgerei das Telegraphenamt, und da werde ich ein Telegramm an den Hafenmeister aufgeben.«

Die zwei Freunde saßen noch eine Zeit beisammen, dann trennten sie sich, und Boni ging direkt zur Krone. Es war schon fast acht Uhr am Abend, und ein paar Zecher saßen immer noch vor ihren Krügen. Im Schankraum wurde kräftig Skat gekloppt, und der Stimmung nach zu urteilen waren bereits einige Liter Bier die Kehlen hinuntergewandert. Die Küche hatte natürlich längst geschlossen.

Boni wandte sich an den Wirt, der ihm die Köchin schickte, um das Zimmer von Hermann zu öffnen.

Der fast mannshohe Überseekoffer stand in der Ecke. Boni durchsuchte ihn, doch selbst als er alles dreimal durchwühlt hatte, konnte er kein Schiffsbillett finden. Er sah mittlerweile verzweifelt aus, war dies doch die einzige Chance, seinen Freund Hermann vor dem Beil zu bewahren.

Entmutigt bedankte er sich bei der Köchin und ging zurück zur Jagdhütte. Bodo begrüßte ihn schwanzwedelnd. Er hatte den ganzen Tag an der Leine im Freien verbracht und den Friedrichshof bewacht. Nun bekam er seine Streicheleinheiten und eine riesige Portion Futter in seinen Napf.

Wieder war die Nacht unruhig. Dauernd erinnerte Boni sich, wie er Hermann Mut zugesprochen hatte. Nun kamen ihm selbst Zweifel. Hermann war vieles, aber auf keinen Fall ein unzuverlässiger Schwätzer. Wenn er sagte, das Billett war da, dann musste es auch da sein, irgendwo. Aber es war nicht da.


Boni war froh, als die Nacht endlich ein Ende fand. Geschlafen hatte er fast nicht, nur am frühen Morgen war er für eine Dreiviertelstunde eingenickt. Der Kaffee stellte ihn wieder auf die Beine, und gerade als er sich für einen Reviergang fertig machen wollte, hörte er ein energisches, ungeduldiges Klopfen. Boni hatte den Türgriff noch halb in der Hand, als mit einem Schlag die Tür aufgestoßen wurde.

»Bonifatius, es ist immer dasselbe. Ein Christenmensch steht auf, bevor unser Herrgott das erste Tageslicht sendet. Die Langschläferei hast du jedenfalls weder von mir noch von deinem seligen Vater.«

»Mutter, dir auch einen wunderschönen guten Morgen, und ja, wir haben doch glatt Viertel nach sechs, wie konnte ich bloß Gottes Tagesschöpfung so entehren«, entgegnete der Revierjäger.

»Obacht, mein Sohn, wir Waschweiber sind es gewohnt, grobe Dinge grob zu regeln, versündige dich nicht an unserem Herrn«, schmetterte seine Mutter ihm entgegen.

»Gut, Mutter, was kann ich denn für dich tun, bringst du mir meine Wäsche?«

»Ja, geh mal raus zum Handwagen, da liegen deine Unterhosen, die Socken, die Hemden und auch die Arbeitsuniform. Sag mal, Junge, es wird Zeit, dass hier eine Frau das Regiment übernimmt. Du siehst ja zum Fürchten aus. Was hast du heute Nacht getrieben?«

»Alles, nur nicht geschlafen. Ich muss Hermann aus der Patsche holen, sonst ist er verloren. Die Sache mit seiner Verhaftung hast du doch garantiert schon über deinen Nachrichtenring der Tanner Frauen erfahren?«

»Erfahren, ich war die Erste, die es wusste. Ich war nämlich zufällig mit dem Handwagen voll dreckiger Wäsche des Freiherrn zurück und kam just in dem Moment an der Krone vorbei, als unser Gendarm Koch Hermann in Eisen abführte.«

Boni erzählte seiner Mutter die weiteren Details und auch von seinem Besuch im Gerichtsgefängnis. »Wenn ich doch bloß dieses Schiffsbillett finden könnte. Aber es ist einfach weg.«

»Ein Mann, der etwas nicht findet? Erzähle mir doch mal etwas Neues. Mit dieser aufregenden Information kann ich jedenfalls nicht bei meinen Waschfrauen auftreten. Hast du denn wirklich in allen Koffern genau nachgeschaut?«

»Wieso in allen Koffern? Es gibt doch nur den einen Überseekoffer.«

»Falsch, und wieder war ich die Erste, die Hermann auch bei seinem Einzug in die Krone sah. Er hatte diesen riesigen Überseekoffer dabei und einen kleinen Handkoffer.«

Boni stürmte aus dem Jagdhaus und gab seiner Mutter im Vorbeihuschen noch einen Kuss auf die Wange.

So schnell war er noch nie zur Krone gekommen, er rannte mehr, als dass er lief. Völlig außer Atem stürmte er dieses Mal nach einer kurzen Erklärung mit dem noch schlaftrunkenen Wirt die Stufen zu Hermanns Kammer empor.

Nach kurzer Suche fand er den kleinen Reisekoffer. Er lag unter dem Bett. Boni klappte ihn gespannt auf, und gleich obenauf lag das Schiffsbillett mit allen wichtigen Informationen: »Deutsche Ostafrika Linie Reichspostdampfer Feldmarschall, Daressalam Deutsch Ostafrika – Hamburg, 2. Klasse, Preis 650 Reichsmark, einfache Fahrt, Abfahrt 10. Februar 1905 um 9.45 Uhr«.

Noch nie war der Jäger so glücklich, einen Fahrschein in der Hand zu halten. Er nahm ihn an sich und stürmte gleich zu seinem Freund Bertram weiter, dessen Pfarrhaus kaum zweihundert Meter entfernt war. Als er klopfte, hörte er schlurfende Schritte. Bertram gehörte eher zu den Nachtmenschen, der auch wochentags gerne mal bis elf Uhr nachts oder noch später wach blieb und immer einen sehr gesegneten Schlaf hatte. Das lag vielleicht auch an seinem letztinstanzlichen Arbeitgeber, der ihm stets eine selige Nachtruhe gönnte.

»Guten Morgen, Waidmann, dich hat es aber früh vom Friedrichshof in die Zivilisation getrieben. Wir haben Viertel vor sieben.«

»Na, was sagt denn dein oberster Arbeitgeber zu diesem Langschläfertum? Ein Christenmensch steht auf, bevor unser Herrgott das erste Tageslicht sendet, daran hat mich erst heute Morgen wieder meine Mutter erinnert«, sagte Boni mit einem Schmunzeln im Gesicht.

»Ich trete dir gerne die Abendbesuche in der Gemeinde ab. Außerdem besteht meine Woche aus sieben Werktagen, und mein Arbeitstag endet nicht zwischen vier und fünf Uhr am Nachmittag. Aber was kann ich denn für meinen frühmorgendlichen Störenfried tun?«, brummte der Pfarrer.

»Schau mal, was ich hier in der Hand habe. Das Schiffsbillett!«

»Gratulation, wolltest du das nicht schon gestern holen?«

Boni erzählte von der verzweifelten Suche und dem wertvollen Hinweis seiner Mutter.

»Schön, dann sind wir ein Stück weiter. Ich kann noch etwas daraufsetzen. Denn man glaubt es kaum, aber die Telegraphenverbindungen sind dank der unterseeischen

Kabel inzwischen wahnsinnig schnell geworden, und ich erhielt nach wenigen Stunden gestern noch eine Telegramm-Rückmeldung vom Hafenmeister in Daressalam. Die ›Feldmarschall‹ hat tatsächlich die längere Route mit Stationen in Togo, Kamerun, Deutsch-Südwest und Kapstadt genommen. Sie wird erst in zwei Tagen erwartet«, antwortete der Pfarrer. Der Gottesmann drehte sich um und holte das Telegramm. »Hier hast du es schwarz auf weiß.«

»Sehr gut, das müsste genügen, um Hermann aus dem Arrest in Hilders herauszuholen«, freute sich Boni.

Die beiden tranken noch einen Kaffee. Danach machte sich Boni direkt auf zum Schloss. Er wollte den Freiherrn über die neue Entwicklung informieren. Friedrich Wilhelm zu Waldenberg teilte ihm allerdings mit, dass Hermann bereits gestern zum Landgericht nach Hanau gebracht worden war.

Leider war es inzwischen zu spät für eine Reise nach Hanau. Die Postkutsche nach Fulda war bereits aufgebrochen, und der zwar deutlich teurere, aber auch schnellere Zug von Tann nach Fulda war ebenfalls bereits abgefahren.

Der Revierjäger holte sich für den morgigen Tag noch die Genehmigung für einen Tag unbezahlten Urlaub und kaufte sich vorsorglich die entsprechende Fahrkarte für die Kutsche beim Königlichen Postamt. Danach ging er am Marktplatz vorbei hoch zur Jagdhütte.

Heute standen eine Menge Revierarbeiten im Wald an. Danach kam die wöchentliche Reinigung der Waffen. Im Auftrag des Freiherrn hatte er sich über den neumodischen Versandhandel eine Flasche des neuen Wunderöls

Ballistol zusenden lassen. Es war erst dieses Jahr bei der Armee zum Einsatz gekommen. Doch ein Anbieter hatte offenbar gute Beziehungen und einige Flaschen für den freien Markt abgezweigt. Es sollte neben den Metallteilen auch für die Holzschäfte und die aus Leder bestehenden Gewehrriemen verwendet werden. Die Preußische Armee wollte das Waffenöl sogar zur Behandlung kleinerer Wunden, Abschürfungen und Verletzungen einsetzen, da es eine desinfizierende Wirkung versprach. Das Öl roch nicht ganz so tranig, eher irgendwie chemisch, und es tat seinen Dienst. Nun würde sich zeigen, wie gut es die Waffenteile auch gegen Regen schützte, und vor allem, ob es wie das alte Öl bereits nach wenigen Wochen verharzte. Boni putzte den ganzen Tag Waffen, fettete die Lederausrüstung ein und pflegte Stiefel und Schuhe.

# Kapitel 16
## »Die Kriminalisten«

Der Revierjäger stand früh auf, dieses Mal noch vor dem ersten Büchsenlicht. Boni nahm seinen Leinenrucksack und packte neben einem halben Brot ein Paar Hartwürste und zwei alte Äpfel ein, die er aus dem Keller holte. Dann streifte er sich seine Ausgehuniform über, leinte Bodo im Hof an und ging hinunter in die Stadt. Er hatte ein gutes Gefühl, die Beweise mussten ausreichen, um seinen Freund Hermann aus der Haft zu entlassen und nicht mehr als Verdächtigen zu behandeln.

Gendarm Koch sollte endlich anfangen, auch in andere Richtungen zu ermitteln. Das war allerdings leichter gesagt als getan. Das Hauptproblem war, dass Koch nicht zum Ermittler taugte. Ähnlich wie im ganzen Reich hatten sich auch viele Dinge bei der Polizei gewandelt. Neu war der Fachbegriff der Kriminalistik. Bis vor wenigen Jahren gab es keine Kriminalpolizei, lediglich die Landeshoheiten mit den Gerichten und den ihnen angliederten Ermittlungsbehörden. Der Gendarm auf der Straße war ein Schutzpolizist, der seine Rolle zwischen Aufpasser, Ordnungshüter und eben Schutzmann hatte. In Polizeiarbeit, geschweige denn in Ermittlungen in einem Kriminalfall war er nicht geschult. Wie die meisten Gendarmen kam Koch direkt von der Preußischen Armee. Er war dort Unteroffizier. Nach dem Großen Krieg gegen Frankreich hatte man keinen Bedarf mehr an einem so großen Heer. Gleichzeitig explodierte die Bevölkerungsanzahl, und man musste dementsprechend mehr Polizisten einstellen. Das geschah, indem fast alle Städte ehemalige Soldaten als Polizisten übernahmen. Die Bezahlung war bereits beim Einstieg fast um die Hälfte besser als die eines normalen Arbeiters und damit sehr gut. Die Ausbildung war dafür extrem schlecht, nahezu nicht vorhanden. Der Gendarm war zudem in vielen deutschen Staaten unmittelbar dem Bürgermeisteramt unterstellt. In Preußen und damit auch in Tann waren sie zumindest disziplinarisch dem Preußischen Innenministerium als oberster Polizeibehörde unterstellt, eigentlich. Faktisch wurden sie von den Städten bezahlt und folgten auch den Wünschen der dortigen Ämter.

Anders sah es bei den hauptamtlichen Kriminalpolizisten aus. Hier gab es inzwischen sogar Verwaltungshochschulen und selbst für einfache Polizeiränge eine grundsolide Ausbildung. Doch das war ein neuer Typ Polizist, und der war bisher bestenfalls in den Großstädten vorhanden.

Boni hoffte jedenfalls beim Landgericht Hanau auf einen echten Kriminalpolizisten zu treffen und ihn von der gut begründeten Unschuldsvermutung Hermanns überzeugen zu können.

Die Kutschfahrt war nicht gerade angenehm. Zwar gab es seit 1891 eine Eisenbahnanbindung von Tann in die Barockstadt, doch der Fahrpreis war mit drei Mark zwanzig für Hin- und Rückfahrt recht beachtlich. Dafür musste Boni immerhin zwei Tage arbeiten. So entschied er sich für die Postkutsche.

Es holperte unentwegt, wobei Boni sich die Frage stellte, wo es schlimmer war, auf den in der Rhön meist noch ungepflasterten Landstraßen oder auf den Kopfsteinpflastern der Städtchen, durch die sie kamen.

Als er gegen Mittag endlich Fulda erreichte, war er ziemlich gerädert. Er beeilte sich, um zum Bahnhof zu gelangen. Denn dieser lag etwas außerhalb der Kernstadt, hinter der immer noch zu guten Teilen erhaltenen Stadtmauer. Um zwölf Uhr fünfundzwanzig war Abfahrt. Die Lokomotive war neuester Bauart und die Strecke gut ausgebaut. Für die rund achtzig Kilometer brauchte der Zug inklusive einiger Zwischenhalts nur gut eineinhalb Stunden. Wieder eine Neuerung. Mit der Kutsche hätte Boni gut und gerne zwei Tage gebraucht, Pferdewechsel eingeschlossen. Dafür kostete ihn die Eisenbahnfahrt hin und zurück aber auch ein kleines Vermögen.

Der Hauptbahnhof von Hanau war beeindruckend, und man merkte, dass hier großzügig gebaut worden war. Dem großen Hanauer Mainhafen und der ausgezeichneten Lage an den Handelswegen verdankte die Stadt ihren Wohlstand. Bekannt war Hanau auch als Hauptstadt der Goldschmiede. Ein Hanauer Unternehmen schaffte es, dass erstmals Platin handwerklich verarbeitet werden konnte. So wuchs die kleine Mainmetropole im Windschatten der alten Reichsstadt Frankfurt ebenfalls stetig. Hanau hatte bereits über dreißigtausend Einwohner und war eine der dreißig größten Städte in Hessen-Nassau.

Bis zum Landgericht war es nicht weit, und Boni bestaunte auf dem Weg dorthin die großen Bürgerhäuser. Im Laufe der Jahre hatte sich auch Hanau zu einer modernen pulsierenden Stadt gewandelt. Breite Straßen waren von großen vier- bis sechsstöckigen Bürgerhäusern gesäumt. Alle im herrschaftlich-klassizistischen Stil gebaut, nur selten sah Boni ein kleines Häuschen dazwischen. Geschäftshäuser reihten sich aneinander, viele hatten Handwerksbetriebe und kleine Manufakturen im Hinterhof. Enge Gassen sah er kaum noch, selbst in den Seitenstraßen konnten zwei Droschken aneinander vorbeifahren. Die Hauptstraßen der Stadt glichen kleinen Boulevards, und einige waren Alleen und mit wunderschönen Linden bepflanzt.

Am erstaunlichsten war für Boni die Dichte der Automobile. Sah er in Tann noch nicht einmal eine Handvoll, inklusive des ersten Traktors, so fand sich in Hanau keine einzige größere Straße ohne die tuckernden Motordroschken. Boni sah sogar eine übergroße gelbe Motorkutsche von der Reichspost, die Personen beförderte.

Beeindruckend fand er auch die gusseisernen Gaslaternen am Straßenrand. Sie waren alle mit dem Wappen von Hanau geschmückt. Wie musste die Stadt wohl nachts aussehen? Wahrscheinlich war sie in ein Lichtermeer getaucht. Auch die Elektrizität schien überall vorhanden zu sein. An einem großen Platz sah er sogar ein kleines vielleicht einen Quadratmeter großes Häuschen mit Glasfenstern. Darüber stand »Reichspost«, und im Inneren gab es einen Telephonapparat.

Am meisten beeindruckte ihn aber ein kleines viersitziges Automobil. Es fuhr scheinbar ohne Motor, zumindest war dieser nicht zu hören. Auf dem Kühlergrill trug es einen dreizackigen Stern. Da fiel dem Revierjäger ein, dass er in der Zeitung von Mercedes-Automobilen mit elektrischem Antrieb gelesen hatte.

Je länger er durch die Stadt ging, desto fremder fühlte er sich. Da war zu viel von allem, zu viele Menschen, zu viel Technik, zu viel Geschäftigkeit auf den Straßen, zu viel, was er nicht verarbeiten konnte.

Dennoch folgte er seinem Plan und ging einen Schritt schneller, fragte zwischendurch ein paar Mal nach dem Weg zum Landgericht und erreichte es nach einer halben Stunde Fußweg durch die Stadt. Das Landgericht wirkte fast monumental auf ihn, eine steingewordene Demonstration der Rechtsprechung. Entsprechend ging er fast ein wenig gebückt durch das Hauptportal. Am Eingang fragte er nach dem zuständigen Beamten. Es dauerte, bis er das Dienstzimmer im zweiten Stock gefunden hatte. Er klopfte an und wurde hereingebeten. Ein junger Mann in Zivil stellte sich als Kriminalassistent Maurer vor. Boni erklärte ihm, um was es ging, und fragte ihn, mit wem er über den Fall sprechen könne. Der Kriminalbeamte bat ihn, einen Moment zu warten. Nach fünf Minuten kam er mit einem älteren, nicht unsympathischen Mann zurück, der auch keine Uniform trug. Der stellte sich als Kriminalinspektor Hoffmann vor.

Boni erläuterte seinen Fund, übergab das Schiffsbillett und auch die vom Telegraphenamt bestätigte Antwort des Hafenmeisters von Daressalam. Zu seiner Überraschung blieben die beiden Männer die ganze Zeit über reserviert und zeigten kein übermäßiges Interesse.

»Vielen Dank, Herr Burgmüller, wir legen die Beweisstücke zu den Akten, und der Richter wird dann sehen, wie er damit verfährt. Vorerst bleibt der Hauptverdächtige in Haft«, erklärte der Kriminalinspektor.

Der Revierjäger war wie vor den Kopf gestoßen. Das waren doch die finalen Beweise für Hermanns Entlastung.

Die Kriminalbeamten wollten ihn bereits verabschieden, da sträubte sich in Boni alles, und er wurde mehr als deutlich.

»Hören Sie, es geht um einen Mordfall, und meinem Freund droht die Hinrichtung. Bisher wurde meines Wissens ausschließlich in eine Richtung ermittelt, und zwar in seine. Es gibt zwei Teilnehmer der Jagdgesellschaft, die sowohl über die entsprechenden Waffen wie auch die neue Munition verfügten. Mal ganz abgesehen davon, dass auch jemand außerhalb der Jagdgesellschaft als Mörder infrage kommen könnte. Warum nehmen Sie das nicht zur Kenntnis?«, bebte der Jäger.

Nun stand der Inspektor auf und beugte sich vor. »Junger Mann, jetzt kühlen Sie sich ganz rasch wieder ab. Sie sind hier bei der Kriminalpolizei und nicht auf einem Jahrmarkt. Überlassen Sie uns die Ermittlungen und dem Richter die Entscheidung, was er zur Kenntnis nimmt und was nicht. Haben wir uns verstanden?«, donnerte der Mann Boni an.

»Es kann doch nicht angehen, dass Sie gegen einen Verdächtigen alles zu seinen Lasten auslegen und alle anderen Verdächtigen noch nicht einmal überprüft werden. Sie sind ja wohl im Bilde über die Jagdteilnehmer. Oberleutnant Mehlinger hatte einen Drilling mit 98er-Kugellauf dabei, Generalmajor von Zotten ebenfalls. Beide hätten aufgrund ihrer Militärangehörigkeit auch Zugriff auf die neue Patrone gehabt, die nebenbei ich am Tatort gefunden habe. Was gedenken Sie hier zu tun?« Boni konnte und wollte sich nicht abkühlen.

»Noch einmal, das ist unsere Sache, wie und was wir ermitteln. Was erlauben Sie sich eigentlich? Die Offiziere sind selbstverständlich außen vor, sie haben einen tadellosen Leumund, was man von Ihrem Freund nicht behaupten kann. Dann fehlt ihnen das Motiv, das wichtigste Element bei der kriminalistischen Herleitung. Die Sache mit den neuen Patronen sehen wir nebenbei als nicht so entscheidend an. Schließlich kann man sich in den Hehlervierteln der Großstädte allerlei kaufen. Irgendein Lude besorgt Ihnen für Geld immer alles, was Sie brauchen. Für Ihren Freund ändert sich also gar nichts.«

Boni stand kurz vor der Explosion und machte keinerlei Anstalten, das Amtszimmer zu verlassen. Ganz im Gegenteil, er baute sich mit seinem Gardemaß vor dem Polizeibeamten auf und stützte gerade seine Arme auf den Schreibtisch.

Die Männer funkelten sich an.

»Raus hier aus meiner Amtsstube oder ich nehme Sie in Arrest wegen Missachtung des Gerichts und Beleidigung eines Königlich-Preußischen Beamten!«

Boni merkte, hier gab es nichts mehr zu gewinnen, und ein weiteres Wort bedeutete auch für ihn bestimmt ein paar Tage hinter Gittern sowie ein heftiges Bußgeld. Damit wäre Hermann definitiv nicht geholfen. Also drehte er sich um und verließ grußlos das Zimmer.

Auf der Straße musste er sich erst einmal auf eine Bank

setzen. Mit zittrigen Händen zündete er sich die Meerschaumpfeife seines Vaters an. Langsam kühlte ihn der Dampf des Tabaks ab. Nach diesem Auftritt bekam er garantiert keine Besuchserlaubnis. Es war das Beste, den Rückweg nach Tann anzutreten.

Die Heimfahrt war genauso umständlich wie die Hinfahrt. Am Bahnhof hatte er sich zwei Ansichtskarten von Hanau für seine Sammlung gegönnt. Dann war er in den Wagen der dritten Klasse eingestiegen. Abgesehen von der fehlenden Polsterung auf den Sitzbänken bestand kein nennenswerter Unterschied zur zweiten Klasse. Die Fahrkarten waren allerdings um die Hälfte günstiger. Er hatte sich auch noch die neueste Ausgabe des Hanauer Anzeigers gekauft. Die Tageszeitung war eine der ersten in Deutschland überhaupt gewesen und feierte in diesem Jahr ihr 180-jähriges Jubiläum.

Aufmacher waren die anhaltenden Unruhen in Russland. Der Zar hatte alle Hände voll zu tun, eine Revolution zu verhindern. Im Januar zogen an einem Sonntag fast dreißigtausend Menschen protestierend zum Zarenpalast. Den Arbeitern und Bauern ging es um bessere Arbeitsbedingungen, Agrarreformen, die Abschaffung der Zensur und die Schaffung einer Volksvertretung. Letzteres fand Boni interessant. Boni wusste bis zu diesem Zeitpunkt nicht, dass Russland noch kein Wahlrecht für Volksvertreter eingeführt hatte. Es gab zwar eine erste Parlamentskammer, doch die war nur mit Adligen besetzt, die nicht vom Volk gewählt werden konnten. Als dann im März auch noch beim Kampf um die Mandschurei der Krieg gegen Japan auf der Kippe stand, war ein Sturz der Monarchie nicht mehr unmöglich. In letzter Sekunde lenkte der Zar ein und kündigte den Aufbau einer zweiten Parlamentskammer mit gewählten Volksvertretern sowie weitere Reformen an. Protestmärsche fanden aber immer wieder statt. Der russische Bär war noch lange nicht beruhigt.

Dann las er allerlei weitere Nachrichten vornehmlich aus dem Inland und ausführliche Berichte über die Preußische Provinz Hessen-Nassau, zu der Tann seit 1866 zählte. Seine Heimatstadt gehörte unmittelbar zum Landkreis Gersfeld und der wiederum zum Regierungsbezirk Kassel.

Unter der Rubrik »Nachrichten aus der Rhön« wurde umfassend über die Verhaftung des Mordverdächtigen Hermann Wagner aus Deutsch-Ostafrika berichtet. Ein zusätzlicher Kommentar lobte die Qualität der preußischen Polizei und forderte die schnelle Aburteilung und Hinrichtung des »Moor-Teufels« aus Tann. Boni schüttelte den Kopf, das konnte alles nicht wahr sein. Er musste etwas unternehmen, um seinen Freund zu entlasten. Bis zur Ankunft am Bahnhof von Fulda grübelte er noch einmal über alles nach.

Der Jäger merkte kaum, wie er in der achtsitzigen Postkutsche Platz nahm. Erst bei einem großen Schlagloch und dem nachfolgenden Katapultflug fast an die Decke wurde er aus seinen Gedanken gerissen.

Die Postkutsche war eine Berline mit sechs Innenplätzen in zwei Abteils. Das hintere Abteil hatte vier Plätze, vorn gab es zwei mit Blick in Fahrtrichtung. Der Kutscher und der Postillion saßen auf einem Kutschbock auf dem Dach. Zusätzlich verfügte die Kutsche über zwei Außenplätze auf halber Höhe am Ende. Vorgespannt waren zwei Kaltblüter.

Wenn die Straßen schlecht waren, kam man bestenfalls in einer Stunde drei Kilometer weit. Waren die Straßen besser, waren auch vier Kilometer pro Stunde möglich. Mit über zwei Tonnen Gewicht und nur zwei Pferdestärken war sie allerdings immer langsamer als ein Mensch zu Fuß. Dafür konnte sie schweres Gepäck stundenlang befördern und bis zu vierzig Kilometer am Tag zurücklegen.

Boni hatte sich gerade wieder zurechtgefunden, als er erstmals die anderen Reisenden betrachtete. Vor ihm saß ein feingliedriger Mann mittleren Alters in einem dunklen Anzug mit Stehkragen und schwarzem Binder. Offenbar ein Lehrer, ein Buchhalter oder Beamter. Daneben war ein junger Handwerksbursche. Den schwarzen Hosen mit den weiten Schlägen, der schwarzen Weste und dem Hut mit der übergroßen Krempe zu urteilen, musste es ein Zimmermann sein.

Neben ihm belegte eine reifere Dame aus dem aufstrebenden Bürgertum den Platz, die tief einatmete, als er sich zu ihr drehte und sie freundlich ansah. Dabei schien ihr Mieder den Inhalt ihres Dekolletés kaum bändigen zu können. Boni hatte die ernsthafte Sorge, dass ihre Bluse die Knöpfe gleich in die Freiheit entließ und sie ihm wie Kugeln ins Gesicht schießen würden. Deshalb nickte er nur kurz, wandte sich vorsichtshalber ab und schaute zum Fenster hinaus.

Langsam zog die Landschaft an ihm vorüber. Der Blick ging weit, und man konnte manches Mal mehrere Dörfer gleichzeitig sehen.

Während er die beruhigende Wirkung des Fernblicks genoss, fiel es ihm wie Schuppen von den Augen. Er hatte die ganze Zeit nur auf Hermann geschaut und nicht mehr das große Ganze im Blick gehabt. Nur verzweifelt nach Entlastungen für seinen Freund zu suchen, engte alles viel zu sehr ein. Wenn er wieder alle Facetten einbeziehen würde, dann ergab sich wahrscheinlich aus einer ganz anderen Richtung ein hilfreicher Hinweis. Er musste sich wieder mehr darauf konzentrieren, den Mörder zu finden. Gelänge ihm das, wäre auch Hermann geholfen.

Boni nahm sich vor, genau das zu tun. Sie hatten einige Spuren noch nicht oder nicht bis zum Ende verfolgt. Das war, wie auf einer schlechten Nachsuche, trotz guter Fährte plötzlich abzubrechen und eine fremde Fährte zu verfolgen. Würde das sein treuer Jagdhund Bodo von Bollenstein machen, dann würde er zu Recht mächtig Ärger bekommen.

Der Tag neigte sich gen Abend. Die Straßen wurden langsam etwas besser, und es waren nur noch zwei Stunden bis Tann. Bonis Sitzplatznachbarin war mittlerweile eingeschlafen. Leider schlummerte sie nun fest an seine Schulter gelehnt. Die Müdigkeit erfasste nach und nach alle Reisende in der Kutsche, bis auch dem Revierjäger die Augen zufielen.

# Kapitel 17
## »Preußens Gloria«

Der Frühling hatte inzwischen längst die kalte Jahreszeit abgelöst. Selbst die letzten Kräfte des Winters waren dahin, und die Natur stand im wahrsten Sinne des Wortes in voller Blüte. Nicht nur die Kirschbäume leuchteten mit ihrer roten Blütenpracht, auch die Obstbäume strahlten mit einem Meer weißer Astenden. Das erste Blättergrün war da, zuerst zeigte es sich an den Pflaumenbäumen, dann auch an den Felsenbirnen und an den Saalweiden an der Ulster.

Bei den Waldbäumen waren die vereinzelten Birken im Tal und im Moor als Erste begrünt, auch die Hainbuchen hatten erste Triebe. Die alles dominierende Buche brauchte noch etwas Zeit. Die Sonnenstunden waren zwar schon erheblich gestiegen, doch die Wärme war weiter spärlich verteilt. Die Eichen und Ulmen würden sich wie immer zuletzt belauben.

Die Sträucher waren nahezu ausgeblüht und hatten schon überall Blattwerk. Nur vereinzelt sah man noch in den Gärten das gelbe Leuchten der Goldflieder. An den Waldrändern war die Haselnuss bereits begrünt, genau wie seit zwei Wochen der Holunder. Die Wiesen hinunter zu den Bachufern der Ulster waren übersäht mit den gelben Tupfen des Löwenzahns, dem Weiß der Gänseblümchen, Krokusse leuchteten in ihren violetten Farben, Tulpen reckten sich gen Himmel, wilde Narzissen und Osterglocken reihten sich in die Blütenpracht ein.

Boni genoss seinen Reviergang mit Bodo. Nachdem ihm die Idee gekommen war, den Blick auf das große Ganze zu richten, war die fast panische Unruhe neuer Zuversicht gewichen.

Es war ohnehin für ihn untypisch gewesen, sich so treiben zu lassen. Denn wenn ein Jäger eines kann und können muss, dann war es, Geduld zu haben. Was nicht gleichzusetzen war mit Tatenlosigkeit. Es ging darum, beharrlich ein Ziel zu verfolgen und nicht davon abzulassen.

Das Revier sah gut aus. In der Rhön hatte der Freiherr eine der größten Ländereien in seinem Besitz, nach den Fürstbischöfen von Fulda vielleicht sogar die größten. Der Bestand an Rehwild war ausgesprochen gut. Bonis liebste Wildtierart mochte die Landschaft mit ihren reichlichen Hecken, den buschigen Waldsäumen und Feldgehölzen, den vielen unterschiedlichen Pflanzen. Die Kräuter und jungen Knospen aller Art standen beim Rehwild ganz oben auf dem Speisezettel.

Auch der Bestand des Schwarzwildes war hervorragend, schließlich gab es durch die überall dominierende Buche reichlich Eckern und damit Mastbäume. Allerdings wüteten die Wildschweine gerade im Frühjahr auf den Wiesen. Sie pflügten ganze Wiesenstücke auf der Suche nach Würmern, Schnecken und allem Kleingetier um. Jetzt frischten auch die Bachen. Dann brauchten sie Kraft zur Milchproduktion, und ihr Hunger war unersättlich,

sehr zum Leidwesen der Bauern. Das Preußische Wildschongesetz von 1904 sah eine ganzjährige Jagdzeit für
sie vor. Es galt nur der waidmännische Grundsatz des
Mutterschutzes.

Die Schäden des schwarzen Borstenviehs waren manches Mal katastrophal, und die Jagd konzentrierte sich
von April bis Mai voll und ganz auf die Dezimierung, um
die Zerstörungen auf den Wiesen und Äckern einigermaßen in Grenzen zu halten.

Heute war wieder so ein Tag, um dem Schwarzwild
Einhalt zu gebieten. Der Revierjäger hatte seine Büchse
mitgenommen. Bodo ging an einem Waldrand voran, an
dem sich ein bisher noch nicht gebrochenes Wiesenstück
anschloss. Es bot mit vereinzelten Hecken Deckung und
lag nicht zu stark in den Sonnenstrahlen, ideal für die
hungrigen Wildschweine.

Bonis Taktik ging auf. Nach einigen Pirschgängen am
Waldrand stand Bodo plötzlich zur Salzsäure erstarrt mit
hoch erhobenem Kopf und Schwanz vor. Boni wusste,
sein Hund hatte etwas entdeckt, und lehnte sich an einen
Baum. Die Büchse legte er auf den Pirschstock aus Esche,
der oben eine kleine Gabel besaß. Seine Sinne waren aufs
Höchste gespannt, da hörte er schon das Knacken im
Unterholz vom Wald herkommend und kurz darauf die
Rotte der Schwarzkittel. Zuerst trat eine mittelgroße
Bache heraus. Ihre Zitzen waren deutlich zu sehen, sie
musste also bereits Nachwuchs haben. Boni ließ den Finger am Abzug gerade. Danach folgten gleich sechs Frisch-
linge und die Leitbache, sie war tabu, die Wildschweine
lebten in einem Matriarchat. Die Keiler ließen sich nur
zur Paarungszeit blicken. Passierte der Leitbache etwas,

kam das gesamte Gefüge der Rotte durcheinander und es fehlte die Führung.

Nach der Leitbache und ihren Frischlingen zogen zwei Überläuferbachen heraus, genau auf die hatte Boni gewartet. Es waren weibliche Tiere des letzten Frühjahres, die noch keinen Nachwuchs hatten, aber schon ein ordentliches Gewicht aufwiesen. Der Jäger reagierte schnell und schickte eine erste Kugel genau auf das tief sitzende Blatt. Die Rotte spritzte sofort auseinander. In Panik stürzte noch ein Überläufer aus dem Wald, und Boni konnte einen weiteren Schuss antragen. Beide Tiere hatte er ideal getroffen, sie lagen sofort im Feuer, im Schuss aus der Jägerbüchse.

Er setzte sich nach den Schüssen auf einen Baumstumpf und stopfte sich zunächst eine halbe Pfeife. Nachdem er aufgeraucht hatte, ging er zu den beiden Schweinen. Davor hatte er bereits einige Eibenzweige abgebrochen. Das war zwar traditionell nicht der richtige Zweig für den letzten Bissen, es wurden üblicherweise Eiche, Tanne, Fichte, Erle oder Kiefer genommen. Da aber die Nadelbäume nicht im Umfeld waren und die Laubbäume noch keine Blätter hatten, schien es ihm angemessen. Er gab je einen jungen Eibenzweig den beiden Überläufern als letzten Bissen ins Gebrech, wie man in der grünen Zunft die Mäuler des Schwarzwildes nannte. Dann nahm er seinen Hut ab, kniete sich nieder und gedachte kurz der Tiere.

Das Jagdglück war mit ihm, und er wünschte sich, der Tag möge so weitergehen. Nachdem er die zwei Überläufer aufgebrochen und versorgt hatte, holte er den Handwagen und brachte sie zu seiner Jagdhütte. Er hängte beide im kühlen Keller auf. Denn nur mindestens vier oder besser fünf Tage abgehangenes Fleisch war auch wirklich zart, und darauf legte der Freiherr größten Wert.

Mittags nahm Boni eine gute Schüssel Krempelsopp zu sich. Mutter hatte ihm einen Topf vorbeigebracht. Neben den Mehlklößen machten einige Streifen Speck die Suppe besonders herzhaft. Nach dem Mittagessen ging er zu Stadtrat Holste. Boni klopfte an die Tür zur Schreinerei.

»Boni, schön, dass du vorbeischaust. Komm rein und erzähle mir, wie es um Hermann steht.«

Sie gingen beide in die Werkstatt im Hinterhof. Es roch überall nach frischem Holz.

»Ich muss mit dir über deine Armeezeit sprechen«, erklärte der Jäger dem nun etwas verdutzt dreinschauenden Schreinermeister. »Wir müssen sowohl den Generalmajor von Zotten wie auch den Oberleutnant Mehlinger unter die Lupe nehmen. Beide hatten bei der Treibjagd Waffen mit dem Kaliber dabei, mit dem der Graf erschossen wurde.«

»Vorsicht, es geht hier um preußische Offiziere, denen kann man nicht einfach so an den Karren fahren«, gab der Stadtrat zu bedenken.

»Du hast vollkommen recht, das ist mir bewusst, nur stehen auch die Herren Offiziere nicht über dem Gesetz. Ich muss wissen, ob die beiden vielleicht ein Motiv hatten, dazu brauche ich jemanden, der in den Einheiten der Herren dient und sie kennt. Ich selbst war ja beim Hessischen Jäger-Bataillon Nr. 11 in Marburg, damals unter Generalleutnant Karl Gustav von der Mülbe. Mir fehlt deshalb jede Verbindung zum 1. Kurhessischen Infanterie-Regiment Nr. 81 in Frankfurt. Dort sind von Zotten und der Mehlinger stationiert.«

»Da kann ich helfen. Ich war beim Infanterie-Regiment Nr. 82«, antwortete Ludwig.

»Das freut mich. Ich hatte nur in Erinnerung, dass du in Frankfurt warst.«

»Richtig, dort war nicht nur der Regimentsstab untergebracht, sondern auch meine Einheit, das III. Bataillon der Füsiliere der 82er. Wir waren dort gemeinsam mit den 81ern in der Gutleut-Kaserne.«

»So weit, so gut. Deine Militärzeit ist aber über zwanzig Jahre her. Hast du denn noch Verbindungen zu deinem Regiment und vielleicht auch direkt zu den 81ern?« Boni schaute seinen alten Schulkameraden fragend an.

»Ja, ich bin doch nach wie vor aktiver Reservist und rücke einmal im Jahr für eine Übung ein. Dann haben wir auch regelmäßig unsere Kameradschaftsabende einmal im Halbjahr. Ich kenne zwei Unteroffiziere, die mit mir in der Ausbildung waren und dann dabeigeblieben sind. Einer von denen, Karl heißt er, ist später zu den 81ern gewechselt und dort seit über zehn Jahren. Das Beste ist, sein Schwager ist sogar Hauptmann bei den 81ern.«

»Ausgezeichnet, dachte mir doch, dass du vielleicht Kontakte hast. Meinst du, wir können uns mit deinem Unteroffizier und dem Hauptmann treffen?«

»Wir haben jetzt Freitag. Ich werde im Regimentsstab anrufen und Karl fragen, ob wir uns gleich am Samstagabend treffen können. Wir sind sehr enge Kameraden gewesen, und er lässt uns bestimmt bei sich im Elternhaus übernachten. Es steht in Frankfurt und ist sogar nur einen Steinwurf vom Römerberg weg. Das wird ein Abenteuer«, freute sich Ludwig.

»Gut, abgemacht, sag mir dann später, ob es klappt. Ich besorge uns die Plätze in der Postkutsche. Bin etwa in zwei Stunden wieder da, ich muss noch zur Forstverwaltung des Freiherrn.«

Der Revierjäger ging vom Haus des Stadtrates direkt zur fürstlichen Forstverwaltung. Das Gebäude hatte eine große Freitreppe und wirkte aufgrund der drei Geschosse und des Mansardendaches stattlich. Die großen Fenster und der in Sandstein eingefasste Haupteingang nötigten einem unwillkürlich Respekt ab. Hier schlug seit langer Zeit das wirtschaftliche Herz der Freiherrn von Waldenberg.

Boni hatte einen Termin beim zuständigen Forstmeister des Freiherrn. Nach dem Wintereinschlag ging es um die Planungen der Aufforstungen. Sein Rat und seine Ansichten waren in diesem Zusammenhang von besonderer Bedeutung, kannte ein Revierjäger schließlich die Wälder in Tann wie seine Westentasche. Boni saß mit dem Förster lange zusammen und ging die Schutzmaßnahmen für die Jungpflanzen durch. Eine natürliche Verjüngung durch Anflug von Samen oder das Aufgehen von beispielsweise Eicheln kam zwar vor, doch gerade die Rehe ließen sich die Leckerbissen der jungen Triebe zu gern schmecken, und für einen ausreichenden Aufwuchs von Jungpflanzen waren entsprechende Schutzmaßnahmen absolut notwendig.

Seit fünf Jahren hatte der Freiherr die neue Form der Schutzvorrichtung mit Drahtgeflechten im Einsatz, und sie hatte sich bereits bewährt. Lediglich der einwandfreie Zustand musste regelmäßig geprüft werden, damit ein abgeknickter Baum oder Ast nicht eine Bresche in den Zaun schlug und damit das Tor für die Leckermäuler öffnete.

Das Verhältnis zur Forstverwaltung war gut. Man kannte und schätzte sich. Jeder hatte vom Metier des anderen ein theoretisches Grundwissen und durch die gemeinsame Arbeit in der Natur ein noch besseres praktisches Verständnis. So kannte sich natürlich Boni auch mit Bäumen und deren Anforderungen aus, während umgekehrt der Forstmeister auch eine Jagdausbildung hatte. Bei größeren jagdlichen Veranstaltungen war er offiziell dabei und unterstützte ihn. Nur bei einigen Themen stimmten die wirschaftlichen Interessen der Forstverwaltung nicht mit dem überein, was für die Wildtiere zuträglich war, und dann wurde klar und deutlich, aber stets respektvoll diskutiert. Meist fand man einen Ausgleich, sodass beide Seiten mit der Lösung leben konnten. Im Zweifel entschied der Freiherr meist zugunsten der Ökonomie.

Nachdem alle Vereinbarungen und Ideen für neue Schutzmaßnahmen auf den Revierkarten eingezeichnet waren und nur noch auf die Freigabe durch den Freiherrn warteten, verabschiedete sich Boni herzlich. Er kam nicht ungern zur Forstverwaltung, denn hier traf er auch auf Männer der grünen Zunft. Nur der Kaffee war grauenvoll. Der Freiherr spendierte den Angestellten zwar kostenfrei Kaffee, doch es war natürlich nicht der Bohnenkaffee aus Übersee, sondern Malzkaffee, und der schmeckte nun mal sehr leidlich und war weit von einer belebenden Wirkung entfernt. Malzkaffee war der Alltagskaffee der einfachen Menschen, nur am Sonntag servierte man zum Kuchen echten Bohnenkaffee. Boni bildete da eine Ausnahme. Er gönnte sich nicht viel, außer guten Tabak für seine Pfeife und den besagten Bohnenkaffee.

Seine Mutter nahm ihn dafür oft ins Gebet und meinte, sein großzügiger Genuss von Bohnenkaffee sei schon fast eine flüssige Völlerei. Das würde der liebe Gott nun einmal gar nicht gern sehen. Ehrlich arbeitende Menschen sollten sich da schon aus Anstand zurückhalten. Boni fand, das sei ziemlich überzogen, aber so waren sie, die Mütter, nie ließ ihre Liebe nach und nie ihr Versuch, gute und in seinem Fall gottesfürchtige Menschen aus dem Nachwuchs zu machen, ungeachtet der eigenen Vorstellungen ihrer Söhne und Töchter.

Der Revierjäger verließ die Forstverwaltung und war keine fünf Minuten später wieder beim Schreinermeister. Da Ludwig auch Stadtrat war, hatte er zwischenzeitlich das Telephon des Bürgermeisters nutzen dürfen und eine Verbindung zur Kaserne in Frankfurt bekommen.

»Na, Ludwig, was hast du erfahren?«

»Wir können uns mit Karl treffen. Interessant ist, dass er am Telephon beim Namen Mehlinger schon hörbar seufzte. Der Mann scheint nicht besonders beliebt zu sein und steht wohl unter absoluter Protektion des Generalmajors. Karl deutete an, dass es ein paar ernst zu nehmende Gerüchte gibt, die für uns nicht unwichtig wären.«

»Gut, das sieht doch mal nach einem Lichtblick aus. Ich habe auch noch eine gute Nachricht. Wir können am Samstag in der Frühe im Motorlastwagen des Freiherrn mitfahren. Der Forstmeister will nach Fulda, um dort Setzlinge von einer Baumschule zu holen. Dann brauchen wir für die Strecke nur zwei Stunden statt der sechs oder sieben Stunden mit der Postkutsche. Wir treffen uns am frühen Morgen um halb sieben an der Forstverwaltung. Die Bahnbilletts nach Frankfurt holen wir direkt am Bahnhof in Fulda.«

»Sehr gut, dann bis morgen«, sagte der Stadtrat mit breiter Vorfreude im Gesicht.

Boni war am nächsten Tag um kurz nach sechs Uhr an der Forstverwaltung. Er unterhielt sich mit dem Forstmeister, der ihm Details zu dem erst im letzten Jahr angeschafften Motorlastwagen schilderte. Er war von der Daimler-Motoren-Gesellschaft aus Berlin-Marienfelde und leistete mit seinem Ottomotor ganze neun Komma fünf PS, also die Kraft von gleich zehn Pferden. Der Wagen war knapp acht Meter lang, hatte vorne einen großen Kühler mit dem Motor und noch Räder mit Holzspeichen und eisernen Metallringen. Der Sitz glich eher einem Kutschbock. Es gab auch keinerlei Verdeck und keine Frontscheibe. Die Höchstgeschwindigkeit lag ohnehin nur bei rund zwanzig Kilometern pro Stunde. Dafür konnte der Wagen auf seiner Pritsche bis zu drei Tonnen Ladung befördern. Die hölzerne Bordwand der Ladefläche war in Dunkelgrün gehalten, und darauf prangte groß das Wappen der Waldenbergs mit den drei Buchen auf dem Berg. Über die ganze Seite war der Schriftzug der Forstverwaltung zu sehen.

Ludwig kam wenig später dazu, und auch er konnte sich nicht der Ausstrahlung entziehen, die dieses Wunderwerk der Technik besaß.

Der Forstmeister kontrollierte zunächst den Füllstand des Kraftstofftanks und goss fünf Liter Petroleum nach. Wie er sagte, hatte er sicherheitshalber noch weitere zehn Liter Reserve gestern beim Apotheker abgeholt. Sie nahmen vorn auf dem Sitz Platz, der eher für zwei als drei Personen konstruiert war, aber es ging, da alle recht schlank waren. Bertram hätte hier kaum Platz gefunden.

Es dauerte etwas, bis die Anlassprozedur erfolgreich war und der Motor endlich ansprang. Mit einem kräftigen Ruck löste der Forstmeister die Feststellbremse und kuppelte ein. Dann begann der Wagen loszurollen oder besser loszuholpern, denn sie waren noch auf dem Kopfsteinpflaster der Hauptstraße unterwegs.

Kaum war Tann hinter ihnen, befuhren sie ebenere Straßen, und der Wagen nahm Fahrt auf. Sie waren nun bereits in Galoppgeschwindigkeit unterwegs, und der Fahrtwind kühlte um diese Uhrzeit noch kräftig.

Natürlich knatterte der Motor, und es war laut, doch die Geschwindigkeit war erstaunlich, fuhr doch im Vergleich dazu die Postkutsche mit schwerer Beladung langsamer, als ein Wanderer zu Fuß marschierte.

Der Wagen machte ohne jegliches Murren Kilometer für Kilometer gut, und sie schafften die etwas über dreißig Kilometer von Tann nach Fulda tatsächlich in zwei Stunden und fünfzehn Minuten.

Der Revierjäger und der Stadtrat kamen am Bahnhof so früh an, dass sogar noch Zeit für eine Erfrischung blieb. Um neun Uhr fünfundzwanzig fuhr der Zug der Reichsbahn ab. Bis nach Frankfurt waren es über hundertzehn Kilometer mit Zwischenhalten in Schlüchtern, Wächtersbach, Gelnhausen, Hanau und Offenbach.

Hanau kannte er bereits von seinem letzten Besuch im Landgericht. Offenbach kam bei Weitem nicht an die Schönheit der kleineren Mainstadt heran. Dafür strebte die Stadt vor allem mit ihrer Industrie nach Größe. Sie war die Hauptstadt der deutschen Lederproduktion, und es schien nicht eine Ecke in der Nachbarstadt von Frankfurt zu geben, in der nicht die sogenannten Babscher in Hinterhöfen das gegerbte Leder zu Börsen, Leibriemen, Taschen und vielem mehr verarbeiteten.

Preußisch pünktlich um zwölf Uhr zwanzig rollte der Zug an Gleis acht im Centralbahnhof Frankfurt ein.

Boni war sprachlos, so beeindruckte ihn der 1888 eröffnete Bahnhof, eine technische Meisterleistung mit seinem riesigen Tragwerk aus genietetem Stahl. Das Bauunternehmen Holzmann war für diese Glanzleistung verantwortlich. Er hatte bereits gelesen, dass es der größte Bahnhof in Europa war. Aber etwas nur zu wissen oder es selbst mit eigenen Augen zu sehen, waren völlig unterschiedliche Dinge. Die schieren Dimensionen des Bauwerks waren gigantisch, und er hatte in seinem Leben noch nie ein so großes Gebäude gesehen, geschweige denn betreten.

Überhaupt kam er aus dem Staunen und der daraus folgenden Sprachlosigkeit kaum mehr heraus, als sie das Bahnhofsgebäude verließen und auf die vor ihnen befindliche Kaiserstraße traten. Sie war wie das ganze Viertel um den Bahnhof neu erbaut und erst vor wenigen Jahren fertiggestellt worden. Die Gründerzeithäuser waren mehr als nur herrschaftlich und bis zu sieben Stockwerke hoch. Er dachte an Hanau, aber das hier war eine andere Klasse.

Die alte Reichsstadt, in der so viele Kaiser und Könige der Deutschen gekrönt worden waren wie nirgends sonst, gab dem Besucher, der mit der Eisenbahn angereist war, sofort einen Eindruck von der Größe der Stadt. Letztes Jahr hatte der Magistrat stolz das Überschreiten der Marke von dreihunderttausend Einwohnern verkündet.

Mochte Berlin als Reichshauptstadt das politische Zentrum, die Bankenhauptstadt sowie der Mittelpunkt der Industrie- und Elektroproduktion sein, Frankfurt war dafür das deutsche Zentrum der Chemie und die Apotheke der Welt. Außerdem war die ehemals freie Reichsstadt mit ihren führenden Messen die Handelsmetropole schlechthin. Nur Leipzig konnte hier mithalten.

Nachdem Boni und Ludwig den Blick in die Kaiserstraße gerichtet hatten, gingen sie seitlich am Portalgebäude des Bahnhofs vorbei und kamen bereits nach fünfhundert Metern an der nördlich des Mainufers gelegenen Gutleut-Kaserne an. Die Kaserne war nach dem umliegenden Viertel benannt, wobei der Name Gutleut nicht auf bessere Menschen zurückging, sondern auf einen »Hof der guten Leute«, in dem Lepra-Kranke außerhalb der Stadtmauern gepflegt worden waren.

Inzwischen standen sie vor der Wache der Kaserne, und der Unteroffizier vom Dienst kam aus seiner Wachstube. Er musterte die zwei Zivilisten streng, wurde dann aber schlagartig freundlich und grüßte militärisch, als Ludwig sein Soldbuch mit dem Eintrag als Portepee-Unteroffizier der Reserve vorzeigte und auch noch auf einen Termin beim Oberfeldwebel Karl Gernandt verwies. Sie wurden in das Empfangszimmer des Regimentsstabes geführt. An der Stirnwand hing die große Fahne des 1. Kurhessischen Infanterie-Regiments Nr. 81. An der Längsseite war ein überdimensionales Gemälde aller berühmten Schlachten des großen Krieges gegen die Franzosen dargestellt:

die Belagerung von Metz, die Schlachten von Noisseville und Bellevue wie auch die letzte große Schlacht bei Saint-Quentin, mit der der letzte französische Großverband besiegt worden war.

Karl Gernandt kam in Dienstuniform und strahlte sofort den Stadtrat an. Wie Boni bereits von der Fahrt her wusste, war der mittelgroße Mann hugenottischer Abstammung und sprach nach wie vor flüssig Französisch, wenn auch mit starkem hessischem Akzent.

Ludwig und Karl grüßten sich zuerst militärisch, umarmten sich dann aber herzlich. Sie nahmen an einem Tisch in der Ecke des Empfangsraumes Platz. Karl hatte wache Augen und ein unmissverständliches Auftreten, er war offenbar nicht zu Unrecht Unteroffizier. Seine ganze Gestalt und sein Benehmen waren die eines Berufssoldaten.

»Lasst uns gleisch zur Sach komme, denn ich hab unglücklicherweise ein Wachdienst abbekomme und kann heut Abend net aus der Kasern. Dafür hab ich für später en Treffe mit meim Schwager arrangiert«, sprach Karl in reinstem Frankfurter Dialekt.

»Erzähl uns bitte, was du über den Generalmajor von Zotten und den Oberleutnant Mehlinger weißt.«

»Nun, dann fange mer mal beim General an. Er is vor gut anem Jahr in de Ruhestand gegange un jetzt is er halt nur noch Generalmajor der Reserve. Doch den alte Zotten fischt des net an, er treibt sich dennoch fast jeden Tach uffm Kasernegelände un in unserm Stabsgebäude herum. Weiß der Deiwel, was er da mescht, denn offiziell hat er als Reservist nadierlich kei disziplinarische Gewalt mehr«, berichtete Karl.

»Wissen Sie etwas zu seiner Vergangenheit?«, schaltete sich der Revierjäger ein.

»Des is gerade das Interessante. Er war ehemals beim Kriesch geesche die Franzose net ganz vorne dran, obwohl er damals noch en junge Oberleutnant gewese war. Sein Vadder hat aber rechtzeitisch dafür gesorscht, dass de Sohnemann im Stab der Generalität gelandet war und dort den Adjutante spiele dörft. Die Einundachtzischer ware damals der vierzehnte Infanteriedivision zugeteilt, und der Divisionsstab lag ziemlisch oft im eiserne Resche der Granate.«

»Das soll im Krieg passieren, allein bei uns in Tann sind acht Männer bei diesem Krieg im Feld geblieben, auch der Vater von Bonifatius, der bei den Marburger Jägern war«, merkte Ludwig an.

»Sin sehr gude Männer, die Jäscher, habbe in dem Kriesch mit ihre Überfäll mehr gegnerische Kanone erledischt als unsere ganze Kavallerie zusamme. Abber weider im Text: Der General hatte dann doch noch sei Bewährung und durft en Sturmangriff durchführe. Dabei ging zwar die Hälfte seiner Männer druff, abber die Anhöh konnte se erobern. Des war bei dere Belagerung von Metz und die Anhöh erwies sich noch als Glücksfall für unser Artillerie, weil mer von dort weite Teile der gegnerische Festungswerke mit dene riesische neue Krupp-Kanone bereits uff zehn Kilometer Entfernung unner Beschuss nehme konnt. Dafür word er dann zum Hauptmann beförddert und bekam gleisch des Eiserne Kreuz erster Klass«, fuhr Karl fort.

»Er scheint nicht viel Skrupel zu haben, der Herr Generalmajor«, meinte Ludwig.

»Der hat gar kei, war en Glück, dass er danach net mehr Männer in den Einsatz führe musst. Des ganz Unerklärliche passierte aber erst wenische Woche vor Kriegsende, als er dörsch sei Hochbuggelei sogar noch zum Major im Stab befördert worn is. Man sacht, der Mann sei einfach für eine Woche verschwunne gewese.«

Die Männer schauten den Unteroffizier fragend an. Das war Fahnenflucht und bedeutete auch bei einer Waffenruhe im noch laufenden Krieg weiterhin ein Kriegsgericht mit einem anschließenden Erschießungskommando.

»Zotte hatte abber widder ausgezeischnete Verbindunge, und man tat den Fall dann bei einem so fronterprobte und mit Orden geschmüggte Offizier als versprengt von seiner Einheit ab. Alles wurd uff kleinster Flamme unne gehalte. Er kam zu einem Frontkommando und gud war's, wobei es kei Kämpf mehr gab. Ei Bestrafung war des jedefalls net. Nach dem Kriesch stieg er dann Stuf für Stuf empor.«

»Und wie ist sein Verhältnis zu dem Oberleutnant Mehlinger? Immerhin scheint er ihn bedingungslos zu protegieren«, sagte Boni.

»Des is e verdammt gude Frache. Hier kann mein Schwager vielleicht uffkläre tue. Denn des geht deutlich übern übliche Regimentsklatsch hinaus. Da braucht ihr einen Eingeweihte vom Offizierskorps. Außerdem hat er auch Informatione zu dem tode Grafe«, damit beschloss Karl seine Rede.

Die beiden Tanner verabschiedeten sich von dem hilfsbereiten Unteroffizier und bedankten sich für die offenen Worte. Er gab ihnen noch die Adresse seiner Eltern für die Übernachtung in der Frankfurter Altstadt auf dem

Römerberg und die Uhrzeit für das Treffen mit seinem Schwager Hans Schweikardt, dem Hauptmann der 81er.

Bevor sie gingen, wies er sie noch darauf hin, dass der Vater seines Schwagers ehemals im Magistrat der Stadt Frankfurt war. Ihm hatte der Schwager auch seine Chance zum Eintritt in das preußische Offizierskorps zu verdanken. Denn ohne Adelsstand hatte man schlechte Karten und wurde bestenfalls bei Verdiensten im Krieg in den niederen Offiziersrang übernommen.

»Ich glaube, dass wir morgen mit einem guten Gefühl nach Hause fahren werden. Die Sache entwickelt sich, das sagt mein Bauchgefühl, und die beiden Offiziere Zotten und Mehlinger haben Dreck am Stecken«, sagte Boni.

# Kapitel 18
## »Geschichte hat lange Wurzeln«

Es war halb fünf, und sie gingen auf dem Römerberg den Krönungsweg vom gotischen Rathaus Richtung Dom entlang. Die Altstadt von Frankfurt war berühmt, im Guten wie im Schlechten. Nahezu alle anderen Großstädte in Deutschland hatten bereits ihre mittelalterlichen Fachwerkviertel entweder renoviert oder in den meisten Fällen gleich ganz abgerissen. So waren die vielen breiten Alleen und die sehr großzügigen Freiflächen entstanden.

In Frankfurt war die Lage nicht unähnlich. Die Stadtplaner hatten ebenfalls schon große Flächen frei gemacht, und die Bürgerhäuser der Gründerzeit schossen wie Pilze aus dem Boden. Lediglich die Altstadt in Sachsenhausen und das Altstadtviertel auf dem Römerberg, die »Gudd Stubb von Frankfort«, blieben unangetastet. Der gesamte Römerberg stellte mit seinen fast zweitausend Fachwerkhäusern die größte noch nahezu komplett erhaltene mittelalterliche Bebauung im Reich dar.

Das Viertel bestand fast zur Gänze aus Gebäuden des fünfzehnten bis siebzehnten Jahrhunderts. Jeder Winkel war bebaut, und die Straßen waren so eng, dass sich die Häusergiebel fast berührten. Neben ganz ärmlichen Gebäuden gab es auch die der wohlhabenden Kaufmannsdynastien wie die »Goldene Waage« oder das »Lämmchen«.

Beliebt war die Altstadt bei den Frankfurtern vor allem wegen ihrer urgemütlichen Gastwirtschaften und dem guten Fleisch. Denn hier waren die Metzger zu Hause, und die Zunft hatte dort ihren Mittelpunkt. Auf dem Römerberg gab es die beste Wurst und das frischste Stück Ochsenbrust für die bekannte Frankfurter Grüne Soße.

Wenn der Frankfurter abends wegging, dann in die Altstadt auf dem Römerberg. Hier schlug das Herz der Frankfurter. Boni und Ludwig hielten es genauso. Sie gingen zuerst zur Langen Schirn, den Verkaufsständen der Metzger, und genossen jeder einen halben Kringel Fleischwurst mit Senf und einen Doppelweck.

Ausgemacht war als Treffpunkt die Apfelweinschänke Heyland, direkt gegenüber dem Rathaus, linker Hand vom Schwarzen Stern, der sich an die Nikolaikirche anschloss. Die Frankfurter waren für ihr Schlappmaul bekannt, und so antworteten sie auf die Frage nach dem höchsten Berg der Welt, dass es nur der Römerberg sein könne, denn von dort war es nur eine Stufe zum Heyland.

In der Wirtschaft wurde selbst gekelterter Apfelwein ausgeschenkt. Und bereits um sechs Uhr war sie gut gefüllt. Eine komplette Dunstwolke lag über den Tischen. Es roch nach einfachsten Arbeiterstumpen, gutem Pfeifentabak und edlen Übersee-Zigarren. Boni und Ludwig waren glücklich, in der hintersten Ecke noch einen freien Tisch zu ergattern, und bestellten gleich zwei Gläser gespritzten Apfelwein. Während sie auf ihre Getränke warteten, blickte er sich um. Er sah hübsche Fräuleins, die mit ihren Kavalieren zugegen waren, aber kaum verheiratete Frauen. Arbeiter saßen an dem einen Tisch, daneben hatten wohlhabendere Bürger Platz genommen. Ein Querschnitt des Viertels, alles war vertreten.

Es dauerte nicht lange und ein mittelgroßer, schlanker Mann Ende dreißig betrat den Schankraum. Er trug einen Anzug. Seine zivile Kleidung konnte dennoch nicht darüber hinwegtäuschen, dass hier ein Soldat den Raum betreten hatte. An seinem klaren und selbstbewussten Blick hatte Boni den Offizier erkannt.

»Guten Abend, Sie sind wohl die Herren Burgmüller und Holte aus Tann, richtig?«

»Guten Abend, Herr Hauptmann, wir wagen nicht zu widersprechen. Darf ich Ihnen einen Apfelwein bestellen?«, fragte Ludwig den Schwager seines Kameraden.

»Vielen Dank, ich nehme lieber ein Bier. Die haben hier auch frisches Fassbier. Der Apfelwein und ich werden in diesem Leben keine Freunde, er ist schlicht zu sauer für meinen Magen.«

Sie nahmen gemeinsam Platz und stießen auf den Kaiser und das Vaterland an, nachdem die Getränke gebracht wurden.

»Karl sagte mir, Sie brauchen einige vertrauliche Hintergrundinformationen zum Generalmajor von Zotten, dem Oberleutnant Mehlinger sowie dem Grafen von Buchen?« Hans Schweikardt blickte die beiden Tanner an. Die Männer nickten. »Gut, zum Generalmajor haben

Sie bereits fast alles von meinem Schwager Karl erfahren, wie er mir nach Ihrem Treffen erzählt hat, mit mehr kann ich auch nicht dienen. Also berichte ich Ihnen, was ich zum Oberleutnant Mehlinger und zum Grafen weiß. Denken Sie aber daran, dass ich meinem Eid gegenüber dem Kaiser verpflichtet bin und nichts über militärische Details erzählen werde. Das ist für mich eine Frage der Offiziersehre«, unterstrich der Hauptmann.

»Selbstverständlich, uns geht es nur um die Personen«, antwortete der Revierjäger.

Dann fuhr der Offizier fort: »Über den Hintergrund von Mehlinger ist nicht viel bekannt. Er tauchte vor etwa fünfzehn Jahren im Regiment auf, sogar ohne jegliche Papiere. Allein deshalb gab es immer Spekulationen, ob der Name korrekt war oder ob er Dreck am Stecken hatte und einen neuen Namen angenommen hatte. Jedenfalls musste er schon da eine schützende Hand über sich gehabt haben, denn man stellte ihm Ersatzpapiere aus, und er begann zunächst als gemeiner Soldat. Er machte dann schnell den Lehrgang zum Unteroffizier und kämpfte sich verbissen nach oben. Seine Männer scheinen ihn nicht besonders zu lieben, respektierten aber, dass es einer aus dem einfachen Stand so weit nach oben geschafft hat.«

»Wie kam es, dass ein Unteroffizier den Sprung zum Offizier machen konnte?«, fragte der Stadtrat.

»Das fragen wir uns auch. Bei mir hat mein Vater einige Türen geöffnet. Bei Mehlinger scheint es aber anders gewesen zu sein. Man erzählt sich, er sei aus der Rhön. Das konnte man anfangs auch noch ganz gut an seinem Dialekt hören. Dann gab es Gerüchten zufolge einen wichtigen Einsatz im Elsass. Das neue Reichsland ist zwar mehrheitlich von deutschstämmigen Elsässern bewohnt, doch speziell im östlichen Teil der elsässischen Vogesen kam es aufgrund der teils rein französischen Dörfer immer wieder zu Protesten gegen den Kaiser. Die Sache wurde bewusst kaum publik. Doch in einer Geheimaktion schickte man zwei Bataillone unserer 81er in die Vogesen, um für Ruhe und Ordnung zu sorgen.«

»Wie kam es denn dazu? Es gibt doch genügend Militär am Rhein? Wieso greift man da auf ein Hessisches Regiment zurück?«, wollte Ludwig wissen.

»Das ist einfach zu erklären, man wollte bewusst keine grenznahen Regimenter, damit eventuell verwandtschaftliche Beziehungen außen vor bleiben. Jedenfalls hat der damalige Unteroffizier Mehlinger mit eiserner Hand aufgeräumt und sich so einen guten Namen gemacht, dass er völlig ungewöhnlich für Friedenszeiten zum Leutnant befördert wurde. Seine Offiziersausbildung hat er dann nach seiner Rückkehr hier in Frankfurt nachgeholt. Und nun raten Sie mal, wie der damalige Befehlshaber der inoffiziellen Militäraktion hieß?«

»General von Zotten«, kam es fast gleichzeitig aus den Mündern von Boni und Ludwig.

»Richtig, von Zotten hat keine Kinder, und Mehlinger ist so etwas wie ein Ziehsohn für ihn. Er unterstützt ihn, wo er nur kann«, schloss der Hauptmann.

»Hm, und welche Verbindung besteht nun zum Grafen von Buchen?«, fragte Boni.

»Da kann ich helfen. Der Graf war nämlich mal bei uns stationiert. Zunächst, er ist kein gebürtiger Berliner, sondern kommt aus Nordhessen. Er hat just zur selben Zeit bei uns gedient, als Mehlinger gerade bei uns auftauchte. Aus welchem Grund auch immer, der Graf hatte sich als junger Leutnant den Mehlinger für alle seine Repressalien ausgesucht. Egal, was geschah, für den Grafen war der Mehlinger immer der Sündenbock. Der junge Mehlinger muss fürchterlich unter dem überharten Drill und der Ungerechtigkeit des Grafen gelitten haben. Man munkelt sogar, er hätte einmal versucht, sich das Leben zu nehmen. Aber das sind nur Gerüchte, die ich nicht aus erster Hand habe.«

Sowohl der Revierjäger wie der Stadtrat schauten sich triumphierend an. Das war das Motiv, Rache an einem alten Peiniger aus der Militärzeit. Es wäre eine lange vorbereitete kalte Rache gewesen.

»Aus welchem Teil der Rhön soll der Mehlinger denn stammen?«, fasste Ludwig nach.

»Tut mir leid, das weiß ich nicht.«

»Herr Hauptmann, Sie haben uns sehr weitergeholfen, und selbstverständlich werden wir Ihren Namen vertraulich behandeln. Vielen Dank für Ihre Unterstützung. Ich denke, wir sollten nun noch eine Runde zu uns nehmen und ein wenig über alte Zeiten sprechen«, schlug Boni vor und strahlte über das ganze Gesicht.

Sie saßen noch bis fast elf Uhr nachts beisammen und erzählten sich eine Anekdote nach der anderen aus ihrer Militärzeit. Es wurde noch viel und herzhaft gelacht. In bester Stimmung verabschiedeten sich die Männer, und Boni und Ludwig übernachteten dann im Elternhaus von Karl.

Am nächsten Morgen schmerzten die Glieder und Köpfe etwas, doch sie mussten sich eilen, um pünktlich zum Bahnhof zu kommen. Der Zug fuhr bereits um acht Uhr ab. Die Rückreise dauerte fast den ganzen Tag, bis sie am späten Abend mit der letzten Postkutsche in Tann ankamen.

# Kapitel 19
## »Gut gefragt«

Nachdem sich der Frühnebel über den Höhen der Rhön verzogen hatte, kam die Sonne durch und der Himmel war wolkenlos. Für den Revierjäger fing der Tag arbeitsreich an. Es stand der Frühjahrsputz an. Seine Mutter half ihm zwar, aber er musste noch weit vor Sonnenaufgang aufräumen und alles vorbereiten. Außerdem gab es reichlich im Revier zu tun. Die Kirrungen mussten zum Anlocken des Wildes wieder mit Futter bestückt werden. Er nahm dafür vor allem Apfeltrester vermischt mit Getreideabfällen vom Müller. Dann galt es wie fast jeden Tag vor dem Aufgang der Bockjagd am 16. Mai die Wildbestände so genau wie möglich zu erkunden. Das war nicht einfach und erforderte unendlich viel Geduld. Schließlich war das Wild nicht im Gatter und konnte gemütlich abgezählt werden. Boni musste an den bekannten Plätzen sehr genau beobachten, und selbst dann sah er nie alle. Er musste wie immer auf seine Erfahrung zurückgreifen und rechnete grob hoch. Seine Angaben zum Bestand des Wildes trafen meist ziemlich genau zu.

So verbrachte er den ganzen Tag draußen in der Natur.

Als er nach Hause kam, lag ein Zettel seiner Mutter auf dem Küchentisch.

*»Sohn, gern geschehen, ich hätte mich natürlich gefreut, meinen einzigen Nachkommen zu sehen, aber nur unser Herr weiß, wo Deine Liebe zur Mutter geblieben ist. Dafür gehst Du nächsten Sonntag mit mir in die Kirche. Wehe, Du wagst es, nicht zu erscheinen!*
*Gruß*
*Deine Mutter.«*

Das war deutlich. Seine Mutter wusste genau, wie er Kirchgänge hasste. Ungläubig war er dabei überhaupt nicht. Nur schätzte er den direkten Draht zu seinem Herrgott und meinte aus tiefer Überzeugung, dass es auch ohne die Kirchenfürsten ging.

Boni ging zum Suppentopf und schnitt sich noch ein paar Kartoffeln in die Gemüsebrühe. Dann ließ er alles köcheln und nahm gleich drei Teller des Eintopfes mit einem Viertel Laib Brot. Er hatte einen Mordshunger. Zum Abschluss aß er als Abrundung noch einen Landjäger und ein Stück Käse.

Boni hatte den ganzen Tag über das Wochenende in Frankfurt nachgedacht. Die Informationen des Hauptmanns zum Oberleutnant Mehlinger waren mehr als aufschlussreich. Es gab offenbar eine Verbindung in die Rhön, auch die Protektion Mehlingers durch den Generalmajor war erklärbar, am wichtigsten war jedoch: Der Oberleutnant hatte ein Motiv für den Mord an dem Grafen, und das war aus seiner Sicht deutlich stärker als das

Motiv, das der Richter in Hanau seinem Freund Hermann anlastete.

Alles klang logisch und schlüssig. Das Hauptproblem daran war, er hatte absolut keinerlei Belege oder, wie die Kriminalisten sagten, Beweise für seine Annahme. Er überlegte den ganzen Abend, bis er zu Bett ging, und selbst unter der Decke machte er sich Gedanken und konnte lange nicht einschlafen.

Der nächste Tag begann regnerisch, die Natur freute sich darüber. Nach seinem gewohnten Reviergang nahm er Bodo an die Leine und besuchte mit ihm am Nachmittag Bertram. Auch der Stadtrat wollte kommen. Gemeinsam erzählten sie dem Pfarrer von ihrer Reise nach Frankfurt.

»Da habt ihr eine Menge herausgefunden. Wie gehen wir nun weiter vor?«, fragte Bertram.

»Wir müssen dem Herrn Oberleutnant vielleicht eine Falle stellen, irgendwie erreichen, dass er sich verrät«, antwortete der Revierjäger.

Der Stadtrat strahlte über das Gesicht. »Ihr wisst, dass ich mit unserem Bürgermeister sehr gut stehe. Was haltet ihr davon, wenn wir den Mehlinger unter dem Vorwand einer weiteren Untersuchung zum Vorgang der Treibjagd nach Tann bringen? Es darf natürlich nicht nach einer Vorladung aussehen, eine Einladung, weil wir Fragen haben, mehr nicht. Ich würde dann auch als Stadtrat dabei sein, damit es eher nach einer zwanglosen Untersuchung des Magistrates aussieht, um den Sachverhalt auch aus Sicht der Stadt Tann zu klären. Denn der Herr wird nicht dumm sein und wissen, dass bereits ein Hauptverdächtiger in Hanau einsitzt und unser Polizei-Gendarm gar nicht mehr zuständig ist«, schlug der Stadtrat vor.

»Das klingt machbar, wenn es auch kein Selbstläufer wird. Wie bekommen wir Koch dazu mitzumachen?«, fragte Boni.

»Mach dir darüber mal keine Gedanken. Das bekomme ich gemeinsam mit dem Bürgermeister hin. Wir drehen das so, dass Koch glaubt, wir würden noch belastendes Material gegen Hermann suchen. Damit wollten wir dann das Gericht in Hanau in vorauseilendem Gehorsam, quasi per Amtshilfe, unterstützen.«

»Das könnte klappen. Wir müssen nur erreichen, dass das Gericht vorab nichts davon erfährt und auch der Generalmajor außen vor bleibt, sonst spielt er wieder den Beschützer seines Ziehsohnes, und wir kommen nicht allein an Mehlinger ran«, erklärte Boni.

»Ich werde bei Karl am Mittwoch in der Kaserne anrufen. Er wird Oberleutnant Mehlinger die Bitte der Stadt Tann nach Unterstützung durch die preußische Armee im Mordfall Graf von Buchen überbringen. Der General ist mittwochs immer in seinem Privathaus, da er bereits nachmittags zu seinem Reservistentreffen mit gemeinsamem Skat-Abend geht. Das scheint der einzige Tag zu sein, an dem er regelmäßig nicht in der Kaserne auftaucht, hat uns jedenfalls Karl erzählt. Lasst uns Mehlinger also genau für Mittwoch nach Tann bestellen«, sagte Ludwig.

»Gut, dann haben wir einen Plan. Hoffen wir, dass er aufgeht. Über die Fragen an Mehlinger müssen wir noch nachdenken, auch wie wir ihn unter Druck setzen können. Beginnen lassen wir das Gespräch natürlich ganz freundlich, damit er nicht sofort den Braten riecht. Dann ziehen wir die Daumenschrauben an«, meinte der Revierjäger zu seinen Freunden.

»Ich werde mich um die Fragen kümmern, da fällt mir garantiert etwas ein«, antwortete der Pfarrer.

Der Stadtrat verabschiedete sich in den Abend, und die beiden Freunde saßen noch eine Weile bei einem längeren Schachspiel zusammen. Boni gewann ein weiteres Mal, sehr zum Ärger Bertrams.

Die nächsten Tage vergingen wie im Fluge, und der Mittwoch brach an. Alle Planungen liefen wie erwartet, Oberleutnant Mehlinger fühlte sich fast geehrt, im Namen seines Regiments und in Stellvertretung für den unabkömmlichen Generalmajor etwas zur Aufklärung beitragen zu können.

Sie trafen sich im Rathaussaal. In der Mitte des Raumes dominierte der große Sitzungstisch des Magistrats aus schwerer Eiche mit gedrechselten Beinen. Zehn Stühle mit Leder bespannter Rückenlehne und großvolumigen Sitzflächen standen darum. An der Stirnseite des Saales hing das namengebende Wappen der Stadt, eine grüne Tanne auf gelbem Grund in einem schwarz eingefassten Wappenschild. Darunter hing links ein großes Porträt von seiner Majestät, Kaiser Wilhelm II. Hinzu kam in der linken Ecke die schwarz-weiß-rote Flagge Deutschlands mit dem Kaiseradler in der Mitte, über dem die Krone Karls des Großen schwebte. Rechts stand die schwarz-weiße Fahne des Königreiches Preußen, zu dem Tann gehörte.

Der Saal war zwar nicht übergroß, aber er strahlte Würde aus und verlangte eine gewisse Ehrfurcht vor der

über siebenhundertjährigen Stadtgeschichte. Der Stadtrat und der Polizei-Sergeant erwarteten gemeinsam mit
dem Revierjäger und dem Pfarrer den Oberleutnant aus
Frankfurt. Für eine derart lange Anreise war er überaus
pünktlich um vier Uhr nachmittags angekommen.

Oberleutnant Mehlinger betrat mit großen Schritten den Saal. Er trug seine Paradeuniform. Der Waffen-
rock war in dunklem Blauton, der Hochkragen und die
Ärmelaufschläge in Rot gehalten, wobei er am Kragen
noch zwei breite, komplett umlaufende goldene Tres-
sen besaß. Mehlinger hatte die Schützenschnur an der
rechten Schulter angelegt, und seine Brust zierten seine
Orden. Die Knöpfe waren aus poliertem Messing. Seine
Schultern schmückten Epauletten, auf denen eine goldene »81« für das Regiment sowie ein Stern für einen
Oberleutnant prangten. Er hatte die silbergestickte Para-
defeldbinde um, an dem der preußische Offizierssäbel
der Infanterie hing. Dazu hatte er die entsprechende
Offiziers-Pickelhaube und schwarze Hosen, die in auf
Hochglanz polierten Reitstiefeln steckten. Als er den
Rathaussaal betrat, grüßte er militärisch. Schneidig sah
er aus, auch wenn Boni fand, dass er dem Anlass entsprechend etwas übertrieben herausgeputzt war, aber
so war das preußische Militär. Es war nie um einen zu
lauten Auftritt verlegen.

»Guten Tag, Herr Oberleutnant, vielen Dank, dass
Sie unserer Einladung gefolgt sind. Wir freuen uns sehr
über Ihre Unterstützung in dem Fall. Bitte nehmen Sie
doch Platz«, begrüßte ihn der Stadtrat.

»Vielen Dank, Herr Stadtrat, es ist für mich eine Selbst-
verständlichkeit, dass ich in diesem Fall helfe. Schließlich

sind wir alle noch bestürzt über den Mord des Grafen«, entgegnete Mehlinger.

Stadtrat Ludwig Holste stellte zunächst alle Anwesenden vor, soweit noch nicht bekannt. Dann ergriff er wieder das Wort. »Schön, wie ich hörte, stammen Sie sogar aus der Rhön?«

»Ja, ich bin nur ein paar Kilometer von hier in Günthers geboren und dann nach Frankfurt weitergezogen.«

»Wie Sie wissen, hat unsere Polizei ausgezeichnet gearbeitet und bereits einen Hauptverdächtigen arrestiert. Er sitzt im Gerichtsgefängnis in Hanau. Wir fühlen uns nun dazu aufgerufen, noch im Vorfeld der offiziellen Gerichtsverhandlung weiteres Licht in die Umstände zu bringen.«

»Ich hatte die zweifelhafte Ehre, die Spuren des Mordes am Tatort zu entdecken und eine entsprechende Meldung an unsere Gendarmeriestation zu machen, die dann die Ermittlungen im Mordfall des Grafen aufnahm. Können Sie uns schildern, wie Sie den besagten Jagdtag erlebt haben?«, meldete sich der Revierjäger freundlich zu Wort.

»Nun, es war alles dank Ihrer vorzüglichen Planung bestens organisiert, und die Stimmung war ausgezeichnet. Auch die Jagderfolge stellten sich für fast alle ein, und es war ein Genuss, an der Treibjagd teilzunehmen«, erklärte der Oberleutnant.

»Haben Sie bei der Jagd irgendwelche Animositäten der einzelnen Teilnehmer wahrgenommen? Gab es speziell mit Blick auf den Grafen von Buchen vielleicht sogar einen Streit, an den Sie sich erinnern können?«, wollte Gendarm Koch nun wissen.

»Ich kann mich an keine Dissonanzen erinnern, ganz

im Gegenteil. Alle waren guter Laune, und wie es bei einer Jagdgesellschaft so üblich ist, waren wir sehr entspannt und freuten uns über die Jagderfolge.«

Koch hakte nach: »Es soll ja bei der Jagd durchaus auch den nicht seltenen Jagdneid geben und deshalb zu Unstimmigkeiten kommen. Haben Sie solcherlei Dinge mitbekommen?«

»Nein, davon ist mir nichts in Erinnerung. Wie gesagt, es war alles sehr harmonisch und in guter Stimmung.«

»Wir haben gehört, dass Herr Generalmajor von Zotten sich lauthals über den Grafen von Buchen aufgeregt haben soll«, fuhr der Gendarm fort.

»Das war nur eine kleine Meinungsverschiedenheit, der ich keine Bedeutung beimesse.«

»Das erschien mir nicht ganz so, der Generalmajor war sehr aufgebracht über den Grafen. Er sagte sinngemäß, der Graf würde ihm seinen Jagderfolg streitig machen und er würde ihn zu gerne an einem Seil hinter seinem Pferd den Hang rauf- und wieder runterzerren«, warf der Revierjäger ein.

»Wir Soldaten sind immer etwas derber in der Ausdrucksform. Doch persönliche Beleidigungen sind nicht gefallen, da kennen wir eine Grenze.«

»Wie man es nimmt, der General sprach von Lügenbaron und Dreckskerl, das ist dann doch ehrabschneidend«, warf Boni ein.

Der Oberleutnant rutschte das erste Mal auf seinem Sitz hin und her, und der so schneidige Mehlinger ahnte, dass hier ein Gegner plötzlich und unerwartet seine Flanke angriff. Allein er konnte noch nicht einschätzen, was sich genau abspielte.

»Herr Oberleutnant, wie Sie vielleicht wissen, misst die neue Forschung der Kriminalistik dem Motiv eine große Bedeutung bei. Sofern der Mörder bei der Tat zurechnungsfähig war, so ist zwingend immer ein Motiv ausschlaggebend. Selbst unsere Justiz richtet sich inzwischen daran aus. Deshalb haben wir auch nach der Schwere der Auseinandersetzung zwischen dem General und dem Grafen gefragt.«

Mehlinger nickte. »Das ist nachvollziehbar, doch glaube ich nicht, dass ein preußischer General zu so einer heimtückischen Tat fähig ist, es scheidet geradezu von vornherein aus, dass ein so hochrangiger und verdienter Militär solch eine Tat verübt. Ich denke, da sind wir uns einig. Außerdem ist der Mörder bereits gefasst und wartet auf seinen Prozess.«

Das war ein erster kleiner Erkundungsvorstoß des Offiziers. Doch seine letzte Aussage hatte doch einen leicht fragenden und um Zustimmung bittenden Ton, selbst wenn sie bestimmend klang. Im Rathaussaal hörte man hingegen keinen Ton, weder ein Nicken noch ein Lächeln und schon gar keine zustimmende Wortmeldung.

»Herr Oberleutnant, wir möchten gerne noch etwas mehr über den Grafen in Erfahrung bringen. Vielleicht liegt einiges in seiner Vergangenheit, was die Gegenwart besser erklären könnte. Denn bisher war uns der Graf von Buchen nur als wichtiger Geschäftspartner unseres Freiherrn von Waldenberg bekannt. Er scheint einen tadellosen Leumund zu haben und war ein erfolgreicher Holzhändler und Holzverarbeiter in Berlin«, sagte der Stadtrat und versuchte dem Gespräch eine neue Wendung zu geben.

»Ich verstehe nicht ganz, worauf Sie hinauswollen.«

Nun fasste Ludwig nach: »Kannten Sie denn den Grafen bereits vor der Jagd?«

»Ja, allerdings nur oberflächlich, mir war er nicht ganz so sympathisch, ein Industrieller eben.«

»Wo haben Sie ihn denn kennengelernt, und können Sie uns mehr zu ihm sagen?«

Der Oberleutnant zupfte sich kurz am Kragen und wartete drei Sekunden, bis er auf die Frage des Stadtrates antwortete. Bisher hielten seine Männer den Flügel, doch nun hörte er die Pferde der gegnerischen Kavallerie im scharfen Ritt näher kommen. »Ich weiß nicht mehr genau, wo wir uns kennengelernt haben, wahrscheinlich auf einer Jagd, und, wie gesagt, ich kannte ihn nur oberflächlich. Er schien mir nicht ganz aufrichtig, das mag aber auch daran liegen, dass mir einiges im Zivilleben suspekt ist, besonders sogenannte ehrbare Kaufleute.«

»Herr Oberleutnant, kann es sein, dass Sie uns nicht alles aus der Vergangenheit erzählen, dass Ihnen vielleicht nicht mehr alles so präsent ist? Sie wissen, wir sind hier alle noch mehr oder weniger aktive Reservisten. Uns wurde von ehemaligen Kameraden erzählt, dass der Graf just im selben Infanterieregiment wie Sie war, bei den 81ern in Frankfurt. Können Sie sich jetzt vielleicht erinnern? Fällt Ihnen dazu etwas ein?«, fasste nun der Stadtrat in strengem Ton nach, verflogen war plötzlich die zuvor gezeigte Freundlichkeit.

Der Gegner war mit seiner Kavallerie in seine Flanke eingebrochen, sie taumelte bereits, und ihm wurde klar, dass es jetzt um alles ging. »Stimmt, jetzt, da Sie es erwähnen, in meiner Zeit beim Infanterieregiment Nr. 81 gab es einen damals noch jungen Grafen von Buchen. Mit dem hatte ich allerdings nicht viel zu tun. Doch da es sich hier um regimentsinterne Informationen handelt, kann und darf ich Ihnen dazu nicht mehr sagen.« Mehlinger versuchte verzweifelt, seinen Flügel mit letzten Reserven zu stärken.

In diesem Moment stand der Stadtrat auf, stützte sich auf dem schweren Eichentisch ab und erhob seine Stimme: »Sagen Sie mal, wollen Sie uns für dumm verkaufen? Wir sind über die Regimentsgeschichte im Bilde. Sie kannten den Grafen nicht nur oberflächlich. Er war als Leutnant Ihr Vorgesetzter!«

Das saß, auch die letzte Verteidigungslinie war durchbrochen, und die Kavallerie begann seine komplette Schlachtreihe vom Flügel her aufzurollen. Rückzug war jetzt das einzig Richtige, retten, was zu retten war.

»Gut, ich gebe zu, ich kannte ihn, doch es war ein normales Dienstverhältnis, und ich habe damals viele Leutnants gehabt. Außerdem mochte ich ihn nicht besonders.«

Jetzt hakte auch der Revierjäger nach. »Das nennen Sie ein normales Dienstverhältnis? Der Graf hat Sie schikaniert und drangsaliert, wo es nur ging! Er hat Ihren Aufstieg zum Unteroffizier damals glattweg verhindert. Keiner im ganzen Regiment hat auch nur annähernd so viel unter dem Grafen leiden müssen wie Sie!«

Nun war die komplette Linie zusammengebrochen und die Schlacht mit Mann und Pferd verloren. Mehlinger war nur noch ein kümmerliches Abbild seines glorreichen Auftrittes.

»Ich kann Ihnen dazu nicht mehr sagen«, kamen nun seine Worte fast gestottert hervor.

Nun wagte der Stadtrat den großen Sprung und setzte alles auf eine Karte. Er schrie den Oberleutnant geradezu an: »Uns wurde mitgeteilt, dass Sie im vertraulichen Kreis der Kameraden gesagt hätten, Sie bringen den Grafen um, früher oder später würde er mit dem Leben für seine Untaten büßen. Dabei ließen Sie keinen Zweifel, dass Sie Ihren Peiniger selbst zur Rechenschaft ziehen würden.«

Der Oberleutnant wurde hochrot und schrie nun die Anwesenden an. »Sie haben keine Ahnung, was dieser Hundsfott mir angetan hat, wie er mich gebrochen hat, mein Leben zerstören wollte. Jeder von Ihnen hätte den Kerl ebenfalls umbringen wollen, und deshalb hat er den Tod verdient!«

»Sie geben also zu, den Grafen von Buchen erschossen zu haben?«, hakte nun der Polizei-Sergeant sofort nach.

»Nein, verdammt, aber ich hätte mir gewünscht, ich hätte ihn in den Hades geschickt. Davor hätte ich ihn allerdings unendlich lange leiden lassen«, antwortete der Oberleutnant nun vor Wut zitternd.

»Nach allem, was wir wissen, kam es genau zu diesem Leiden. Der Mann wurde offenbar bewusst nur angeschossen und musste eine Ewigkeit Schmerzen ertragen, bevor er wie ein Stück Wild mit dem Messer erstochen wurde«, erklärte der Gendarm mit fester Stimme.

»Meine Herren, ich werde mich jetzt verabschieden und meinem Regiment Bericht über diese Art der Befragung hier erstatten. Das wird ein Nachspiel haben«, versuchte Mehlinger nun wieder Fuß zu fassen.

»Herr Oberleutnant, Sie können sich glücklich schätzen, dass wir Sie nicht sofort als Verdächtigen in Haft nehmen. Selbstverständlich werden wir das heute hier

Gehörte an das Hohe Gericht in Hanau weitergeben. Sie werden sicher in den nächsten Tagen Besuch von der Polizei bekommen«, schloss der Gendarm nun die Befragung.

Oberleutnant Mehlinger stand daraufhin auf, zog seine weißen Offiziershandschuhe an, setzte die Pickelhaube auf und verließ wortlos den Rathaussaal.

Kaum war der Verdächtige aus dem Raum, schlugen die Wogen im Saal hoch.

»Wenn das jetzt mal keine gute Idee war! Der Mann hat ein so glasklares Motiv und die Rache triefte noch heute aus seinem Munde mit jedem Wort, das er über den Grafen verlor«, erklärte Boni den Anwesenden.

»Stimmt, aus meiner Sicht haben wir gerade mit einem Mörder gesprochen. Er hatte alle Möglichkeiten, und nun hat er uns auch noch einmal den nötigen Beweis geliefert. Das war mehr, als wir erwarten durften«, sagte Ludwig.

»Meine Herren, ich teile Ihre Meinung, der Mann ist der verdächtigste Verdächtige, der mir je untergekommen ist. Ich werde mich sofort an ein Protokoll setzen und würde Sie dann bitten, das Schriftstück zu unterzeichnen. Danach sende ich es an das Gericht in Hanau. Die dortigen Kollegen von der Kriminalpolizei werden dann die nächsten Schritte einleiten und wohl zeitnah den Mehlinger verhaften«, erklärte der rundliche Gendarm.

Bertram meldete sich zu Wort. »Ich freue mich auch, dass unser Plan geklappt hat. Nur manches Mal sind nicht nur Gottes Wege unergründlich, sondern auch die der Behörden. Das Regiment und der Ziehvater Generalmajor von Zotten werden offiziell Protest gegen die Befragung einlegen. Das Rennen ist also noch lange nicht gewonnen und das Landgericht ebenfalls noch nicht überzeugt.«

»Warten wir es ab, ich denke, wir haben einen großen Schritt in die richtige Richtung getan, wie jetzt einer der Herren Politiker aus dem Reichstag sagen würde«, sagte Ludwig.

Boni dachte an Bertrams Worte. Nach seiner Erfahrung beim Landgericht konnte alles passieren, und Hermann war noch lange nicht auf freiem Fuß. Das Rennen gegen die Zeit war noch nicht gewonnen.

# Kapitel 20
## »Justitia arbeitet gründlich«

Wie befürchtet kam in den nächsten Tagen ein Protest-
schreiben mit harschen Vorwürfen an den Magistrat
und die Beteiligten der Befragung. Absender war Franz
Rudolf von Zotten, Generalmajor der Reserve des 1. Kurhessischen Infanterie-Regiments Nr. 81 in Frankfurt am
Main.

Der Brief war über vier Seiten lang und ließ nichts
aus, um die Unrechtmäßigkeit der Befragung zu beto-
nen. Rechtlich hätten die Aussagen des Herrn Oberleutnant Mehlinger keinerlei Bedeutung. Zum Schluss folgte
noch eine ganze Reihe von Drohungen und Ankündi-
gungen. Es war klar, der General warf alles ins letzte
Gefecht, um seinen Schützling vor Konsequenzen zu
bewahren.

Entscheidend war, der Offizier Mehlinger war jetzt
nicht mehr tabu für die Untersuchungen des Gerichts,
vorbei war seine angeblich unfehlbare Ehre als preußischer Offizier. Das Gericht hatte jedoch das Verfahren
immer noch nicht eröffnet, die Kriminalpolizisten hatten die Ermittlungen angeblich noch nicht beendet. Das
gab Zeit, und vor allem ließ es noch Möglichkeiten offen.

Der General hatte nicht bloß gedroht. Zwei Tage nach dem Brief kam vom Gericht ein Schreiben mit der Aufforderung zu einer Befragung über die dienstrechtlichen Verstöße und die eigenmächtigen Ermittlungen in Tann. Interessant war, dass der Brief regelrecht zahm verfasst war und keinerlei Druck bezüglich eines Termins gemacht wurde. Ganz im Gegenteil, man werde sich deswegen in naher Zukunft melden. Eine dringend erforderliche Strafaktion wurde anders eingeleitet, dachte sich Boni.

Ein weiterer Punkt war das Schreiben des Generalmajors. Denn es war nicht vom Regimentsstab verfasst. Damit hatte es keinen offiziellen Charakter. Offenbar war es dem General nicht gelungen, den Stab zu überzeugen. Als er noch in Amt und Würden als Oberst und Regimentschef gewesen war, hätte er einfach den Befehl dazu geben können.

Die Sache war insofern von Bedeutung, weil das preußische Heer auch bei Vergehen seiner Soldaten im Zivilbereich mitzureden hatte. Eine Parteinahme für einen Offizier wäre selbstverständlich gewesen, und das Gericht hätte es schwer gehabt, gegen einen ehrenhaften Offizier vorzugehen, der quasi als unmittelbarer Diener seiner Majestät bereit war, sein Leben für das Vaterland zu geben. Der Leumund hätte eine heroische, fast unangreifbare Gestalt angenommen.

Umso mehr war es ein Lichtblick, dass der Regimentsstab die Sache kritischer sah, als zu vermuten gewesen war. Dennoch war Boni hin- und hergerissen, alles stand auf Messers Schneide, und die Sache war noch lange nicht ausgestanden. Wenn doch Hanau nur nicht so weit weg wäre, zu gern hätte er Hermann besucht. Doch er musste so schon aufpassen, dass er den Bogen seiner freizeitlichen Betätigungen gegenüber dem Freiherrn nicht überspannte.

Der Aufgang der Jagdzeit auf den Rehbock kam jeden Tag näher, und die Vorliebe des Freiherrn dafür stand außer Frage. Auch hier galt, dass es weniger die Jagdpassion war, die ihn trieb, als vielmehr das gesellschaftliche und geschäftliche Interesse. Denn die Jagdgründe der Tanner Wälder waren berühmt und die Stärke der Böcke über die Landesgrenzen hinaus bekannt. Deshalb war eine Einladung zur Bockjagd durch Friedrich Wilhelm Freiherr von Waldenberg allseits begehrt und die beste Möglichkeit, Kontakte zu pflegen.

So machte sich Boni an diesem Morgen wieder ins Revier auf, um die Rehwildbestände weiter zu sichten. Denn man konnte nie alle Tiere auf einmal sehen. Außerdem galt es die Kirrungen zu bestücken.

Boni kam am Abend erschöpft aus dem Revier zurück. Die letzten Tage waren anstrengend gewesen. Er war zu müde, um sich den Eintopf warm zu machen, sondern nahm eine Hartwurst und ein Stück Brot und setzte sich mit einem Krug Bier auf die rustikale Holzbank vor dem fürstlichen Jagdhaus. Bodo fraß neben ihm seine Tagesration Fleischabfälle, Getreide und Gemüse. Eine Pampe, die kein Mensch anrühren würde, aber die Leibspeise des Jagdhundes war.

Die Müdigkeit war so stark, dass der Revierjäger noch nicht einmal seinen Krug Bier austrank, sondern nach zehn Minuten direkt in die Kammer ins Obergeschoss ging und ins Bett fiel.

Am nächsten Morgen fühlte sich Boni wie neu geboren. Kraft und gute Laune waren wiederhergestellt. Die Revierarbeit ging ihm an diesem Tag ungleich leichter von der Hand. Und er konnte bereits um vier Uhr einen erfolgreichen Arbeitstag abschließen. Die Krönung erschien abends in Gestalt seines Freundes Bertram.

»Mir ist immer noch nicht ganz erfindlich, warum ein Mann Gottes und ein Mann meiner Statur immer den Weg zum Propheten nehmen muss und nicht umgekehrt«, sagte Bertram mit einem Lächeln.

»Das liegt daran, dass der Prophet den ganzen Tag körperlich aktiv ist und sich reichlich bewegt. Weder hat er es abends dann noch nötig, weitere Spaziergänge zu machen, noch verspürt er den Drang, überfüllte Städte zu besuchen.«

»Überfüllte Städte? Du erinnerst dich aber schon noch, dass ich Pfarrer in Tann bin, oder?« Bertram lachte den Jäger an.

Nun erst begrüßten sich die beiden Freunde herzlich mit einer Umarmung und gingen in das Jagdhaus hinein.

»Erzähl mal, was gibt es Neues von unserem Nabel der Welt in der Rhön?«

»Das große Gemurmel in der Stadt dreht sich natürlich um unser Gespräch mit dem Herrn Oberleutnant.«

»Kann ich mir denken. Der preußischen Armee fährt man nicht jeden Tag an den Karren.«

»Richtig, außerdem habe ich unseren verehrten Herrn Stadtrat Ludwig Holste getroffen. Er bat mich, dir noch ein paar Neuigkeiten auszurichten.«

»Dann leg los, ich bin schon gespannt.«

»Also die Sache mit dem Protestbrief des Herrn Generalmajors der Reserve hast du ja mitbekommen. Inzwischen haben wir herausgefunden, dass es wohl definitiv keinen Protest mehr durch den Stab des Regiments geben wird. Von Zotten steht also alleine da. Das ist ziemlich ungewöhnlich, weil die Armee üblicherweise auf ihre eigene gerichtliche Zuständigkeit bei Militärangehörigen pocht. Das macht sie auch, wenn der betreffende Soldat außerhalb der Kaserne eine Straftat begangen hat.«

»Und wie lässt sich das erklären?«

»Ludwig hat bei Hans Schweikardt, dem Hauptmann der 81er, angerufen. Der Regimentsstab hat sich deshalb dagegen entschieden, weil sie gelinde gesagt die Schnauze voll haben von den permanenten Einmischungen des ehemaligen Regimentschefs von Zotten. Außerdem wollen sie dieses schmierige Protegieren seines Schützlings, des feinen Herrn Oberleutnant, nicht mehr mitmachen«, sagte Bertram.

»Damit könnte das Landgericht gegen Mehlinger vorgehen?«

»Könnte es, leider ist man dort immer noch verschnupft, weil wir hier in Tann auf eigene Faust ermittelt haben. Die Kriminalisten sind jedenfalls stinksauer, nur der Richter scheint es wohl mit einem Schmunzeln in Richtung Provinz zu sehen. Ludwig meint, wir haben durchaus Chancen, dass der Richter den Oberleutnant noch diese Woche verhaften lässt. Allerdings müssten sie ihn dann erst einmal holen. Denn er hatte einen seelischen Zusammenbruch und man hat ihn für zwei Wochen in Erholung nach Bad Nauheim geschickt«, fuhr Bertram fort.

»Das darf doch nicht wahr sein«, entfuhr es Boni. »Wir haben einen Hauptverdächtigen, und das Heer schickt ihn in einen Kuraufenthalt! Jetzt können wir nur auf das preußische Landgericht hoffen, aber die Mühlen der Justiz mahlen langsam.«

»Na ja, offenbar reichten dafür die Verbindungen des Generalmajors noch aus, und der Stab war froh, die Persona non grata aus dem Blick zu haben.«

Die beiden Freunde sprachen noch den ganzen Abend über den Fall. Ausnahmsweise blieb das Schachspiel außen vor, und selbst das Bier wurde kaum angerührt.

Am nächsten Tag machte sich Boni nach dem vormittäglichen Reviergang auf in die Stadt, um einige Besorgungen zu erledigen.

Als er in Tann war und die üblichen Lebensmittel wie Zucker, seinen geliebten Bohnenkaffee, Tabak für seine Meerschaumpfeife, Lagerobst und einige weitere Dinge gekauft hatte, nahm er auch die neueste Ausgabe der Fuldaer Zeitung mit.

Im Friedrichshof wieder angekommen, schnappte er sich Bodo und ging auf die Nachmittagspirsch ins Revier. Das Rehwild war recht vertraut, und er hatte einen reichen Anblick. Am späten Nachmittag machte er Schluss und gab Bodo einen großen Napf mit Kraftfutter.

Während der Deutsch-Drahthaar schmatzte und er selbst seinen Eintopf schlürfte, las Boni die neue Ausgabe der Zeitung. Die Fuldaer Zeitung war kein überregionales Blatt wie zum Beispiel die Frankfurter Zeitung oder die vom Freiherrn bevorzugte Neue Preußische Zeitung, die alle wegen des Eisernen Kreuzes auf dem Titelblatt nur Kreuzzeitung nannten. Das Blatt aus der Reichshauptstadt war erzkonservativ und wurde wegen seiner intelligenten Artikel vor allem von der Oberschicht gelesen. Zu den Gründern der Zeitung zählte auch Bismarck. Boni fühlte sich jedoch mit der zwar katholischen, aber doch weniger nationalen Fuldaer Zeitung wohler. Außerdem enthielt sie wichtige Auslandsmeldungen und bei Weitem nicht nur Regionalnachrichten.

Heute war der Aufmacher die achtzehnte Weltausstellung im belgischen Lüttich. Zwei Jahre hatte man an den Pavillons gearbeitet. Das deutsche Gebäude war fast monumental und zählte mit den französischen und belgischen Pavillons zu den größten der Ausstellung. Schwerpunkte waren die deutschen Errungenschaften auf dem Gebiet der Chemie und Pharmacie, der Physik und der Technik. Die Eröffnung fand am 27. April statt. Im Artikel wurde über viele neue Erfindungen wie einen völlig neuartigen Kinematographen aus Frankreich berichtet. Eine Sache fand der Revierjäger außerordentlich interessant. Bei einer großen Schau wurde über die Bedeutung von Fingerabdrücken in der Kriminalistik berichtet. Es wurde erklärt, dass die Rillen der Fingerkuppen, von den Kriminalisten Tastfiguren genannt, offenbar Fettreste auf vielen Gegenständen hinterließen, die man sichtbar machen konnte. Die Tastfiguren waren nicht wirklich neu. Viele, die nicht schreiben konnten, unterzeichneten wichtige Verträge mit dem Fingerabdruck, das reichte Hunderte oder gar Tausende von Jahren zurück. Neu war hingegen, dass man die Abdrücke auch ohne Farbe sichtbar machen konnte. Dazu wurde Rußpulver auf der Oberfläche des Gegenstandes aufgetragen. Das Pulver bestand dabei aus Kohlenstaub. Danach nahm man einen Pinsel mit besonders vielen und weichen Borsten und wischte sehr vorsichtig darüber. Dann kamen die Tastfiguren zum Vorschein. Einen Nachteil gab es jedoch: Es war nur möglich, Fingerabdrücke auf glatten Oberflächen wie Glas oder Metall zu nehmen. Auf Holz oder gar Stoff funktionierte das Verfahren nicht.

Der Quantensprung für die Kriminalistik lag im wahrsten Sinne des Wortes auf der Hand beziehungsweise auf der Fingerkuppe. Denn auch nach Tausenden von Proben hatte sich bestätigt, dass jeder Abdruck einzigartig war, nicht einmal eineiige Zwillinge hatten die gleichen Fingerkuppenlinien.

Damit kann die Kriminalistik unbeabsichtigt hinterlassene Fingerabdrücke entdecken und entsprechende Nachweise liefern. In dem Beitrag wurde erwähnt, dass 1902 in Frankreich ein erster Mord mithilfe dieser neuen Technik aufgeklärt werden konnte.

Nicht auszudenken, was passieren würde, kämen sie an die Mordwaffe heran und würden das neue Verfahren einsetzen, dann könnten sie vielleicht auch nachweisen, wer die Waffe benutzt hat.

Boni blätterte in Gedanken versunken weiter, faltete die Zeitung zusammen und überflog noch einmal auf der Titelseite die Ankündigung der Heirat des deutschen Kronprinzen Wilhelm mit der Herzogin Cecilie von Mecklenburg-Schwerin. Es würde das gesellschaftliche Ereignis des Jahres werden. Das Paar war seit dem September letzten Jahres verlobt, und alle Menschen warteten ungeduldig auf die Heirat. Boni nahm sich von dieser Ungeduld aus. Dennoch, es ging um den künftigen Kaiser, und da lohnte ein näherer Blick auf das Photo. Er spürte, dass hier eine starke Frau an die Seite des künftigen deutschen Kaisers getreten war. Das hatte eine gewisse Tradition bei den Hohenzollern. Nicht wenige meinten, es habe bereits mehr starke Königinnen hinter schwachen preußischen Königen gegeben als umgekehrt. Kaiser Wilhelm II. schien vielleicht eine Ausnahme. In Berlin dagegen munkelte man, zumindest dem Tratsch nach in den Gazetten, dass der Kaiser bei wichtigen Dingen als letzte Instanz immer den Ratschluss der Kaiserin einholte.

Als Boni das Photo erneut betrachtete, musste er an die junge Freifrau Franziska von Waldenberg denken. Auch sie hatte dunkle Haare, war nicht zu feinnäsig und strahlte eine Energie aus, die auf ihn anziehend wirkte. Ganz abgesehen von ihrem Charme, der Boni regelmäßig in seinen Bann schlug. Außerdem ritt sie wie der Teufel, mochte die Natur mindestens genauso wie er und hatte einen herzerfrischenden Humor. Da er aber nun einmal bestenfalls Jagdgraf der Buchenwälder oder Feldherzog der Fuchsbaue war, stand sie außerhalb seiner Reichweite.

# Kapitel 21
## »Die Vollendung«

Seit der Jagd auf den Mörder seines Vaters waren einige Wochen vergangen. Er war aufgeregt gewesen, als er damals nach Hause kam. Die Hände hatten ihm zuerst gezittert, und gleichzeitig war da in ihm eine große Befriedigung gewesen. Zu lange hatte er auf diese Gerechtigkeit gewartet, viele Jahre darauf hingearbeitet.

Die Nacht verbrachte er in einem tiefen beruhigenden Schlaf. In seinem Traum sah er die ganze Zeit seine Eltern vor sich. Sie waren beide wieder vereint an einem besseren Ort. Er musste sich eingestehen, dass er nicht genau wusste, wie dieser Ort aussah. Für ihn stand nur fest, es musste etwas nach dem Tode geben, es musste weitergehen.

Zu viel stand davon in der Bibel, Christen glaubten ohnehin an die Auferstehung. Praktisch alle großen Religionen sprachen vom Leben nach dem Tod.

Für ihn war es jedenfalls immer tröstlich gewesen, wenn er in verzweifelten Momenten den Mut für das Leben verlor. Wie damals als kleiner Bub, als sein Vater urplötzlich aus dem Leben gerissen wurde, ohne Vorwarnung, ohne Krankheit, ohne Abschied. Genau das war das Bitterste, er konnte ihn nicht mehr drücken, ihm nicht mehr sagen, dass er ihn liebte.

Es half, wenn er sich vorstellte, dass der Vater nicht einfach weg war. Bestenfalls war sein Körper nicht mehr auf Erden, aber seine Seele, sein Geist musste irgendwo sein. Oft schaute er die Jahre gen Himmel und war sich sicher, dass sein Vater auf ihn herabschaute, er die Schritte seines Sohnes auf Erden verfolgte. Im Geiste lobte er ihn, tadelte ihn, spendete ihm Kraft, wenn die Lage manches Mal auch aussichtslos schien.

Und selbst wenn dem nicht so war, er glaubte so lange an die Vorstellung, bis ihm jemand das Gegenteil beweisen würde. Dieser Gedanke mit den Liebsten im Himmel war ein großer Trost, gab ihm Energie und den Willen weiterzumachen. Sollten andere anderer Meinung sein, er würde nicht davon abweichen.

Doch seine Einstellung zu dem einen Gott wandelte sich im Laufe der Jahre. Als seine Mutter wenige Jahre später vor lauter Kummer im Hungerelend starb, war für ihn auch der letzte Glaube an einen gnädigen, gutmütigen Gott, der sich um alle seine Kinder kümmert, vorbei. Der Gott, den er vor sich sah, der war unbarmherzig, kalt, ein höheres Wesen, das seine Schöpfung alleinließ. Man musste sich selbst helfen. Lautete nicht eine Stelle in der Bibel: »Hilf dir selbst, dann hilft dir Gott?«

Genau das hatte er getan, er hatte angefangen, für sich und seine kleine Schwester zu kämpfen, sich emporzuarbeiten beim Militär. Ein bescheidener Wohlstand hatte sich eingestellt, und er konnte sie aus dem Waisenhaus holen. Einige Jahre bezahlte er dann die Miete für ein winziges Zimmer bei guten Leuten für sie, bis sie als Hausmädchen ein eigenes Einkommen hatte und bei einem ehrlichen Dienstherrn unterkam.

Die große Aufgabe schleppte er über die vielen Jahre immer mit sich. Egal, wo er war, egal in welchem Manöver, welcher Ausbildung oder später auch den ersten Kämpfen, sobald Ruhe einkehrte, musste er an seine Pflicht denken, für Gerechtigkeit zu sorgen. Er war es seinen Eltern und sich selbst schuldig.

Die Vorbereitungen nahmen sehr viel Zeit in Anspruch. Es brauchte einen ausgeklügelten Plan, und natürlich musste ihm der Zufall gnädig sein und einen guten Kameraden abgeben. Als er dann das Geld zusammenhatte, um seinen Plan in die Tat umzusetzen, da stand der Zufall mit ihm in der vordersten Reihe und er ließ ihn zum Zuge kommen. Den Rest erledigte er selbst. Eiskalt vollstreckte er das Urteil, ohne Gnade und erst recht ohne Mitgefühl.

Der Mörder seines Vaters hatte damals auch kein Mitgefühl gekannt und noch nicht einmal den Anstand besessen, bei ihnen persönlich aufzutauchen. Er hatte fünfzig Mark für die Beerdigung gespendet, wie ihm Jahre später seine Mutter erzählte. Jegliche weitere Verantwortung hatte er abgelehnt. Es sei einfach ein Unfall gewesen, Pech sozusagen, das Berufsrisiko als Treiber. Diese Sätze, die sie über Dritte erfuhren, hatten ihn aufs Äußerste erzürnt.

Auch für sogenannte Unfälle musste man einstehen, und in diesem Fall hatte sich der Mörder gedrückt. Sein adliger Titel schützte ihn zusätzlich. Wäre es umgekehrt gewesen, dass ein bäuerlicher Jäger aus Versehen einen Grafen erschoss, dann hätte mindestens Zuchthaus, wenn nicht das Handbeil auf ihn gewartet. Da war er sich sicher.

Aber er hatte diese eine Ungerechtigkeit aus der Welt geschafft, dafür gesorgt, dass der Mörder seine Strafe erhalten hatte. Jetzt musste noch der Mörder seiner Mutter zur Verantwortung gezogen werden.

Bereits seit einiger Zeit hatte er den Uhrmacher beobachtet. Der Laden mit der kleinen Werkstatt lag am nordwestlichen Ausgang von Tann kurz vor den letzten Häusern, die hier etwas weiter auseinanderstanden als innerhalb der alten Stadtmauern.

Von der ärmlichen Hütte kurz vor Günthers, in der sie die letzten Jahre bis zum Tod der Mutter verbracht hatten, war es nur ein Katzensprung. In der Umgebung reihte sich ein Acker an den anderen, dazu ein paar Wiesen, aber fast kein Baum. Das Dorf hatte rund dreihundert Einwohner und zählte zu den Ländereien der Freiherrn von Waldenberg. Dennoch war die Siedlung eigenständig und gehörte nicht unmittelbar zu Tann. Die Menschen in Günthers hatten ihnen noch ab und zu ein paar Kartoffeln gegeben. Dabei waren sie meist selbst arm und kamen mit der Landwirtschaft nur leidlich über die Runden. Es war wie so oft, wenn man im Elend lebte, dann durfte man von den Wohlhabenden und Reichen nicht viel erwarten. Nur die, die selbst Not litten, gaben einem noch etwas ab.

Nach und nach kannte er die Gewohnheiten des Uhrmachers. Er lebte allein, arbeitete selten am Vormittag und öffnete seinen Laden nur nachmittags von drei bis sechs Uhr. Dafür reparierte er Uhren bis spät in die Nacht, oft bis über Mitternacht hinaus.

Er entschied sich für ein deutliches Zeichen, der Himmel sollte sehen, dass er nun richtete. Dafür hatte er über mehrere Tage allerlei Vorbereitungen getroffen. Heimlich einen Handwagen besorgt, Erledigungen im entfernten Hilders gemacht, nur damit nicht sofort ein Verdacht aufkäme. Werkzeuge hatte er besorgen müssen, Schrauben, Holzleisten und Keile. Dann musste der richtige Tag gewählt werden. Es sollte ein Freitag sein, der Wochentag, an dem der Mörder seine Mutter hatte sterben lassen.

Als der Abend dämmerte, machte er sich fertig und zog zwei Stunden nach Sonnenuntergang los. Es war stockdunkel, der Mond war nur als kleine Sichel zu sehen. Das minderte deutlich die Gefahr, von Nachbarn oder dem Uhrmacher vorzeitig entdeckt zu werden.

Die Straße kannte er wie seine Westentasche. Dafür brauchte er kein Licht, die Strecke verlief zwar leicht bergauf, aber er war voller Tatendrang und hatte nur ein Ziel vor Augen. Den schweren Handwagen spürte er nicht, auch nicht den kühler werdenden Wind. Überhaupt, Wind war gut, das war perfekt und kam wie bestellt.

Er stellte den Handwagen ab und ging mit einem Rucksack sowie sechs schweren Brettern zum Haus. Dort wartete er über zwei Stunden, bis das Licht im Haus erlosch. Damit der Uhrmacher auch wirklich schlief, verharrte er noch eine weitere Stunde. Anschließend nahm er aus dem Rucksack die Holzkeile heraus und auch die Bretter. Er schlich zur Hintertür und drückte mit großer Kraftanstrengung je zwei der Holzkeile darunter. Das Häuschen hatte hinten nur zwei Fenster zum Garten hinaus, eines war in der Werkstatt, das andere in der Küche. Der Uhrmacher war im Männergesangsverein 1888 von Tann und war dort jeden Sonntagabend zur

Probe. Genau zu dieser Zeit hatte er heimlich kleine Löcher an den Holzrahmen der Fenstereinfassungen vorgebohrt und mit Farbe so fein ausgebessert, dass man sie nicht entdecken würde. Nun nahm er die Schrauben, rieb sie mit etwas Fett ein, hielt die Bretter an die Fenster und drehte die Schrauben ganz langsam in die Löcher.

Der Uhrmacher schnarchte laut vernehmlich, dennoch wollte er kein Risiko in Kauf nehmen und führte jede Bewegung langsam und behutsam aus. Jetzt schlich er zurück zum Handwagen, zog ihn auf die Straße bis zur Vorderseite des Hauses und schraubte zunächst zwei stabile Bretter vor die Läden des großen Auslagefensters. Er öffnete die Tür mit einem Dietrich und nahm mehrere der vorbereiteten Weinflaschen aus dem Handwagen. Ganz leise goss er den Inhalt über die Vorhänge, den Teppichboden und vor allem über die ersten Stufen der Holztreppe, die nach oben zur Schlafkammer direkt unter dem Dach führte. Jetzt nahm er einen Kienspan, zündete ihn an und warf ihn zur Treppe, die sofort Feuer fing. Er beeilte sich zur Tür hinauszukommen. Kaum war er draußen, nahm er auch hier zwei Holzkeile und presste sie unter die Tür. Bevor er in Deckung ging, holte er einen goldenen Ehering aus seiner Tasche, der an einer ebenfalls goldenen Kette hing. Die Kette legte er um den eisernen Türgriff des Hauses.

Es dauerte viel länger, bis das Feuer sich im Laden und der kleinen Werkstatt ausgebreitet hatte, als er vermutet hatte. Durch die Fenster im Garten konnte er von seinem Platz hinter der Hecke sehen, wie das Feuer immer gefräßiger wurde. Das Schnarchen des Uhrmachers war längst nicht mehr zu hören, so wild knackte es jetzt. Die

Feuersbrunst hatte das Erdgeschoss inzwischen vollkommen in Besitz.

Da kamen erste Schreie vom Dach. Der Uhrmacher schien zu versuchen, die Dachluke zu öffnen. Doch diese hatte er schon vor Tagen verkeilt. Nun hechelte der Mörder seiner Mutter an dem kaum zwanzig Zentimeter großen Spalt. Er hörte, wie der Uhrmacher immer wieder versuchte, die Dachluke aufzustoßen. Doch sie war zu massiv, schließlich sollte auch kein Dieb darüber in das Haus eindringen.

Panikschreie durchbrachen die Nacht. Der Mörder seiner Mutter wurde bei lebendigem Leibe verbrannt. Das schemenhafte, angst- und schmerzverzerrte Gesicht war kaum zu sehen, und auch die Schreie waren nur noch wenige Minuten zu hören, dann verstummten sie. Die sich krampfhaft an der Luke festklammernden Hände rutschten ins Innere, in die Feuerbrunst hinein. Es war geschafft, der Mörder brannte lichterloh.

Wieder blickte er zum Himmel und sah seine Eltern, wie sie zustimmend und milde lächelnd auf ihn herabschauten.

## Kapitel 22
## »Erinnerungen tauchen auf«

Die freiwillige Feuerwehr von Tann hatte bis in die Morgenstunden tapfer gekämpft. Zwanzig Wehrmänner und auch die Nachbarn schleppten einen Wassereimer nach dem anderen. Dabei hatte die Wehr gleich zwei Handpumpen und die große mechanische Wagenpumpe im Einsatz. Mehr als ein Übergreifen des Feuers auf die umliegenden Gebäude konnte sie aber nicht mehr verhindern. Als sie eingetroffen waren, hatte das Haus des Uhrmachers Johannes Balders bereits lichterloh gebrannt. Es grenzte fast an ein Wunder, dass die nur wenige Meter entfernt stehenden Nachbarhäuser nicht ebenfalls dem Feuer anheimfielen.

Am nächsten Tag war das Feuer das Thema in ganz Tann. Viele Bürger erinnerten sich an die Feuerkatastrophe von 1879. Damals waren große Teile der östlichen Altstadt abgebrannt. Zu hoch waren die Flammen geschlagen.

Der Bürgermeister und der Stadtrat dankten den tapferen Männern der Feuerwehr, die bis weit über ihre Grenzen gegangen waren, um Schlimmeres zu verhindern. Ganz Tann stand in den frühen Morgenstunden am Straßenrand und jubelte, als die Männer mit dem Wehrführer voran zum Spritzenhaus zogen. Völlig abgekämpft und dennoch zufrieden über den Ausgang ihrer Mühen kehrten die Männer in ihre Häuser zurück.

Boni hatte erst gegen Mittag von dem Brand gehört. Auch er war geschockt. Den großen Stadtbrand hatte er als junger Mann erlebt. Es war schrecklich, nicht alle hatten sich damals retten können, und viele Bürger hatten den Verlust ihrer gesamten Existenz erlebt. Im Nachgang half der damalige Freiherr von Waldenberg mit großzügigen Spenden, die Not zu lindern. Auch viele Nachbargemeinden spendeten Alltagsgegenstände, und selbst im katholischen Fulda wurden Geldspenden für die abgebrannten Tanner gesammelt, wenn auch nicht durch die katholische Kirche selbst.

Boni schnappte sich seinen Deutsch-Drahthaar und ging sofort hinunter zur Stadt. Vorher besah er die Reste des Uhrmacherhauses. Es standen nur noch das Steinfundament mit dem hüfthohen Sockel, die drei Steinstufen zum ehemaligen Eingang und einige verkohlte Balken des Fachwerkhauses. Das Dach war komplett eingestürzt. Der Gendarm Koch war schon vor Ort und hatte gemeinsam mit dem Arzt die verbrannte Leiche von Johannes Balders entdeckt.

Gerade ging der Revierjäger die drei Steinstufen empor, da stieß er gegen ein verkohltes Stück Holz unter den Resten der Eingangstür. Er betrachtete es genauer. Es war eindeutig ein angekohlter Holzkeil.

»Guten Morgen, verehrter Herr Polizei-Sergeant!«, grüßte Boni.

»Burgmüller, was wollen Sie hier? Ich habe zu tun«, antwortete der Gendarm kurz angebunden.

»Das sehe ich. Unter der Türkante habe ich das hier gefunden, einen Holzkeil.«

»Sie wollen mich auf den Arm nehmen. Geben Sie her!«, forderte der Gendarm den Jäger auf. Dann wurde er bleich im Gesicht: »Das kann doch nicht wahr sein, unfassbar, dann wäre das hier ja Mord, ein Brandmord! Ich kann es nicht glauben, meine ganze bisherige Dienstzeit ist alles ruhig, und dann passieren innerhalb von vier Wochen zwei Morde.«

Den ganzen Tag über untersuchte der Gendarm die Brandstelle. Er fand ein Brett, das mit einer Schraube an einem Fensterladen befestigt war. Und an der hinteren Gartentür entdeckte er ein verkohltes Holzstück, das wie ein weiterer Holzkeil aussah. Er hatte Gewissheit: Es war Brandstiftung. Aus diesem Grund war Johannes Balders nicht aus dem Haus gestürmt. Erneut hatte ein Mörder zugeschlagen.

Der merkwürdigste Fund war allerdings eine Kette mit einem Ehering daran, die an den Resten der eisernen Türklinke am Eingang hing. Allerdings war der Ring ohne Gravur. Keiner konnte sich das erklären.

Boni ging zurück zum Friedrichshof. Zwei Morde kurz hintereinander. Das hatte es in Tann noch nie gegeben, soweit er sich erinnern konnte. Hingen die beiden Verbrechen etwa miteinander zusammen? Es war nicht auszuschließen, auch wenn ihm nichts einfiel, was einen Grafen und einen Uhrmacher verband.

Andererseits, in beiden Fällen hatte der Mörder am Tatort etwas hinterlassen. Der Graf hatte eine Fasanenfeder im Rachen stecken, und am Haus des Uhrmachers hing eine Kette mit einem Ehering, allerdings ohne Gravur. Insofern hatten die beiden Morde die Art des Motives wohl gemeinsam und die Ausführung als Fanal, als Bestrafung für eine Tat. Der Revierjäger musste nachdenken.

Es war Samstag, und am Abend kam Bertram zum obligatorischen Treffen. Boni hatte gestern noch ein Wildschwein erlegt. Nach alter Tradition gewährte der Freiherr ihm immerhin das kleine Jägerrecht. Dem Erleger stand eigentlich das große Jägerrecht zu, er bekam das Haupt, den Hals sowie die Brust bis zur dritten Rippe, die Bauchlappen und das Fell beziehungsweise die Decken oder Schwarten. Noch vor sechzig Jahren war das die ganze Entlohnung für einen Berufsjäger.

Heute bekam Boni einen festen Lohn, deshalb hatte der Freiherr den Anteil auf das kleine Jägerrecht reduziert. Damit durfte Boni nur noch die essbaren Innereien wie das Herz, die Leber, die Nieren und die Milz behalten. Alles musste möglichst frisch sein, maximal vom Vortag. Deshalb hatte er nun alles klein geschnitten und briet es in einer großen gusseiserenen Pfanne gemeinsam mit viel Zwiebeln an.

Er hatte noch getrocknete Stein- und Austernpilze, die fügte er mit etwas Gemüsesud hinzu. Dazu kam etwas Schmand. Alles köchelte nun langsam vor sich hin. Das halbe Haus duftete schon nach dem feinen Wildfleisch. Nun fehlte noch etwas Rotkraut. Seine Mutter hatte mehrere dieser neuartigen Einmachgläser der Firma Weck gekauft und sie ihm unter anderem mit Rotkraut befüllt. Der Vorteil der Gläser war, dass man auch extrem gering gesalzenes oder überhaupt nicht mit Essig behandeltes Gemüse lange aufbewahren konnte. Er nahm das Rotkraut heraus und gab etwas Wacholder, zwei Lorbeerblätter und ein paar Nelken hinzu. Dann setzte er noch Salzkartoffeln auf. Kaum war er fertig, klopfte es an die Tür.

»Die letzten paar Meter bin ich quasi geschwebt, so schnell war mein Endspurt bis zu deiner Hütte noch nie. Guten Abend, grünröckiger Bonifatius, Heiliger aller Kochkünste.«

»Rede nicht so geschwollen, komm rein«, lachte Boni.

Die beiden genossen das Essen, und der Revierjäger konnte seinen Freund gerade noch davon abhalten, die Pfanne auszulecken. Ihnen war beide heute nach einigen Bieren zumute. Boni hatte glücklicherweise noch zwei große Fünf-Liter-Krüge Bier von der Krone mitgenommen. Das Bier war nicht billig. Ein halber Liter kostete in der Krone zwölf Pfennig. Falls man es mitnehmen wollte, verlangte der Wirt immer noch zehn Pfennig obendrauf.

Boni goss das erste Bier in die Krüge. »Gibt es noch Neuigkeiten vom Gendarmen?«

»Kann man sagen. Unser sogenannter Polizist behauptet steif und fest, die Morde hätten nichts miteinander zu tun. Schließlich sei das eine Opfer mit der Kugel und dem Messer ins Jenseits geschickt worden und das andere verbrannt.«

»Wie kann man nur so einfältig sein. Ich glaube, wir beide sind uns einig, die Fälle hängen sehr wohl zusammen, und mein untrügliches Bauchgefühl sagt mir, sie tun es auch. Beide Morde wurden nahezu bestialisch verübt, die Opfer litten unsagbare Schmerzen, bevor sie es hinter sich hatten. Das war so beabsichtigt. Der Mörder wollte seine Opfer geradezu hinrichten, langsam und qualvoll sollten sie sterben. Danach hatte er jedes Mal sehr ungewöhnliche Zeichen mit wohl großer Symbolkraft für ihn hinterlassen: das eine Mal eine Fasanenfeder im Rachen des Grafen und das andere Mal einen Ehering an der Eingangstür des Uhrmachers. Die Frage ist nur, welche Verbindung haben die Morde und wie bekommen wir das heraus?«, grübelte der Jäger.

»Gut gefragt! Lass uns mal überlegen, beide Opfer wurden in Tann umgebracht. Das kann kein Zufall sein. Es muss sich hier etwas zugetragen haben, an dem beide beteiligt waren. Ich schlage vor, du nutzt die Kontakte zu deinem Dienstherrn, und ich werde die allwissenden älteren Damen unserer Gemeinde ein wenig ausfragen. Die sind nach Gott nämlich de facto meine Dienstvorgesetzten, wenn ich mir so deren Anzahl beim sonntäglichen Gottesdienst anschaue.«

Der Revierjäger lächelte. Das klang nach einer logischen Annahme und nach einem vernünftigen Plan. »Gut, ich werde gleich am Montag zum Schloss gehen und mit allen wichtigen Leuten sprechen. Bin gespannt, ob ich Überraschungen erlebe. Und jetzt lass uns anstoßen, meine Kehle ist vom Reden schon ganz trocken.«

»Auf den Kaiser und das Reich«, sagte Bertram beiläufig und hob den Bierkrug.

»Lass mal den Kaiser in Berlin einen guten Mann sein, und das Reich kommt bestimmt in diesem Moment auch ohne uns aus. Lass uns lieber auf Gottes Schöpfungen in der Natur anstoßen. Prosit und Horrido!« Die Tonkrüge stießen aneinander.

Am nächsten Morgen gönnte sich Boni den allwöchentlichen Badetag, heizte den Boiler an und stieg in die Wanne mit dem warmen Wasser. Zur Feier des Tages griff er sogar zu der Rosenholzseife, die ihm seine Mutter zum letzten Weihnachtsfest geschenkt hatte.

Obwohl er sonntags frei hatte, unternahm er seinen üblichen Pirschgang im Revier. Seine Arbeit war für ihn Berufung und nicht bloß Broterwerb. Außerdem, und das war kein geringer Grund, tat die Bewegung an der frischen Luft seinem mit so vielen Gedanken bepackten Kopf und der Seele gut.

Den Rest des Sonntags verbrachte er damit, seine Ansichtskartensammlung zu sortieren. Im Laufe der Jahre war einiges zusammengekommen. Jeder in Tann kannte seinen Tick, und das war der Sammlung sehr zuträglich. Denn sobald eine Karte aus dem Ausland bei einem Bürger ankam und gelesen war, ging sie an Boni, sofern sie nicht selbst zur Erinnerung behalten wurde. Dies verhieß ein steter Zustrom von Karten aus allen fernen Ländern, in die Deutsche ausgewandert waren. Eine Ansichtskarte hatte er aus Swakopmund in Deutsch-Südwestafrika vom Schmied bekommen. Sein Sohn war dorthin ausgewandert. Der Sohn schrieb wohl einmal die Woche, und der Schmied hatte schon mehr als genug Karten. Boni las flüchtig die Rückseite. In sehr kleiner Schrift hatte Schmieds Sohn von der letzten Großwildjagd berichtet und dass es einen der Hilfsjäger mit einem Streifschuss erwischt hatte. Ein Jagdunglück, das glimpflich ausgegangen war.

Der Revierjäger ordnete die Karte in seiner Holzkiste unter Afrika ein. Das Motiv war ausgezeichnet. Swakopmund war vom Anlegesteg, also von der Meerseite, aufgenommen worden. Wäre nicht der Sand von der Wasserkante bis zu den Häusern zu sehen gewesen, dann hätte es wegen der deutschen Architektur und der kaiserlichen Fahne auf einem der Gebäude das Bild eines Ostseebads sein können.

In der Nacht schlief Boni unruhig, er dachte die ganze Zeit über die möglichen Hintergründe der Morde nach. Da musste doch etwas in der Vergangenheit zu finden sein. Ein kleiner Betrug, ein einfacher Nachbarschaftsstreit oder ähnliche Bagatellen hatten wohl kaum zu solchen Taten Anlass gegeben. Es musste sich etwas Schlimmeres zugetragen haben.

Nach dem Frühstück zog er seine gute Uniform an, nahm Bodo an die Leine und setzte seinen Hut auf. Die etwas über zwei Kilometer bergab hatte er schnell hinter sich gebracht. Als er vor dem Schloss stand, machte er eine kurze Pause. Das Frühjahr war die hohe Zeit der Blumenpracht, und der Schlossgärtner harkte gerade die Erde um die Rosenstöcke, die bald austreiben würden.

Boni wandte sich als Erstes an den Gärtner. Doch auch noch so viele Nachfragen erbrachten nichts. Er konnte sich bis auf die Sache mit dem Stadtbrand an nichts erinnern, an keine größeren Straftaten, weder an heftigen Streit zwischen Bürgern noch an andere ungewöhnliche Dinge. Er wusste nur, dass dieser damals nie komplett aufgeklärt worden war und dass ein Funkenflug im Hause des Schneiders ihn ausgelöst hatte. Als Rachegrund fiel der Brand daher aus.

Der Jäger ging durch die Toreinfahrt ins Schloss. Nach dem üblichen Prozedere wurde er vorgelassen. Er erzählte dem Freiherrn von seinem Verdacht und sprach eine gute halbe Stunde mit ihm darüber. Doch auch er konnte Boni nicht weiterhelfen.

Auch mit dem Hausdiener redete er ohne Erfolg. Als er gerade zu den Stallungen wollte, begrüßte ihn Klee, der Verwalter der fürstlichen Besitzungen. Der Mann war bereits seit vielen Jahre Verwalter, aber machte mit seiner schlanken Figur immer noch einen aktiven Eindruck. Von der Forstverwaltung über einige Gutshöfe, das Sägewerk, die Schlossbrauerei und zwei weitere Geschäfte in Tann hatte er praktisch die Verwaltung des ganzen Familienvermögens des Freiherrn unter sich. Entsprechend sah er in Boni immer nur ein Rädchen in der Maschine, die er steuerte. Der Revierjäger unterstand allerdings disziplinarisch direkt dem Freiherrn, nur die Jagderfolge, also das Wildfleisch, die Trophäen und die Felle, nahm Klee an sich und führte die Erträge dann der Kasse zu.

»Bonifatius, guten Morgen. Was macht die Jagd? Bald geht der Bock auf, und wir freuen uns schon darauf«, sagte der Verwalter.

»Guten Morgen, Herr Klee. Es sieht gut aus. Der Bestand ist in diesem Jahr besonders hoch, und von den starken Böcken aus dem Herbst haben sich bereits ein paar wieder blicken lassen. Das ist jedes Jahr das Gleiche. Über den Winter sind sie wie von der Platte geputzt und tauchen dann erst auf, wenn sich der Nachwuchs im Mai ankündigt, um schon einmal sachte die Damenwelt zu sondieren, damit in der Blattzeit von Mitte Juli bis Mitte August auch bloß nichts anbrennt«, antwortete Boni.

»Richtig so, behalten Sie bloß die kapitalen Böcke im Auge. Der Freiherr wird wieder einige Jagdgäste haben, und denen will er natürlich zu einem schönen Jagderfolg verhelfen.« Klee wollte gerade weitergehen, da sprach ihn Boni nochmals an.

»Ich habe da noch eine wichtige Sache auf dem Herzen. Wie Sie vielleicht wissen, bin ich beim Auffinden des toten Grafen dabei gewesen und habe danach auch die Hinweise auf den Mord entdeckt.«

»Das weiß mittlerweile ganz Tann. Sie machen unserem armen Gendarmen Koch schon seine Stellung streitig«, lachte der Verwalter.

»Das war nicht mein Ziel, aber der Graf war immerhin auch mein Jagdgast, und ich schätze es nicht besonders, wenn Dritte nach deren Leben trachten und auch noch erfolgreich dabei sind.«

»Ja, ist schon gut, war nicht böse gemeint. Ich bin etwas in Eile. Was kann ich für Sie tun?«

»Ich habe lange über den Fall nachgedacht und bin mir sicher, dass sich viele Jahre zurückliegend etwas zugetragen haben muss, was den Mörder zu seinen Taten veranlasst hatte. Denn bei beiden Morden, auch beim Tod von Johannes Balders, wollte jemand ein Zeichen setzen«, erklärte der Jäger.

»Hm, wenn ich mal die letzten Jahrzehnte zurückgehe, dann fällt mir einiges ein. Der deutsche Bruderkrieg gegen die Österreicher, der gegen die Franzosen, die Reichsgründung, die Thronbesteigung unseres Kaisers ...«

Boni unterbrach ihn freundlich. »Das meinte ich nicht, das betraf ja das ganze Land. Es muss sich etwas ganz Erschütterndes in Tann zugetragen haben. Ein Vorfall, der so arg war, dass sich jemand Jahrzehnte später zu zwei Morden aufmacht.«

»Den Stadtbrand 1879 haben Sie auch mitbekommen. Wäre der Schneider nur nicht so dämlich gewesen. Es gab einige Unfälle, ein Sturz von der Leiter, ein abgesägter Finger im Sägewerk und so weiter. Aber etwas wirklich Schlimmes?«

»Überlegen Sie bitte, es muss etwas passiert sein«, hakte der Jäger nochmals nach.

»Tut mir leid, aus der Tanner Geschichte fällt mir nichts so richtig ein«, schloss der Verwalter.

Boni verabschiedete sich und wandte sich ab. Die Sonne schien heute unerbittlich, blendete ihn. Schweiß rann seine Stirn hinab. Nicht auszudenken, wie heiß es bei seinem Freund Hermann in Deutsch-Ostafrika war. Die Sommer in der Rhön reichten ihm. Aber das war es: Afrika! Ihm kam urplötzlich die Ansichtskarte des Sohnes vom Schmied mit dem kurzen Text in den Sinn. Er ging Klee ein paar Schritte nach.

»Sagen Sie, Klee, eine Frage habe ich noch. Gab es eigentlich mal einen Jagdunfall vor meiner Zeit, vielleicht sogar zu Zeiten des alten Freiherrn? Bei einer Fasanenjagd unter Umständen?«

»Himmel, Sie haben recht, das war, nicht viele Jahre bevor Sie als neuer Revierjäger Ihre Stellung angetreten haben. Der junge Freiherr war gerade zu Studienzwecken in England, und der alte Freiherr hatte das Zepter noch fest in der Hand«, erzählte Klee.

»Was war passiert?«, fragte Boni.

»Wir hatten im Oktober eine Treibjagd auf Fasane. Mit dabei war ein junger Jagdgast, der so aufgeregt war, dass er in Richtung der vom Berg kommenden Treiberlinie schoss. Dadurch wurde ein Treiber so unglücklich getroffen, dass er kurz darauf verstarb. Es wurde damals alles genauestens untersucht, und der Treiber war wohl doch zu unvorsichtig unterwegs gewesen. Jedenfalls wurde gegen den Schützen keine Anklage erhoben, und die Untersuchungen sprachen von einem tragischen Unfall. Um Gottes willen ...« Volkhard Klee wurde plötzlich kreidebleich und musste sich an einer Hauswand festhalten.

»... und der Unglücksschütze war der damals noch blutjunge Graf von Buchen«, vollendete der Revierjäger den Satz.

»Richtig, mir wird schlecht, ich muss mich setzen.«

Sie gingen zum großen Barockbrunnen vor dem Schloss und setzten sich auf die Stufen. Es dauerte eine Weile, bis sich der Verwalter wieder einigermaßen im Griff hatte. Denn Klee war klar, dass der Jagdunfall mit den aktuellen Morden zusammenhängen konnte.

»Erzählen Sie weiter. Wer war der erschossene Treiber?«, fragte nun Boni den immer noch um Luft ringenden Verwalter.

»Das war ein ärmlicher Bauer aus Günthers. Deshalb hatte ich das die ganze Zeit auch nicht vor Augen, weil Günthers ja kein Stadtteil von Tann ist.«

»Hatte er Familie?«

»Ja, er hatte eine Frau, einen jungen Buben und eine noch jüngere Tochter. Die ganze Familie stürzte danach ins Elend. Der Hof musste verkauft werden, und sie wohnten in einer ganz ärmlichen Hütte. Soweit ich weiß, ist dann auch noch die Mutter früh verstorben. Der Junge machte sich aus dem Staub, und das Mädchen kam ins Waisenhaus nach Fulda.«

»Haben Sie jemals wieder etwas von der Familie gehört?«

»Nein, die Kinder sind nie mehr zurückgekehrt, zumindest weiß ich davon nichts.«

»Wie hieß denn die Familie?«

»Krämer oder so ähnlich«, antwortet Klee.

»Ihnen ist bewusst, dass Sie mir jetzt einen enorm wichtigen Hinweis gegeben haben? Eine Spur, die ich sofort verfolgen werde, natürlich gemeinsam mit unserer Königlich-Preußischen Polizei.«

»Bewusst ist gut, das ist jetzt mehr als klar. Wenn der Bub überlebt hat und heute nur einigermaßen handlungsfähig ist, dann hätte er allen Grund, Rache zu üben«, meinte Klee.

Boni überlegte, das war eine wirklich heiße Spur oder, um in der Jägersprache zu bleiben, der Schweiß, also das Blut des verletzten Tieres, war noch nicht trocken, sondern ganz frisch. Er musste an den Uhrmacher denken.

»Können Sie sich denken, warum der Mann vielleicht auch Johannes Balders umbringen wollte?«

»Das ist mir schleierhaft, der war natürlich nicht bei der Jagdgesellschaft. Ich habe keinen blassen Schimmer. Er hatte überhaupt rein gar nichts mit dem Jagdunfall zu tun.«

Boni bedankte sich bei Klee. Er musste sich schnell mit Bertram treffen, da fügte sich etwas zusammen.

# Kapitel 23

## »Der Gottesacker«

Der Revierjäger ging am Marktplatz von Tann vorbei. Heute war das Wohnzimmer der Rhönstadt prall gefüllt. Viele Menschen kamen aus den umliegenden Dörfern zu dem monatlichen Markt herbeigeströmt, den Tann seit dem Mittelalter abhielt. Bürstenmacher, Händler für Kurz- und Weißwaren, Bauern, die noch die alten Winterkartoffeln anboten, Metzger mit allerlei Fleischwaren vom geräucherten Schinken über Schweinskopfsülze bis zu Frankfurter Würstchen, Kräuterfrauen, Krämer mit Töpfen, einfachem Besteck, Pfannen und anderen Metallwaren, fahrendes Volk mit Wundermitteln, Seifensieder, Schreiner mit hölzernen Kochlöffeln und Schalen und viele weitere findige Kaufleute und Handwerker. Der Trubel war jedes Mal ein Fest für die Stadt, und die Händler ließen am Abend nicht gleich alle Wagen wieder bepacken. Einige übernachteten und zogen erst am Morgen weiter. Entsprechend kreisten abends die Bierkrüge und die Schnapsflaschen.

Boni bahnte sich seinen Weg, er brauchte noch eine neue Wurzelbürste. Die mit den harten Wildschweinborsten waren die besten. Danach klopfte der Revierjäger an die Tür des Pfarrhauses. Boni berichtete Bertram von dem Gespräch mit dem fürstlichen Verwalter. Sein Freund war zunächst sprachlos, was mehr als selten vorkam. Ein Pfarrer war es schließlich gewohnt, in praktisch allen Lebenslagen und zu nahezu allen Themen etwas beitragen zu können. Das war sozusagen Kern seines Berufes.

»Da haben wir Volkhard Klee direkt vor der Nase, und dem Herrn geht die ganze Zeit nicht auf, dass er den Schlüssel zu allem in der Hand hält. Unglaublich, aber so sind Gottes Schäflein. Die Frage ist, wie geht es nun weiter?«, dachte der Pfarrer laut nach.

»Wir müssen mehr über die Familie herausfinden. Mein Vater war damals Revierjäger und hat die Treibjagd organisiert. Meine Mutter habe ich sofort gefragt. Sie erzählte mir von dem Unfall und dem schrecklichen Schicksal der Familie. Da es keine Tanner Familie war, hatte sie den Namen auch nicht parat, und die Sache mit dem Uhrmacher ist ihr ebenfalls unerklärlich«, antwortete der Jäger seinem Freund.

»Dann lass uns mal die Bücher wälzen«, erklärte der Pfarrer.

Boni schaute ihn verwundert an.

»Wir haben in der Gemeinde alle wichtigen Geburten, Taufen, Heiraten und Sterbefälle notiert, und zwar schon seit Jahrhunderten, gedulde dich mal einen Augenblick«, sprach Bertram und kam kurze Zeit später mit einem riesigen Wälzer zurück.

»Günthers hat keine eigene Pfarrei, die Leute dort kommen zum Gottesdienst schon immer nach Tann. Wenn es etwas über diese Familie gibt, dann steht es hier drin. Klee sagte, Krämer oder so, und der Jagdunfall war vor etwa dreißig Jahren. Lass mal durchblättern. Ah, dort, 1876, eine gewisser Hans Kramer, nicht Krämer, ist mit vierunddreißig Jahren verstorben und wurde auf unserem Friedhof beerdigt. 1881 starb dann seine Ehefrau Elisabeth Kramer, sie kam in ein Armengrab. Das ist ungewöhnlich, die Menschen hier sind nicht reich, aber für die Lieben wird der letzte Groschen zusammengekratzt, damit sie ein anständiges Begräbnis erhalten. Ich bin jetzt seit über zehn Jahren hier und hatte noch nie eine Armenbeerdigung in meiner Gemeinde. Das muss die Familie sein.«

»Wir kommen der Sache näher. Ich werde mal unseren Polizei-Sergeanten ins Bild setzen. Ich komme wieder, sobald ich mehr weiß. Sieh es mir nach, ich eile mich …«, sprach der Jäger und stürmte schon aus dem Pfarrhaus.

Gespräche mit dem Gendarm Koch vermied der Revierjäger. Er mochte ihn nicht, und das beruhte auf Gegenseitigkeit. Hinzu kam, dass Boni ihn für unfähig hielt. Es half aber nichts, der Gendarm stellte die Staatsgewalt in Tann dar.

Koch regte sich zunächst über Bonis eigenmächtige Untersuchungen auf. Nachdem er aber seine Chance sah, durch die Meldungen eines braven Bürgers den Fall selbst aufzuklären, war er plötzlich mehr als freundlich. Koch schaute ebenfalls in den Akten nach. Tann war schon immer ein ruhiges Städtchen gewesen, und nennenswerte Vergehen gab es grundsätzlich nicht. Schwerer Diebstahl, Raub oder gar Mord waren unbekannt. Deshalb fand er sehr schnell einen Eintrag aus dem Jahr 1881, die Meldung eines gewissen Johannes Balders, Uhrmachermeister zu Tann.

»Der Mann hatte gemeldet, dass ein Straßenjunge am späten Abend völlig verwahrlost zu ihm in den Laden kam und zwei Eheringe verkaufen wollte. Ein einzelner Ehering wird immer mal wieder aus Geldnöten angeboten, da es meist der Ring eines Verstorbenen ist, aber zwei Ringe doch sehr selten. Das erschien dem Uhrmacher so unwahrscheinlich, dass er die Ringe sicherstellte und den Jungen festhalten wollte, um ihn zur Polizei zu bringen. Das misslang aber, und der Junge riss sich los«, berichtete Koch aus den Polizeiakten.

»An welchem Tag ist der Vorfall genau passiert?«, hakte Boni nach.

»Am 28. März 1881. Warum?«, antwortete der Gendarm.

»Das ist der Todestag von Elisabeth Kramer. Ich denke, in seiner Verzweiflung wollte der kleine Junge vielleicht die Ringe verkaufen, um mit dem Geld Medizin zu holen oder einen Arzt bezahlen zu können. Was für eine Tragödie!«

Beide Männer schwiegen für einen Moment. Plötzlich erschien alles in einem anderen Licht, und vor allem gab es eine glasklare Verbindung zwischen den beiden Morden.

Boni fand zuerst die Sprache wieder. »Wenn wir jetzt den Auftritt des Oberleutnants Mehlinger bei unserer Befragung im Rathaus in Erinnerung rufen, berücksichtigen, dass er sowohl bei der Treibjagd dabei war, die richtige Waffe führte und auch Zugriff auf die neuen Armeepatronen hatte, dann geht der Verdacht klar in eine Richtung. Nun erzähle ich Ihnen noch etwas zum Schlussstein der ganzen Sache. Der Stadtrat und ich waren in Mehlingers Kaserne und haben dort erfahren, dass es bei seiner Rekrutierung den Verdacht gab, er hätte einen falschen Namen angeben, weil er ohne Papiere kam. Das heißt, er könnte tatsächlich mit seinem wahren Geburtsnamen auch Kramer heißen!«

Koch reagierte sofort. »Ich gebe die Meldung gleich an das Gericht und die Kriminalpolizei in Hanau weiter. Nach allem, was Sie mir über den Oberleutnant Mehlinger erzählt haben, sollten sich meine Kollegen unbedingt den Herrn vorknöpfen.«

Der nächste Tag fing wieder arbeitsreich an. Boni hatte keinen Kopf für seine kriminalistischen Ausflüge, denn am späten Nachmittag erwartete er hohen Besuch aus der Stadt. Ludwig Holste klopfte an die Jagdhütte des Freiherrn. Der Stadtrat berichtete von der Verhaftung von Oberleutnant Mehlinger und den guten Aussichten, dass Hermann, der gemeinsame Freund, bald aus dem Gerichtsarrest entlassen werden würde. Denn beide Morde hingen zusammen, und den zweiten Mord hatte Hermann nicht begehen können.

Das waren gute Nachrichten, und Boni hatte das Gefühl, dass endlich alles gut werden würde. Es gab Anlass zur Freude, Hermann würde freikommen, und das war ein mehr als guter Grund, eine kleine Feier mit Bertram und dem Stadtrat bei sich in der Jagdhütte zu organisieren.

Boni kaufte kräftig ein. Er bat sogar den Freiherrn darum, eine Wildschweinkeule des gestrigen Jagderfolges erwerben zu dürfen. Der Freiherr war großzügig und schenkte ihm das Fleisch, nachdem er von den guten Neuigkeiten erfahren hatte. Schließlich war Hermann Wagner einer seiner Jagdgäste bei der Treibjagd gewesen.

Am späten Abend kam Hermann mit der Postkutsche an. Er ging nur kurz zur Krone und bat dort um ein Zimmer. Seinen Koffer hatte man zwischenzeitlich untergestellt und das Zimmer anderweitig vermietet. Der blonde Hüne machte sich frisch, nahm ein neues Hemd und ging Richtung Friedrichshof.

Die zwei Kilometer Weg durch Tann, die Wiesen und den Wald hinauf zur Jagdhütte taten ihm gut. Was hatte er die frische Luft vermisst, den Duft der Kräuter und Blumen, der frischen Mahd im Frühjahr und dann erst der Wald. Das würzige Moos, der herbe Geruch der Blätter aus dem vergangenen Herbst, die nun langsam zu Humus wurden, und natürlich die Harze der Nadelbäume, der frische Duft der Fichten, all das war Leben und Freiheit.

Als sich die Tür der Jagdhütte öffnete und Boni heraustrat, lagen sich die Freunde eine halbe Ewigkeit in den Armen.

Nur ein paar Minuten später kamen auch Bertram und Ludwig hinzu. Die Begrüßung war genauso herzlich, und die Männer feierten den ganzen Abend die Rückkehr von Hermann bis in die Nacht hinein.

Der nächste Morgen war gelinde gesagt schädelig. Boni nahm wieder sein Kaiser-Natron und trank den ganzen Vormittag wie ein Kamel literweise Wasser. Richtig wohl fühlte er sich immer erst dann, wenn er die gleiche Menge Wasser zugeführt hatte, wie er am Abend zuvor Bier getrunken hatte. Langsam ging es besser, und das war auch gut so, denn seine Mutter wollte vorbeikommen.

Offenbar hatte es sich herumgesprochen, dass Hermann unschuldig war, und die gleichen braven Bürger, die noch zuvor genau gewusst hatten, dass etwas mit dem Jäger aus Afrika nicht stimmen würde, die versicherten jetzt, dass es doch von Anfang an nur ein Justizirrtum hatte sein können und dass er nie und nimmer zu solchen Taten imstande sei.

Jedenfalls war es offensichtlich, dass seine Mutter aus erster Quelle Näheres über Hermann und die Haftverhältnisse im Gefängnis des Landgerichtes Hanau wissen wollte. Für sie waren solche Informationen Gold wert. Denn nur wer Neuigkeiten anbieten konnte, bekam auch selbst welche erzählt. Es war quasi ein Warentausch, Informationen gegen Informationen, Gerücht gegen Gerücht und Klatsch gegen Tratsch.

»Mein Junge, du siehst aus, als hätte dich eine Dampflok überrollt. Ihr Männer solltet mal zur Abwechslung einen Apfelweinabend machen. Im Gespritzten ist immer ein ordentlicher Teil Wasser, und das verhindert jeden ernsthaften Kater«, begrüßte ihn seine Mutter.

»Jawohl, geliebte Mutter, wir werden den Rat befolgen, wenn nicht in diesem, dann im nächsten Leben«, antwortete Boni.

»Roderich Bonifatius Burgmüller!« Wenn seine Mutter seinen kompletten Namen zitierte, dann war das immer der Auftakt für eine Standpauke. »Ist dir schon aufgegangen, dass ich dir nur Gutes will? Deshalb tauche ich auch regelmäßig hier auf, umgekehrt könnte ich sonst bis zum Sankt-Nimmerleins-Tag warten, bis sich der Herr Sohn bei mir einfinden würde!«

Nun wurde es Zeit für einen taktischen Rückzug. »Ja, Mutter, ich bin dir auch dankbar, du weißt ja, wie viel ich hier zu tun habe.«

Sie lächelte ihn ein wenig milde an und kniff ihm wie früher in die Wange. Boni hasste das, aber es half nichts, das musste er ertragen.

»So, und jetzt erzähle mir alles haarklein, während ich deine Hemden bügele. Hier, stelle mir das Bügeleisen auf den Herd und fache das Feuer noch einmal ordentlich an.«

Die nächste Stunde berichtete der Revierjäger seiner Mutter alle Details, und sie fragte oft genug nach, sodass er kaum ein Detail auslassen konnte. Währenddessen bügelte sie die Hemden, die Unterhemden, die gute Uniformhose, die Unterwäsche und, was Boni nie verstehen konnte, seine Socken.

»Du hast vergessen, mir den Namen der unglückseligen Familie zu nennen«, hakte sie wieder einmal nach.

»Kramer. Wieso, ist das so wichtig?«

»Nicht vorlaut werden, junger Burgmüller! Ich sage dir gleich, warum das sehr wohl wichtig ist. Im Gegensatz zu dir gehe ich regelmäßig auf unseren Friedhof und kümmere mich um das Ehrengrab für unsere im Feld gebliebenen Söhne der Stadt. Zu den gefallenen Helden zählt schließlich auch dein Vater.«

»Weiß ich doch, Mutter. Was hat das mit der ganzen Sache zu tun?«

»Alle unsere Gräber sind auf dem Friedhof immer gepflegt, die meisten sehr, kaum welche weniger. Nur ein Grab war bis vor Kurzem noch völlig verwildert. Ein Armengrab mit einem einfachen Holzkreuz, das schon nahezu komplett vermodert war. Ich habe das Kreuz einmal nach einem Sturm wieder in den Boden gesteckt«, erzählte seine Mutter.

»Ja, und was soll mir das jetzt sagen?«

»Ganz einfach. Auf dem Kreuz stand in ziemlich verwitterten Lettern gerade noch lesbar: Elisabeth Kramer, gestorben 1881.«

»Ich verstehe immer noch nicht. Das hatte ich doch erzählt, und nun kennst du jetzt auch das Grab, schön.«

»Halte mich nicht für kopfkrank, Sohnemann! Was ich dir jetzt sage, wird interessant sein. Seit fast zwei Monaten wird das Grab regelmäßig gepflegt. Es steht auch ein neues Holzkreuz auf dem Grab, und es wurde noch ›Hans Kramer, gestorben 1876‹ hinzugefügt.«

»Interessant, da wird der Mehlinger regelmäßig vorbeigeschaut haben.«

»Das glaube ich nicht. Erstens war mindestens alle zwei bis drei Tage jemand da. Ich selbst schaue alle zwei Tage beim Ehrengrab von Papa vorbei. Wie macht das bitte jemand, der als Berufssoldat in Frankfurt stationiert ist?«

»Hm, gute Frage, ich weiß es nicht«, antwortete Boni.

»Du sagst, dass dieser Mehlinger seit zwei Tagen arretiert ist?«

»Ja, die Sache ging dann schnell, und es konnte ihn noch nicht einmal sein Haus-und-Hof-Protektor, der Generalmajor von Zotten, schützen.«

»Dann erkläre mir mal, von wem die frischen Blumen sind, die seit heute Morgen auf dem Grab stehen?«

»Himmel, wenn das wahr ist, dann haben die in Hanau schon wieder den falschen Mann, und wir haben auch noch dafür die Hinweise geliefert!«

»Bringe mich nicht zur Weißglut! Natürlich ist das wahr! Wenn ich dir sage, dass da heute frische Blumen auf das Grab gelegt wurden, dann stehen da jetzt frische Blumen drauf.«

Boni murmelte laut vor sich hin: »Aber wie komme ich an den Kerl dran?«

»Vielleicht erinnert sich mein Sohn, dass er ausgebildeter Jäger ist. Es soll ja schon vorgekommen sein, dass ihr Grünröcke auf Wild pirscht und allerlei Kreaturen in der Natur auflauert.« Seine Mutter schüttelte den Kopf.

Da hatte sie nicht unrecht. Wenn jemand auflauern konnte, dann waren es Jäger. Außerdem hatten sie notfalls auch stundenlange Geduld und konnten an einem Flecken verharren.

Boni gab seiner Mutter einen dicken Kuss auf die Backe und drückte sie fest.

»Ich sollte öfter von meinen Besuchen auf dem Friedhof erzählen, so hast du mich ja seit deinen Kindertagen nicht mehr geherzt, Bonifatius.«

Genau in diesem Moment war er schon an ihr vorbeigeeilt. Er musste so schnell wie möglich runter nach Tann und Hermann in der Krone besuchen. Es galt einen Jagdplan zu besprechen und die Kriminalpolizei in Hanau zu informieren, dass Mehlinger entgegen aller Indizien wahrscheinlich doch unschuldig ist.

# Kapitel 24
## »Die Jagd beginnt«

Die Nachricht seiner Mutter hatte alles auf den Kopf gestellt. Sie hatten das Motiv und wussten, wie alles zusammenhing, sogar den Namen des Mörders kannten sie nun. Jetzt mussten sie ihn nur zur Strecke bringen.

Boni würde sich mit Hermann abwechseln und den Friedhof überwachen. Sollte seine Mutter recht haben und die Blumen immer alle zwei oder drei Tage ausgewechselt werden, dann wäre es noch nicht einmal ein zu großer Aufwand. Zumal der Mann bestimmt nicht am helllichten Tage dort erscheinen würde, wenn alle alten Frauen aus Tann bei der Grabpflege waren.

Er konnte eigentlich nur von Sonnenuntergang bis vielleicht ein oder zwei Stunden nach Sonnenaufgang kommen. Zur Sicherheit würden sie ihre Flinten mitnehmen.

Hermann erklärte sich sofort bereit, ebenfalls dem Täter auf dem Friedhof aufzulauern und ihn zu stellen. Beide verabredeten, in Schichten vor Ort zu sein. Boni wollte die Zeit von acht Uhr abends bis zwei Uhr nachts übernehmen und Hermann dann die anschließende Überwachung bis acht Uhr morgens. Die Flinten sollten mit kleinkörnigem Schrot geladen werden, sodass im Zweifel eine Kampfunfähigkeit, aber keinesfalls eine tödliche Verletzung entstehen konnte. Beide waren sich ohnehin einig, die Waffe nur im äußersten Notfall zur Selbstverteidigung zu nutzen.

Sie sprachen auch nochmals über die Idee, den Gendarmen einzubinden, kamen aber schnell wieder davon ab. Denn hier ging es um ein lautloses, unter Umständen stundenlanges Warten in höchster Aufmerksamkeit, und dafür war der Polizei-Sergeant nicht geeignet, da waren sie sich sicher.

Die Vorbereitung war wichtig. Deshalb ging der Revierjäger bei Tage auf den Friedhof und suchte sich eine uneinsehbare Ecke hinter einem Busch aus und stellte dort einen Holzschemel hin. Dieser Beobachtungsposten bot einen guten Überblick, da er leicht erhöht war. Der Friedhof befand sich in einer leichten Hanglage, wie praktisch ganz Tann keine wirklich große ebene Fläche aufwies, sondern rechts der Ulster an den Hang gebaut war.

Als Nächstes säuberte Boni unauffällig zwei Wege zum Grab der Kramers. Denn im Zweifel müsste er sich leise anpirschen, um den Täter auf kurze Entfernung zu stellen, bevor er wegrennen konnte. Jeder Ast, zu viel Laub oder Ähnliches hätten ihn beim Darauftreten verraten.

Die erste Schicht verlief ohne besondere Vorkommnisse. Boni hatte sich wie vereinbart beim letzten Büchsenlicht auf die Lauer gelegt beziehungsweise auf seinen Holzschemel hinter den Busch gesetzt. Das Mondlicht war nur sehr schwach. An Licht mangelte es dennoch nicht. Die in Tann erst seit wenigen Jahren installierte

Gas-Straßenbeleuchtung half ihm aus. Sie warf zumindest etwas diffuses Licht auf den Friedhof. Genug, um einen Mann am Grab zu erkennen.

Die Stunden zogen sich endlos, und Boni musste mehr als einmal ein Gähnen unterdrücken. Glücklicherweise hatte er sich davor noch einen starken Bohnenkaffee gemacht, der ihn jetzt leidlich wachhielt, sonst wäre er vermutlich eingenickt.

Hermann kam pünktlich um zwei Uhr zur Ablösung und nahm auf dem angewärmten Schemel Platz. Auch der Wahl-Afrikaner hatte sich eine Lodendecke mitgebracht und einen Schal um den Hals gelegt. Denn die Nächte waren immer noch kühl, und nichts war schlimmer, als endlose Stunden nahezu unbeweglich an einem Flecken ausharren zu müssen und dabei zu frieren.

Aber auch Hermann hatte eine ruhige Nacht und nichts geschah. Todmüde ging er in den Morgenstunden in die Krone, legte sich in sein Bett und schlief sofort ein.

Boni war zur selben Zeit längst wieder wach. Es waren nur noch fünf Tage bis zum Ende der Schonzeit und dem Aufgang der Bockjagd. Da war es wichtig, weiter die Rehböcke zu beobachten und alle Pirschzeichen zu kontrollieren. Als ob das nicht genug Arbeit gewesen wäre, hatte ihn der Freiherr gebeten, die Farbe an den Fenster- und Türeinfassungen zu erneuern. Dafür musste er die alte Farbe anschleifen und dann neue auftragen. Seine Mutter wollte übermorgen vorbeikommen, um zwei Tage lang den Frühjahrsputz zu vollenden und alle Gästebetten frisch zu beziehen. Wie jedes Jahr würde der Freiherr wieder einige Gäste zur Bockjagd einladen, und die wollten gut bewirtet werden.

Boni legte sich am späten Nachmittag noch eine halbe Stunde auf das Sofa im großen Herrenzimmer und versuchte etwas Schlaf zu finden. Anschließend aß er sein Abendbrot und machte sich wieder mit seiner Doppelflinte auf den Weg zum Friedhof.

Wieder passierte nichts, und auch bei Hermann blieb es ruhig. Beide trafen sich mittags in der Krone, und Boni begann schon, an dem Plan zu zweifeln. Sie vereinbarten, eine dritte Nacht auf den Täter zu warten. Davor schlief Boni wieder kurz in der Jagdhütte, nahm eine kräftige Suppe zu sich, kraulte seinen braven Jagdhund und zog zum Friedhof.

Am Abend nahm er wieder auf dem Schemel Platz und legte die Decke über seine Beine. Nach drei Stunden hatte er sich nahezu komplett in die Decke aus schwerer Schurwolle eingehüllt. Die Temperaturen in der Nacht blieben heute nur knapp über dem Gefrierpunkt, und ein ungnädiger Wind gesellte sich hinzu.

Die Anspannung wurde von Minute zu Minute größer. Boni ahnte, dass der Täter heute kommen würde. Er blickte mit Adleraugen zum Grab und spitzte seine Ohren.

Alle halbe Stunde schlug die Glocke von der Turmuhr der Stadtkirche. Gerade hatte sie einmal geschlagen, als Boni ein Knacken von der Friedhofsmauer her wahrnahm. Er legte die Decke zur Seite und nahm seine Doppelflinte in die Hand. Noch sah er nichts, die Mauer lag komplett im Dunkeln. Vielleicht war es nur eine Katze. Wenn doch bloß der Wind nicht so pfeifen würde, dann könnte er vielleicht Schritte hören.

War das nicht eben ein Schatten? Boni war angespannt, die Kälte war vergessen, jede Faser seines Körpers war gespannt, alle Sinne waren aufs Äußerste geschärft. Jetzt sah er eine Gestalt, einen mittelgroßen Mann mit einem langen Umhang, der mit federnden Schritten, langsam, aber gezielt zum Grab ging.

Das war er! Das musste er sein!

Boni schob die Zweige ganz sachte zur Seite und schlich in tief gebückter Haltung um den Busch. Seine Flinte hatte er lautlos gespannt und ging von hinten einen Schritt nach dem anderen auf den Mann zu. Jetzt war er nur noch wenige Schritte von ihm entfernt, er konnte seine dunklen Haare und seinen einfachen Hut erkennen.

Da schlug in der Hauszeile hinter ihm eine Windböe einen Fensterladen mit einem lauten Knall auf und gegen die Hauswand. Die Gestalt drehte sich erschrocken um und sah in diesem Moment den Jäger hinter sich. Der Mann reagierte sofort und rannte zur Friedhofsmauer.

»Halt! Stehen bleiben! Ich bin bewaffnet und schieße!«, brüllte der Revierjäger der Gestalt nach und begann selbst loszulaufen. Doch der Mann drehte sich nicht um. Wie ein Reh in Panik sprang er über die nur schulterhohe Mauer und verschwand im Dunkel der Stadt.

Boni war zwar schnell gerannt, doch der Täter war einfach schneller gewesen. Der Revierjäger suchte noch eine Weile in den Gassen, doch von dem Mann war nichts zu sehen. Er war ihm entwischt. Boni fluchte so laut über das Missgeschick, dass zwei Bürger »Ruhe!« aus ihren Schlafzimmern schrien. Mit hängendem Kopf ging Boni zurück zum Friedhof.

Als Hermann zur Wachablösung eintraf, hatte Boni sich zur Beruhigung schon seine Meerschaumpfeife angezündet. Er erzählte seinem Freund von dem unglücklichen Moment mit dem Fensterladen. Sie verabredeten sich gleich für den nächsten Morgen auf dem Friedhof, denn vielleicht hatte der Täter Spuren hinterlassen.

Es war acht Uhr am Morgen, und beide waren von der kurzen Nacht noch etwas gerädert. Sie gingen langsam zum Grab und hofften, etwas zu finden. Sie hofften, dass nach dem nächtlichen Pech doch auch wieder Glück ins Spiel kommen würde. Und das kam in Form von Schuhabdrücken. Um die Blumen in der Vase auf dem Grab auszuwechseln, war der Täter auf die frisch geharkte Erde im vorderen Teil des Grabes getreten. Genau dort waren zwei Abdrücke zu erkennen.

»Das sind eindeutig Stiefelabdrücke. Aber ich sehe noch etwas. Denkst du auch, was ich denke?«, sagte Boni und drehte sich zu Hermann um.

»Du hast recht, diese Abdrücke kenne ich. Der Mann hatte keine gewöhnlichen Stiefel an, sondern Militärstiefel.«

»Sehe ich auch so. Am Absatz ist eindeutig eine Metallverstärkung in Hufeisenform zu erkennen, und an der Stiefelspitze der Sohle sieht man den Abdruck eines Stoßplättchens aus Metall«, meinte Boni.

»Von diesen Militärreitstiefeln dürfte es nicht viele in Tann geben. Die üblichen Marschstiefel der gemeinen Soldaten sind mit eisernen Nägeln über die ganze Sohle beschlagen. Die feinen Reitstiefel der Unteroffiziere und Offiziere aber nicht, deren Abdrücke sehen genau so aus.«

Sie suchten nach weiteren Spuren und hatten an der Friedhofsmauer noch mehr Glück. Am Boden lag ein kleines Ledersäckchen, und darin war ein unglaublich süßlich riechender Pfeifentabak. Das war der Mann, jetzt gab es keinen Zweifel mehr.

Sie besprachen noch kurz, ob es nicht an der Zeit wäre, den Gendarmen zumindest über den Vorgang auf dem Friedhof zu benachrichtigen. Denn zum einen war nicht sicher, ob es bei zwei Morden bleiben würde, und zum anderen bestand natürlich die Gefahr, dass der Mann aus Tann flüchten könnte. Die Freunde entschlossen sich, Koch zu informieren, schaden konnte es nicht, und wer weiß, vielleicht war er doch einmal zu etwas nutze.

Hermann wollte gleich vom Friedhof zum Wohnhaus des Gendarmen gehen, ihn aus dem Bett holen und die neuen Entwicklungen mitteilen. Die beiden blieben allerdings bei der kritischen Einschätzung zu Kochs Fähigkeiten und verabredeten sich erst für den Abend, um zu beratschlagen, was sie weiter unternehmen könnten. Eine ziellose Suche nach dem Mann hätte ohnehin nichts gebracht. Da waren sie sich einig. Jetzt waren kluge Gedanken und ein guter Plan wichtiger. Außerdem hatte der Revierjäger noch einen Beruf, und es stand tagsüber reichlich Arbeit im Revier an.

Hermann kam erst um sieben Uhr abends zur Jagdhütte. Boni tischte eine Graupensuppe mit Speck, Karotten und Kartoffeln auf. Die Freunde gingen nochmals alle Details durch, und der Abend wurde lang. Doch egal, wie sie es drehten und wendeten, sie wussten nicht, wie sie am besten weiter vorgehen sollten. Der Mann würde sich garantiert so schnell nicht wieder auf dem Friedhof blicken lassen. Ein weiteres Auflauern dort konnten sie sich sparen.

Wo er sich aufhielt, war völlig unklar. Seine Statur war unauffällig, sein Gesicht hatte Boni nicht erkennen können, und mehr als die Reste des süßlichen Tabaks sowie den Hinweis, dass er Offiziersstiefel trug, hatten sie auch nicht. Wenn ihnen also nicht gerade ein Pfeife rauchender Mann mit solchen Stiefeln zufällig in Tann über den Weg lief, dann hätten sie nicht die kleinste Chance. Es blieb nur, die Augen und Ohren offen zu halten. Vielleicht verriet sich ja der Mann, weil er nervös wurde und wusste, dass man ihm nahe kam.

Am nächsten Tag stand ein Besuch im Schloss an. Freiherr Friedrich Wilhelm von Waldenberg wollte mit seinem Revierjäger die Planungen für die Bockjagd durchgehen. Es waren erneut einige Jagdgäste eingeladen, und dafür musste noch vieles organisiert werden.

Boni brach nach dem Frühstück auf und machte sich auf den Weg hinunter nach Tann. Seinen Deutsch-Drahthaar Bodo hatte er mit dabei. Der Freiherr mochte den Jagdhund. Nach einer halben Stunde hatte er das Schloss erreicht.

Die organisatorischen Dinge waren schnell besprochen, und Boni konnte das Büro seines Dienstherrn früh wieder verlassen. Er ging über den Schlosshof durch den Torbogen und nahm den Weg an der Remise vorbei.

Die Sonne schien, und es war ein wunderbarer Frühlingstag. Deshalb wunderte sich Boni nicht, als er vor den Stallungen drei Pferde sah, die gerade aufgesattelt wurden. Das Pferd des Freiherrn und das der jungen Franziska von Waldenberg waren bereits für den Ausritt fertig. Bodo bewunderte die schönen Tiere. Pferde hatten für ihn immer etwas Anmutiges.

Gerade als er das Pferd der jungen Freifrau an der Trense hielt und streichelte, kam der Stallbursche mit dem dritten Sattel, legte ihn auf die Schabracke und zurrte den Bauchgurt fest. Boni grüßte den Mann, der ziemlich zackig, fast militärisch zurückgrüßte. Das musste der Mann sein, der der Tochter vom Metzger Freimann so den Kopf verdreht hatte. Gut sah er aus, mittelgroß, schlank und dennoch kräftig zupackend.

Während er zusah, wie der Stallbursche gekonnt das Pferd auftrenste, kam Franziska von Waldenberg aus dem Stall. Sie sah wieder umwerfend aus. Die fast schwarzen Haare hatte sie zu einem langen Zopf geflochten. Sie trug eine weiße Bluse mit einer dunkelbraunen Reiterhose und braunen Reitstiefeln.

»Der Herr Jäger besucht uns. Ich wusste gar nicht, dass Sie sich für Pferde interessieren«, sagte sie und lachte Boni an.

»Ich habe immer etwas für Tiere übrig und für besonders schöne Geschöpfe auf dieser Erde ohnehin«, antwortete der Revierjäger.

»Na, jetzt werden Sie mir aber etwas kess, Herr Jäger. Wen meinen Sie denn mit besonders schönen Geschöpfen der Natur?«

»Natürlich Ihr Pferd! Was kam Ihnen denn in den Sinn?«, ging der Jäger zum Gegenangriff über. Warum nur musste sie ihn immer so in die Enge treiben?

»Schade, ich dachte schon, Sie wollten mir ein Kompliment machen«, sagte sie, während sie nur noch einen halben Meter vor ihm stand.

»Das würde ich nie tun, ich meinte, erlauben, ich meinte, meine Jägerehre …« Da hatte sie ihn schon wieder in Verlegenheit gebracht.

»Jägerehre? Herr Burgmüller, Sie wollen mich doch nicht etwa erlegen?«

Sie wurden von dem Stallburschen unterbrochen. »Baroness, die Pferde sind jetzt fertig, und Sie können mit Ihrem Vater und dem Verwalter ausreiten, um die Aufforstungen am Roßberg zu kontrollieren«, sprach der Stallbursche.

Boni beobachtete ihn. Er musste von hier sein, er sprach zwar Hochdeutsch, hatte aber einen leichten Rhöner Akzent. Komisch für einen Stallburschen, er hatte noch keinen getroffen, der nicht komplett Dialekt sprach. Er sah sich den Mann genauer an. Er trug ein grobes Hemd und graue Reithosen, die in schwarzen Stiefel steckten. Die passten allerdings gar nicht zu einem Stallburschen. Es waren ziemlich edle Reitstiefel.

Während der Revierjäger noch grübelte, sprach ihn Franziska wieder an. »Wo waren wir stehen geblieben? Ach ja, Sie finden also, ich bin kein Kompliment wert, und wäre ich ein Stück Wild, dann würden Sie mich auch nicht erlegen wollen. Richtig?«

»Das wollte ich so gar nicht sagen. Sie sehen ganz bezaubernd aus, wären Sie ein Stück Wild, würde ich Sie selbstverständlich zur Strecke bringen.«

Sie strahlte ihn mit ihren blauen Augen an und neigte den Kopf zur Seite. »Na also, man muss den Herrn nur zum Jagen tragen, und dann klappt das auch mit dem Erlegen. Das wollte ich doch hören.« Beide lächelten sich für einen Moment an.

Dann fand Boni seine Sprache wieder. »Der Stallbursche ist noch nicht lange bei Ihnen, richtig? Wie heißt er?«

»Und schon gilt Ihre Aufmerksamkeit plötzlich einem Stallburschen. Herr Jäger, Sie machen es einem Fräulein aber nicht leicht, im Mittelpunkt zu stehen. Er heißt Wilhelm Hofmann.«

Boni schaute dem Mann hinterher, der gerade zurück zum Stall ging. Da fiel ihm auf, dass seine Stiefel schon die ganze Zeit leise auf dem Kopfsteinpflaster geklackert hatten. Sie waren mit Eisen beschlagen! Wie konnte er nur so dämlich sein. Das musste er sein.

Der Stallbursche kam gerade wieder aus dem Gebäude und zündete sich eine Pfeife an. Jetzt roch der Revierjäger auch den süßlichen Tabak.

»Sagen Sie, haben Sie mal in Deutsch-Guinea gedient?«, sprach Boni ihn an.

Der Stallbursche sah ihn unruhig an. »Ja, ich war dort. Warum fragen Sie?«

Er setzte alles auf eine Karte. »Sie heißen nicht Hofmann. Sie sind der junge Kramer und nur hier, um Ihre Eltern zu rächen!«

Der Enttarnte sprang sofort auf und hechtete zu den Pferden. Boni rannte hinter ihm her und rief: »Halt, Kramer! Warten Sie, ich möchte mit Ihnen reden!«

Kramer sprang mit einem Satz auf das Pferd des Freiherrn und trabte an.

Völlig verdutzt schaute Franziska von Waldenberg dem Stallburschen nach. Boni rief aufgeregt: »Das ist der Mörder des Grafen und des Uhrmachers. Wir müssen ihn stellen. Schnell, auf die Pferde!«

Franziska von Waldenberg war sofort auf ihrem Pferd und galoppierte Kramer hinterher. Boni brauchte etwas länger, schließlich war er Jäger und kein Reiter. Sein Jagdhund folgte ihm so schnell es ging mit lautem Gebell. Die Verfolgung entwickelte sich zu einem scharfen Ritt. Kramer zog zuerst mit seinem Pferd Richtung Ulster und übersprang dabei einige kleinere Büsche und Hecken.

Boni wusste, dass Stallburschen üblicherweise reiten konnten, und auch dieser hier hatte es zwar mal gelernt, war aber wohl etwas aus der Übung. Immer wieder konnte er sich bei den Sprüngen nur im letzten Moment auf dem Pferderücken halten. So holte die Freifrau beim wilden Ritt durch die Natur Stück für Stück auf, während der Revierjäger immer weiter abfiel. Gerade als Kramer ansetzte, um über einen kleinen Seitenarm der Ulster zu springen, gab er zu spät die Hilfe und sein Pferd sprang nicht ganz über den Bach. Kramer wurde abgeworfen, landete unsanft auf der Uferböschung und blieb dort benommen liegen. Franziska war der Sprung hingegen gelungen. Sie stieg nun ab und ging auf den Stallburschen zu, der versuchte, wieder auf die Beine zu kommen.

Boni war inzwischen eingetroffen und ging mit vorgehaltener Flinte auf Kramer zu. In diesem Moment sprang er auf und zog ein Messer. Er ging damit geradewegs auf Franziska zu. Boni rannte ihm entgegen und schlug ihm den Kolben seiner Flinte gegen die Schläfe, bevor er die Freifrau erreichen konnte. Nun lag er bewusstlos im Gras. Boni drehte ihn um, holte den langen Ledergurt der Satteltasche und legte ihm stramme Fesseln aus. Inzwischen hatte auch Bodo sie erreicht und bewachte nun knurrend den Gefesselten.

# Kapitel 25
## » Und es ward alles gut«

Boni kam wie erschlagen nach Hause in die Stille seiner Jagdhütte. Er hatte es geschafft. Der Mörder des Grafen von Buchen und des Uhrmachers Johannes Balders war gefasst. Es fiel alles von ihm ab. Als wäre auf seinen Schultern die Last der Aufklärung gelegen. An diesem Abend ging er sehr zeitig zu Bett. Der Revierjäger schlief sehr schnell ein und fiel in einen langen, gesunden Schlaf.

Am nächsten Morgen stand er früh auf. Das war sein Glück, ansonsten hätte ihn seine Mutter geweckt, die bereits um halb sieben Uhr an die schwere Holztür des Friedrichshofs klopfte. Natürlich wollte sie zuerst alle wichtigen Details zur Verhaftung wissen. Schließlich galt es, die Ware Neuigkeiten wieder unter den Waschfrauen und den anderen Bürgern von Tann für möglichst bislang geheime Informationen zu verbreiten.

Boni ging am Nachmittag nach Tann. Schnell merkte er, dass seine Mutter bereits ganze Arbeit geleistet hatte und die Aufklärung des Doppelmordes unters Volk gebracht hatte. Die Bewohner grüßten ihn heute besonders freundlich, und der eine oder andere traute sich, eine ganz kleine, wirklich klitzekleine Nachfrage zu stellen.

Bonis Weg führte mehr oder weniger direkt in die Krone. Dort wartete Hermann schon auf ihn. Die zwei Männer lagen sich nun in den Armen. Sie hatten gemeinsam mit Bertram und dem Stadtrat Ludwig den Fall aufgeklärt. Es dauerte nicht lange, da fanden sich auch die anderen beiden in der Krone ein.

»Ich darf mich, lieber Boni, im Namen des Magistrates der Stadt Tann herzlich und hochoffiziell bei dir bedanken. Du hast einen Doppelmörder unschädlich gemacht. Dafür gilt dir der größte Respekt von den Bürgern der Stadt, die nun wieder ruhig und sicher schlafen können«, erklärte der Stadtrat.

»Danke dir, Ludwig, das war im wahrsten Sinne des Wortes zum Schluss ein heißer Ritt! Und wir wollen nicht vergessen, dass jeder von euch einen gehörigen Anteil an dem Erfolg hatte«, gab sich der Revierjäger bescheiden.

»Bei einem einfachen Dankeschön soll es aber nicht bleiben. Der Bürgermeister hat die Stadtkasse geöffnet und lädt dich mit unserem Pfarrer und Hermann ein. Die heutige Rechnung geht komplett auf unsere Kosten.« Ludwig strahlte über das ganze Gesicht.

»Das ist mal ein Wort. Aber was ist mit dir?«

Ludwig grinste. »Ich werde natürlich als offizieller Abgesandter des Magistrats die Stadt Tann bei diesem fröhlichen Abend vertreten.«

Die vier Männer nahmen im Gastraum Platz und bestellten sich allesamt das Beste aus der Küche des heutigen Tages: geschmorte Keule vom Rhöner Lamm mit Kartoffelklößen und Rotkraut. Gutes Lamm gab es zu hohen Festtagen durchaus in einigen Teilen des Reiches. Aber das Rhönlamm war etwas Besonderes. Es graste nur auf den frischen Wiesen Buchonias und ernährte sich von deren würzigen Kräutern. Dadurch erhielt das Lammfleisch einen wunderbaren Geschmack.

Der Abend wurde lang, sehr lang, und die vier Freunde saßen noch zusammen, als längst alle Gäste gegangen waren.

Am nächsten Tag hieß es, einer Einladung ins Schloss zu folgen. Volkhard Klee war bei seinem Inspektionsritt vorbeigekommen und bat den Revierjäger ausnahmsweise überaus freundlich, am Nachmittag beim Freiherrn zu erscheinen.

Boni wunderte sich, wahrscheinlich wollte er ihn wegen der aufgehenden Bockjagd sprechen. Doch es kam anders.

Der Freiherr ließ sich lange über die Ehre und die Pflichterfüllung aus, auch über den Schaden seines Ansehens durch den Mord an einem Jagdgast. Boni hätte nun in vorbildhafter Weise alles aufgeklärt, den guten Ruf des Freiherrn wiederhergestellt und Tann von einem Mörder befreit.

»Mein lieber Bonifatius, als kleines Dankeschön darf ich Ihnen die schon längst fällige Gehaltserhöhung zukommen lassen. Ab dem nächsten Monat erhalten Sie achtzig Mark Monatslohn, und als besondere Geste für einen so verdienten Jäger in meinen Diensten darf ich Ihnen noch etwas Besonders überreichen«, sagte der Freiherr mit reichlich Pathos in der Stimme.

Dann gab er Boni ein kleines Päckchen, das für seine Größe doch recht schwer war.

»Nun öffnen Sie schon«, forderte der Freiherr ungeduldig.

Der Revierjäger befreite die Schachtel von dem Packpapier und öffnete sie. Darin war das brandneue Dialyt-Fernglas von Hensoldt aus Wetzlar. Es hatte eine fünffache Vergrößerung und war äußerst lichtstark.

Boni war sprachlos. Er hatte sich schon seit langer Zeit genau dieses Glas gewünscht, überhaupt ein erstes Fernglas, denn er hatte noch keines.

Doch der Preis von hundertachtzig Mark war für ihn unerschwinglich. Er bedankte sich mit großer Freude und strahlte über das ganze Gesicht. Das war mehr, als er erwartet hatte.

Überglücklich ging er zur Jagdhütte zurück und hatte fast die ganze Zeit das Fernglas vor den Augen. Es war erstaunlich, wie scharf es die Dinge abbildete und wie groß. Sofort ging er damit auf die Pirsch. Als er nach zwei Stunden wieder zurückkam, stand vor dem Jagdhaus ein Pferd. Er kannte es genau. Als Boni näher kam, sah er auf der Bank vor dem Jagdhaus seinen Gast sitzen.

»Guten Abend, Baroness. Das freut mich, dass Sie den Weg zur Jagdhütte auf sich genommen haben und mich mal besuchen.« Boni lächelte sie verschmitzt an.

»Ich muss doch unserem neuen Helden von Tann ebenfalls danken«, antwortete Franziska.

»Das ist schön. Ihr Herr Vater hat soeben mein Gehalt erhöht und mir auch noch dieses wunderbare Fernglas geschenkt. Ich bin immer noch ganz überrascht«, antwortete der Revierjäger, während er näher kam.

»Ja, so sind wir Waldenbergs, großzügig im Nehmen wie im Geben«, sagte sie und lächelte ihn an.

»So, nun stellt sich nur die Frage, wie Sie sich jetzt dafür bedanken wollen, dass ich Sie vor diesem gefährlichen Mörder gerettet habe.«

»Halten wir erst einmal fest, es ist meinen Reitkünsten zu verdanken, dass der Mörder aufgehalten wurde, und ich wäre natürlich mit ihm auch allein zurechtgekommen. Aber dennoch haben Sie recht, Sie waren der Ritter in der weißen Rüstung und haben mich gerettet. Da kann ich Ihnen vielleicht eine weitere Überraschung bereiten.«

Jetzt kam Franziska ganz dicht an ihn heran, so nah, dass Boni ihren Duft riechen konnte. Er saugte ihn auf und fiel gleichzeitig in ihre blauen Augen. Sie gab ihm einen langen Kuss. Dann stieg sie lächelnd auf ihr Pferd, ritt im Galopp davon, und Boni musste sich erst einmal setzen.

# Nachwort

Kramer wurde noch am selben Tag nach Fulda und von dort in die Arrestzelle in das Landgericht Hanau gebracht. Angesichts der Indizien und der belastenden Zeugenaussagen begann der Gerichtsprozess gegen den Mann mit seiner tragischen Geschichte schon nach zwei Wochen.

Die Verhandlungen gegen den ehemaligen Oberleutnant, der eine Zeit lang auch in Deutsch-Neuguinea war, dauerten nur zwei Tage. Kramer legte ein vollständiges Geständnis ab. Sein Verteidiger plädierte auf den neu eingeführten Straftatbestand des Totschlages, da er wirr getrieben und wohl teilweise umnachtet gehandelt hätte. Der Richter entschied dennoch auf zweifachen Mord und verurteilte Kramer zum Tod durch das Handbeil.

Einem Gnadengesuch wurde aufgrund der Vorgeschichte in letzter Sekunde stattgegeben, und er erhielt zehn Jahre Zuchthaus und danach lebenslängliche Haft in einem Gefängnis.

Oberleutnant Mehlinger wurde mit der Verhaftung von Kramer sofort freigelassen, vollständig rehabilitiert und kehrte zu seinem Regiment nach Frankfurt zurück.

Bei der Metzgerfamilie Freimann herrschte bald wieder Frieden zwischen Vater und Tochter. Kramer hatte seine Liebe nur gespielt, um an Informationen aus der

Stadt zu kommen. Das Töchterlein wartete nach dieser großen Enttäuschung nicht lange und gab sich bald danach einer Liebessehnsucht zum Sohn des Bäckermeisters Pfeifer hin.

# *Glossar*

Die Jägersprache ist eine Fachsprache und dient der genauen Bezeichnung von jagdlichen Gegebenheiten. Sie hat sich über Jahrhunderte entwickelt. Ihr Hauptzweck ist die kurze und exakte Verständigung unter Jägern und die Brauchtumspflege.

Nachfolgend ein kleiner Auszug der im Buch vorkommenden Begriffe:

| | |
|---|---|
| Abbaumen | Verlassen des Ansitzes |
| Abfangen | Verletztem Wild den Gnadenstoß mit einem Messer geben |
| Abschwarten | Fell eines Schwarzwildes abziehen |
| Ansitz | Hochsitz, Erdsitz |
| Ansprechen | Wild nach Tierart, Geschlecht und Alter identifizieren, elementar vor dem Schuss |
| Äsung | Nahrung des Schalenwildes |
| Aufbrechen | Ausweiden des Wildtieres, wichtig bei Schalenwild, sonst ist das Fleisch nach wenigen Stunden ungenießbar |
| Aus der Decke schlagen | Fell eines Schalenwildes abziehen (außer Schwarzwild) |
| Balg | Fell von Haarwild außer Cerviden, wie bspw. Feldhase, Fuchs, Kaninchen |

| | |
|---|---|
| Bast | Durchblutete Haut um das Geweih oder das Gehörn |
| Blatt | Schulter eines Wildtieres |
| Blattschuss | Schuss auf das Blatt, dahinter liegt der Brustkorb mit Lunge und Herz, führt meist zum schnellen Verenden |
| Blattzeit | Paarungszeit des Rehwildes |
| Brunft | Paarungszeit des Rotwildes |
| Büchse | Gewehr mit gezogenen Läufen für Kugeln |
| Cerviden | Hirschartige Tiere: Reh-, Dam-, Rotwild |
| Decke | Fell von Schalenwild außer Schwarzwild |
| Drilling | Waffe mit Kugel- und Schrotläufen |
| Drückjagd | Gesellschaftsjagd mit mindestens Treibern, meist auch Jagdhunden, die das Wild ganz sachte aufmachen und langsam den Schützen zutreiben, hier geht es meist um Schalenwild |
| Erlegen | Waidmännisches Töten von Wild |
| Fang | Maul des Hundes |
| Fährte | Trittsiegel (»Fußabdrücke«) des Schalenwildes |
| Fegen | Abscheuern des Bastes |
| Flinte | Gewehr mit glatten Läufen für Schrot |
| Gehörn | Geweih von Rehböcken |
| Geweih | Geweih von allen Cerviden außer Rehen |
| Hochwild | Schalenwild (außer Rehwild), Steinadler, Seeadler, Auerwild |
| Horrido! | Jägerbegrüßung und Jagdruf |
| im Feuer liegen | Wild bricht sofort tödlich zusammen |
| Jagdherr | Inhaber und/oder Pächter eines Reviers |

| | |
|---|---|
| Kalte Waffe | Jagdmesser, Saufänger (Lanze) |
| Kesseltreiben | Feier nach der Treibjagd |
| Kirrung | Anlocken von Schalenwild mit Futter |
| Krankes Wild | Verletztes Wild |
| Niederwild | Rehwild, Feldhase, Wildkaninchen, und alles weitere außer Hochwild |
| Pirsch | Einzeljagd, bei der der Jäger zu Fuß leise durch das Revier geht, das Wild entdeckt und ggf. erlegt (im Ggs. zur heute vor allem ausgeübten Ansitzjagd) |
| Pirschzeichen | Blut, Knochensplitter, Fleischstücke von angeschossenem Wild |
| Rausche | Paarungszeit des Schwarzwildes |
| Rehwild | Rehbock ist das männliche Tier, Ricke oder Rehgeiß ist das weibliche Tier, Kitz das Neugeborene |
| Revierjäger | Berufsjäger, früher auch Ausdruck für einen Berufsjäger in Adelsdiensten |
| Rotwild | Hirsche, männliches Tier ist der Hirsch, das weibliche wird nur Tier genannt |
| Schalen | Hufe des Schalenwildes |
| Schalenwild | Paarhufer, Reh-, Schwarz-, Rot-, Dam- und Muffelwild sowie Gämse |
| Schnallen | Hund von der Leine lassen |
| Schwarzwild | Wildschwein, männliches Stück |

| | |
|---|---|
| | ist der Keiler, weibliches die Bache, Neugeborenes der Frischling |
| Schwarte | Haut bei Schwarzwild und Dachsen |
| Schweiß | Blut von Wildtieren |
| Spur | Trittsiegel (Fußabdrücke) bei allen Haarwildarten außer Schalenwild |
| Spur | Trittsiegel von Haarwild außer Schalenwild, bspw. Fuchs, Dachs, Hase, Wildkaninchen |
| Treibjagd | Gesellschaftsjagd mit mindestens Treibern, manchmal auch zusätzlich Jagdhunden, die das Wild aufspüren und den Schützen laut zutreiben, hier geht es um Niederwild |
| Trittsiegel | Fußabdrücke des Wildes |
| Überläufer | Junges Schwarzwild im zweiten Lebensjahr |
| Waidmannsheil | Gruß der Jäger, Wunsch für Jagdglück. Wichtig: Man antwortet ebenfalls mit Waidmannsheil, als Antwort wird Waidmannsdank nur verwendet, wenn der Jäger gerade ein Wildtier erlegt hat |
| Waidgerechtigkeit | Ethische Regeln, nach denen der Jäger im Rahmen der Gesetze und des Brauchtums jagen soll |
| Zerwirken | Wildfleisch zerteilen |

# Nachbemerkungen und Dank

Die Kaiserzeit liegt nur etwas mehr als hundert Jahre zurück. Dennoch haben wir kaum eine Vorstellung davon. Deshalb ist es mir ein Herzensanliegen, die Leserinnen und Leser auf eine kleine Reise in die vorletzte Jahrhundertwende mitzunehmen. Dabei sollten wir diese Zeit vor allem nicht mit dem moralischen Zeigefinger be- und verurteilen. Wir sollten uns immer vor Augen halten, Deutschland ist erst nach Großbritannien, den USA und Frankreich in die Industrialisierung eingestiegen und hat dann aber eine recht fulminante Aufholjagd gestartet. Allerdings gilt auch hier wieder, alles hat zwei Seiten und die schattige war keinesfalls erfreulich, auf jeden Fall war sie für nicht wenige Menschen definitiv keine »gute alte Zeit«.

Eine Kleinigkeit noch zu den Anreden. Offiziell wird das Oberhaupt der Familie mit Friedrich Wilhelm Freiherr von Waldenberg angesprochen. Die noch unverheiratete Tochter müsste mit Franziska Freiin von Waldenberg tituliert werden. Beide Varianten klingen in unseren heutigen Ohren recht gestelzt.

Nun bleibt mir nur, mich bei allen Lieben zu bedanken, die mich beim Schreiben dieses Buches unterstützt haben, bei meiner kleinen Tochter, die auf meinem Schoß sitzt, während ich diese Zeilen schreibe, meinem Ältesten, der, kaum in der zweiten Klasse, bereits seine erste kleine Geschichte geschrieben hat, und natürlich meiner großen Liebe, der ich täglich berichtete, was der Revierjäger gerade getan hat oder tun wird. Diese Begeisterung muss man erst einmal aushalten.

Ein dickes Dankeschön geht auch an meine liebe Kollegin Andrea Schubert für das erste Lektorat. Sie findet auch das letzte falsch gesetzte Komma und hat mich auf einige inhaltliche Drehungen hingewiesen.

Meinem besten Freund Carsten Seiffert, ehemaliger Leutnant, gebührt wie immer großer Dank für seine kritischen Anmerkungen und militärischen Hinweise.

Auch mein Schwiegervater Peter Zeininger, einer der bekanntesten Naturfotografen Deutschlands, hat mir an einigen Stellen bei Fauna und vor allem Flora weitergeholfen.

Besonderer Dank gilt auch meinem Jagdkameraden Marco Planker für seine waidmännischen Anmerkungen.

Zum Schluss darf ich mich auch für die grandiose Unterstützung des Gmeiner-Verlags bedanken. Insbesondere mein Lektor Sven Lang hatte sowohl unendliche Geduld mit mir als auch die entscheidenden Hinweise, um Boni jederzeit auf der richtigen Spur zu halten.

Michaela Baumgartner
**Der Blumenkavalier**
Kriminalroman
315 Seiten, 12,5 x 20,5 cm,
Paperback
ISBN 978-3-8392-0334-7
**€ 15,50 [D] / € 16,00 [A]**

Nach einer Englandreise kehrt Fanny, die bezaubernde Tochter des Grafen Wohlleben, zurück nach
Wien. Das lang ersehnte Wiedersehen mit ihrer
großen Liebe Paul Faber lässt jedoch leider auf sich
warten – das mysteriöse Verschwinden des Textilfabrikanten gibt nicht nur ihr Rätsel auf. Um sich
abzulenken, stürzt sich Fanny voller Enthusiasmus
in die Gestaltung ihres Gartenpalais. Doch als sie bei
einem Pferderennen dem charismatischen ungarischen Magnaten Gyula Graf Erdélyi begegnet, wird
ihre Liebe zu Paul auf eine harte Probe gestellt. Wird
sie seiner Anziehungskraft erliegen?

**GMEINER SPANNUNG**

# DIE NEUEN Lieblings-plätze

ISBN 978-3-8392-0154-1 — AM INN

ISBN 978-3-8392-2730-5 — AUGSBURG UND BAYERISCH-SCHWABEN

ISBN 978-3-8392-0155-8 — FÜNFSEENLAND

ISBN 978-3-8392-0158-9 — HARZ

ISBN 978-3-8392-0160-2 — NORDSEEKÜSTE NIEDERSACHSEN

ISBN 978-3-8392-0159-6 — LÜNEBURGER HEIDE

ISBN 978-3-8392-0161-9 — NIEDERRHEIN

ISBN 978-3-8392-0163-3 — OSTSEE MECKLENBURG-VORPOMMERN

ISBN 978-3-8392-0164-0 — OSTSEE SCHLESWIG-HOLSTEIN

ISBN 978-3-8392-2626-1 — SACHSEN

ISBN 978-3-8392-0156-5 — BODENSEE

ISBN 978-3-8392-0157-2 — NORDSEE SCHLESWIG-HOLSTEIN

ISBN 978-3-8392-0166-4 — SÜDLICHE WEINSTRASSE UND PFÄLZERWALD

ISBN 978-3-8392-0166-4 — SÜDTIROL

ISBN 978-3-8392-2838-8 — USEDOM

ISBN 978-3-8392-0168-8 — WIESBADEN RHEIN TAUNUS RHEINGAU

GMEINER KULTUR

WWW.GMEINER-VERLAG.DE
Mensch, Kultur, Region